MINECRAFT
DAS VERSCHOLLENE TAGEBUCH

MUR LAFFERTY

Aus dem Englischen von Maxi Lange

SCHNEIDERBUCH

3. Auflage 2023
© 2019 Schneiderbuch in der
Verlagsgruppe HarperCollins Deutschland GmbH, Hamburg
Alle deutschsprachigen Rechte vorbehalten

Die Originalausgabe erschien 2019 unter dem Titel
„MINECRAFT – The Lost Journals" bei Del Rey, an imprint of Random House,
a division of Penguin Random House LLC
This translation is published by arrangement with Del Rey, an imprint of Random House,
a division of Penguin Random House LLC

MOJANG
STUDIOS

Übersetzung aus dem Englischen: Maxi Lange
Coverillustration und -design: Elizabeth A. D. Eno
Umschlaggestaltung: Achim Münster, Overath
in Anlehnung an das englische Original
Satz: PPP Pre Print Partner GmbH & Co KG, Köln
Druck und Bindung: GGP Media GmbH, Pößneck
Printed in Germany · ISBN 978-3-505-14074-7

www.schneiderbuch.de
Facebook: facebook.de/schneiderbuch
Instagram: @schneiderbuchverlag

Für Fiona, Blaze und all die Schildkröten

PROLOG

Aus dem verschollenen Tagebuch von N████

Ich muss die Verbrennungen versorgen,
die ich mir eingehandelt habe, als mir die
████████ begegnet ist. Ich wäre fast draufgegangen.
Es war ein gelbes Monstrum – wie ein Würfel, umgeben
von ███...

Ich hatte doch tatsächlich geglaubt, mein Hemd wäre
Schutz genug – so viel zu meiner kleinen „Aufklärungsmission".
Aber die Verheißung starker ███ und noch größerer Schätze
war einfach zu verlockend.

Jedenfalls bin ich jetzt sicher, dass
Wollrüstungen nicht existieren, egal, was
behauptet. Mein Hemd hat mich vor gar nichts
geschützt. Ich werde ██ sagen müssen, dass all die
Versuche reine Zeitverschwendung waren.
Nur schade um die schöne Wolle.
Und die armen Schafe.

Wenigstens habe ich noch etwas Interessantes gefunden:
nur hatten diese Feuerbiester ein wachsames
Auge darauf. Bevor ich mich denen noch mal
stelle, werde ich mehr Daten sammeln müssen.
Als Nächstes werde ich mich ins Dorf schleichen.
Vielleicht verkauft mir ja jemand einen Heiltrank.
Ich hoffe ████████████ läuft mir nicht über den Weg.

Das fehlte mir gerade noch!

Ich glaube, es ist mir gelungen, ein stabiles Portal zu bauen. Diesmal ging sogar fast alles glatt. Allerdings kam mir hier auf dieser Seite ein klitzekleines Zombieproblem dazwischen. Und auf der anderen Seite erwarteten mich wieder diese furchtbaren Feuerwesen. Andererseits – wenn dir das Leben Pilze schenkt, machst du eben Pilzsuppe daraus. Ich habe eine kleine Plattform gebaut und noch eine Menge Bruchstein übrig, um einen halbwegs geschützten Bereich abzugrenzen.

Ich glaube, ich mache Fortschritte.

Frage mich bloß, warum ich all das aufschreibe, obwohl ich gar nicht will, dass es irgendwer liest. Niemand soll davon erfahren. Ich wurde schon wieder von den Kreaturen der anderen Seite angegriffen und habe nur knapp überlebt. Wenn ich dort nicht bald einen sicheren Ort finde, gehe ich noch drauf. Aber hier kann ich einfach nicht bleiben.

Falls doch jemand dieses Tagebuch finden sollte – folge mir auf keinen Fall! Es ist gefährlich, und das Risiko ist viel zu hoch. Das einzig Nützliche, das ich bisher auf der anderen Seite entdeckt habe, ist ein Material, das den, der es berührt, verbrennt. Sonst gibt es dort nichts wirklich Wertvolles.

Im Moment wünsche ich mir nur eins:
frei zu sein.

TEIL EINS

KAPITEL 1

DA KANN MAN AUCH GLEICH MOOSHROOMS ZÜCHTEN

An der Wasseroberfläche der kleinen Bucht waren nur die Köpfe roter und orangefarbener Schafe zu erkennen, die immer wieder auf- und abtauchten und abwechselnd blökten und gurgelten. Alison schüttelte resigniert den Kopf. Die Schafe waren ausgerissen und geradewegs ins Wasser gelaufen. Wieder mal.

Sie verschränkte die Arme und beobachtete eine Weile die auf und ab schaukelnden flauschigen Quadratköpfe. Die Tiere gedachten offenbar nicht, in näherer Zukunft wieder an Land zu kommen. Was war nur los mit den Viechern? Sie waren völlig verrückt nach Wasser – mehr als jedes andere Schaf, dem Alison je begegnet war. Ihre Eltern hatten die Tiere wegen der bunten Wolle gezüchtet, aber soweit sie wusste, hatten die Schafe nie versucht, sich mit Tintenfischen zu paaren.

Apropos Tintenfische: Den dunklen Flecken im Wasser nach zu urteilen, hatten die Schafe bereits Bekanntschaft mit ein paar neuen Freunden gemacht.

11

Die Sonne stand hoch am Himmel, also blieb Alison genug Zeit, ins Wasser zu waten und die Schafe zurückzuholen. Sie hasste es, den kleinen Monstern hinterherzuschwimmen. Nasse Wolle stank nämlich zum Himmel.

„Großartig", murmelte sie und krempelte die Ärmel hoch. Dann holte sie etwas Weizen aus der Tasche und trat ans Ufer.

„Was machst du da?", rief eine Stimme hinter ihr.

Erschrocken wirbelte sie herum. Dort stand grinsend ihr bester Freund. „Max!", rief sie. „Mach das nicht noch mal. Ich dachte, du wärst ein Creeper!"

Er zuckte mit den Schultern. „Hab ich etwa gezischt? Ich wollte nur wissen, was du hier treibst." Er neigte den Oberkörper zur Seite, um an ihr vorbeisehen zu können. „Oh … deine Schafe nehmen mal wieder ein Bad?"

Alison war hin und her gerissen. Sollte sie ihn auf das absolut Offensichtliche hinweisen oder ihn auffordern, sich vom Wasser fernzuhalten? Sie entschied sich für beides. „Äpfelchen und Kleiner Prinz sind wieder entwischt. Ich hole sie zurück …" Max öffnete seinen Mund, doch Alison kam ihm zuvor: „… und zwar allein, Max. Deine Mutter bringt dich um, wenn du dem Wasser zu nahe kommst. Und dann bin ich dran."

Max legte die Hand an die Stirn, um seine Augen vor dem Sonnenlicht abzuschirmen, und sah sich betont gründlich um. „Hm. Also ich sehe sie nirgends und … na, so was, ich stehe ja schon am Wasser!" Vorsichtig tauchte er die Zehen ins Nass und kniff die Augen zu. Dann öffnete er sie wieder. „Bin ich gestorben?"

„Noch nicht", zischte Alison. „Lass mich einfach die Schafe rausholen. Wenn du mir helfen willst, wirf lieber einen Blick auf den Zaun und finde heraus, wie sie schon wieder entkommen konnten."

Max machte einen weiteren Schritt ins Wasser und beobachtete die planschenden Schafe. Alison musste zugeben, dass die Viecher wirklich einen Heidenspaß in der Bucht hatten. Genau wie der Tintenfisch, dessen Tentakel immer wieder neben den bunten Flauschköpfen auf- und abtauchten.

„Weißt du, ich glaube, sie können mich besser leiden als dich", sagte Max. „Du brauchst meine Hilfe."

„Das spielt keine Rolle. Sie kommen so oder so, wenn ich ihnen Futter anbiete", gab Alison verärgert zurück. „Außerdem können sie dich überhaupt nicht besser leiden."

Doch das taten sie sehr wohl. Und es wurmte Alison, dass die roten und orangefarbenen Exemplare der Familienherde ihren besten Freund mochten und sie ignorierten. Das zeigte sich auch jetzt wieder. Die Schafe dachten wohl, Max wäre gekommen, um mit ihnen zu spielen, denn kaum stand er bis zu den Knien im Wasser, schwammen sie verzückt blökend auf ihn zu.

Dabei hatte er nicht einmal versucht, sie mit Weizen zu locken.

„Max!", ertönte eine schneidende Stimme, und Alison zuckte zusammen. Sie beschloss, sich lieber nicht umzudrehen. Der scharfe Ton war ihr nur zu vertraut. Max' Mutter! „Komm auf der Stelle aus dem Wasser!"

Mit zusammengepressten Lippen fegte sie an Alison vorbei und rannte in die Bucht. Äpfelchen und Kleiner Prinz blökten panisch, drehten sich um und flohen vor dem tobenden Monstrum, das es offenbar auf Max abgesehen hatte. Auch der Tintenfisch suchte das Weite und tauchte ab.

Max' Mutter würdigte die Kreaturen keines Blickes. Sie packte ihren protestierenden Sohn am Arm und zerrte ihn zurück an Land.

Zappelnd versuchte Max, sich zu befreien. „Mom, es ist alles gut, ich ertrinke nicht. Weiter wollte ich doch gar nicht hineingehen!", rief er. „Ich muss Alison mit den Schafen helfen!"

„Ich werde nicht zulassen, dass ich dich noch einmal verliere!", schluchzte seine Mutter mit Tränen in den Augen und wütendem Blick. Sie ließ ihn in den Sand fallen und stemmte die Hände in die Hüften.

„Du verlierst mich doch nicht!", verteidigte sich Max, doch seine letzten Worte wurden abgewürgt, als seine Mutter sich plötzlich vorbeugte, um ihn fest in die Arme zu schließen.

„Hast du denn vergessen, dass ich dich schon einmal fast verloren habe?", wiederholte sie und ignorierte seine Versuche, sich zu befreien.

Peinlich berührt sah Alison weg. In den letzten Monaten war es ihr zunehmend unangenehm, familiäre Liebesbekundungen anderer Leute zu beobachten – auch wenn sie, wie in Max' Fall, ziemlich übertrieben waren.

„Und Alison", fuhr Max' Mutter fort, als sie ihren Sohn endlich losließ, um die Fäuste wieder in die Hüfte zu stemmen. „Ich dachte, du wüsstest es besser."

„Lass es nicht an Ali aus, Mom", schaltete Max sich ein und trat zwischen die beiden. „Sie hat mir gesagt, ich soll nicht reingehen. Ich hab nicht auf sie gehört."

„Trotzdem sollte sie auf dich aufpassen. Schließlich ist sie älter."

„Weniger als ein Jahr!", protestierte Max. „Ich bin zwölf, ich brauche keinen Aufpasser."

„Wir reden beim Abendessen weiter, ihr zwei", verkündete seine Mom, dann drehte sie sich wieder zu Max um: „Und du gehst *auf keinen Fall* noch mal ins Wasser."

Max seufzte. „Ja, okay. Ich sehe mir den Zaun an, Ali. Aber nimm dich unterwegs vor Wasser in Acht. Obwohl ich nicht weiß, wie du meine Spucke umgehen willst – vor der gibt es kein Entkommen." Er spuckte auf den Boden und rannte dann in gespielter Panik mit erhobenen Armen davon.

„Das ist nicht witzig!", rief Max' Mutter und sah ihm mit tränenverschleiertem Blick hinterher. „Ich will nicht, dass er ins Wasser geht", erinnerte sie Alison, als fürchte sie, sie hätte es vergessen.

„Ich weiß", gab Alison zurück. „Ich wäre auch lieber woanders, aber der Zaun ist wieder kaputtgegangen, und ich muss die Schafe zurückholen."

Max' Mutter wischte sich über die Wange und atmete tief durch. Gefasst sah sie Alison an, die geschwollenen Augen voller Mitleid. „Warum?", fragte sie sanft.

„Was meinst du? Warum ich sie zurückholen will? Weil sie weggelaufen sind", sagte Alison und blinzelte irritiert. „Oder warum der Zaun kaputt ist? Keine Ahnung, aber die Schafe sind durchgeschlüpft, und wenn das passiert, muss man sie eben wieder zurückbringen. Mein Opa hatte früher immer diesen komischen Spruch parat: ‚Wenn die Schafe ständig ausbüxen, kann man auch gleich Mooshrooms züchten.'"

Max' Mutter runzelte die Stirn. „Das ergibt keinen Sinn. Ich meinte, warum machst du dir so viele Gedanken um die

Schafe? Sie kommen doch auch in der Wildnis klar. Du musst dich nicht mehr um sie kümmern. Wir benötigen keine Wolle, und du kannst die Verantwortung nicht gebrauchen. Es gibt keinen Grund, sie weiterhin zu züchten. Außerdem musst du wegen der ständigen Reparaturarbeiten am Zaun immer wieder zu deinem Haus zurück. Das weckt nur böse Erinnerungen, meinst du nicht?" Das „immer wieder" hatte sie besonders betont – wohl, um Alison daran zu erinnern, dass es ihr bestimmt nicht guttat, das zerstörte Haus wiederzusehen. Sie tätschelte Alisons Schulter. „Denk darüber nach. Wir sehen uns beim Abendessen."

Alison starrte aufs Wasser, damit sie nicht zusehen musste, wie sie fortging. Der Schafstall stand ein gutes Stück von ihrem Haus entfernt hinter ein paar Bäumen. Eigentlich konnte sie die Ruine, die einmal ihr Zuhause gewesen war, von dort aus gar nicht sehen.

Sie besuchte den Stall oft, um die Schafe zu versorgen. Sie fand, das schuldete sie ihnen.

Aber Max' Mutter hatte recht. Sie hatten keine Verwendung für die Wolle, und Alison verschwendete mit den ständigen Reparaturen am Zaun nur Zeit und Material – manchmal verbrachte sie ganze Nachmittage damit, entflohene Schafe einzufangen.

Andererseits waren die Tiere eins der wenigen Dinge in ihrem Leben, die ihr noch Freude bereiteten. Versonnen betrachtete sie die schwimmenden Schafe, die vergnügt mit dem Tintenfisch spielten. Es sah beinah so aus, als wolle der Oktopus Äpfelchen umarmen, während Kleiner Prinz versuchte, die Tentakel, die ihm zu nahe kamen, mit dem Kopf zu erwischen.

Alison hörte schnelle Schritte hinter sich, und ehe sie reagieren konnte, hielt Max schon geradewegs auf die Bucht zu. Jubelnd sprang er ins flache Wasser, dass es nur so spritzte, und watete dann hüpfend in Richtung der Schafe, die ihn fröhlich blökend begrüßten.

Alison lachte. Mit dem Weizen über dem Kopf wedelnd watete sie hinterher. Selbst wenn der Ärger fast schon greifbar war, gelang es Max immer wieder, sie zum Lachen zu bringen. Wenigstens in solchen Momenten vergaß sie ihre Sorgen für eine Weile.

KAPITEL 2

ALISONS VATER HATTE NICHT VIEL FANTASIE

Max hielt Äpfelchen etwas Weizen hin, während Alison seine Reparaturen am Zaun begutachtete.

„Verfüttere nicht zu viel", warnte sie, ohne den Freund anzusehen. „Ich kann gerade keine neuen Lämmer gebrauchen."

„Ach, komm, willst du etwa kein süßes kleines Baby-Äpfelchen?", fragte Max und streichelte das Schaf. „Vielleicht ein Apfelsinchen?"

„Nicht, wenn das Apfelsinchen nach seiner Mutter schlägt und ständig ausbüxt, um im Wasser zu planschen", antwortete Alison. „Sag mal ... hast du mein Werkzeug benutzt, um den Zaun zu reparieren? Oder hast du auf ... eine andere Methode zurückgegriffen, hm?" Mit gerunzelter Stirn und skeptischem Blick musterte sie die großen, sperrigen Objekte, mit denen er den Zaun geflickt hatte.

Max sah auf. „Ach, das. Ich habe mir einfach irgendwelche Blöcke geschnappt und das Loch gestopft. Ich konnte kein Holz finden, also habe ich zwei Blöcke übereinandergestapelt, falls

Blaubär wieder auf die Idee kommt, Hochsprung zu üben. War das nicht richtig?"

„Ist das dein Ernst?" Sie wedelte in Richtung Zaun. Dann ließ sie den Blick über die Lichtung schweifen. Der Hof von Alisons Familie befand sich außerhalb des Dorfes und in der Nähe von Max' Haus. Die Lichtung war zwar groß, aber von vielen hohen Bäumen umgeben. Die Ruine ihres alten Zuhauses befand sich außerhalb ihrer Sichtweite, und Max war aufgefallen, dass sie diesem Bereich immer den Rücken zudrehte. So als wolle sie vergessen, was dort war.

„Du hattest massig Holz! Ich habe dir gutes Werkzeug gegeben!", rief Alison und deutete in Richtung der Bäume. „Und du, du stopfst das Loch mit … Was ist das überhaupt?"

„Obsidian." Max wusste, dass sie noch nie echten Obsidian gesehen hatte. Er war einfach zu selten, und ihre Eltern hatten ihnen verboten, in der Nähe von Lava zu spielen.

Einen Moment lang starrte sie ihn an – bevor sie ihn mit Fragen bestürmte: „Inwiefern soll *das* bitte eine vernünftige Reparatur sein? Das ist doch gar kein richtiger Zaun mehr. Und woher um alles in der Oberwelt hast du *Obsidian*? Und warum verschwendest du es an einen Zaun? Wenn deine Mutter rauskriegt, dass du mit Wasser und Lava herumexperimentiert hast, wird sie …"

„… mich umbringen, ich weiß", unterbrach Max den Redefluss und grinste. „Mom müsste mich ganz schön oft umbringen, wenn sie wüsste, was ich so treibe. Meinst du, sie wäre wütender wegen der Lava oder wegen des Wassers?"

Das war eine klare Aufforderung. *Frag mich wegen der Blöcke. Frag mich, wo ich war.* Doch statt ihm weitere Fragen zu stellen, scheuchte Alison jetzt die kleinen Wassernarren in den Stall, was die anderen Tiere (Blaubär, Gevatter Blau, Hellblau und Macht-nichts-dass-du-grau-bist, kurz Grau) misstrauisch beäugten. Die meisten Schafe hielten sich von Gewässern fern und mieden Artgenossen, die allzu vernarrt in das kühle Nass waren. Doch Äpfelchen und Kleiner Prinz schienen die Blicke der anderen egal zu sein. Seelenruhig kauten sie ihr Getreide, während sich um sie herum Pfützen bildeten. Ein Geruch nach nasser Wolle hing in der Luft.

Alison nahm ihre Schaufel und fing an, vor dem Zaun zu graben. Max stöhnte. Sie hatte mal wieder diesen entschlossenen Blick.

„Hilf mir doch einfach, wenn du dich so furchtbar langweilst", schlug sie vor, warf ihm ihre Schaufel hin und nahm sich eine andere. „Dad fand Gräben immer hässlich. Ich hingegen finde sie nützlich, um die Schafe hinterm Zaun zu halten."

Für einen Moment bewunderte Max die gut gearbeitete Schaufel, die Alison ihm gegeben hatte. Wenn sie nicht gerade ihren Schafen hinterherjagte, widmete sie die meiste Zeit der Werkzeugherstellung, und sie wurde mit jedem Tag besser. Sie hatte sich sogar schon an Rüstungen versucht, aber dafür brauchte man viel Material, und das hatte sie meist nicht.

Max grub sich in die andere Richtung um den Zaun herum, bis sie sich auf der hinteren Seite trafen. Sie hatten einen Graben ausgehoben, der einen Block tief und breit war. „Willst du jetzt Wasser einfüllen? Oder vielleicht sogar Lava?", fragte er grinsend.

„Heute nicht", antwortete Alison und steckte das Werkzeug weg. „Der Graben sollte fürs Erste ausreichen." Sie sprang heraus und befreite ihre Hände vom Schmutz. Dann drehte sie sich zu ihrem Freund um. „Sag schon, wo hast du die Blöcke gefunden? Ich weiß, dass du sie nicht abgebaut hast – dafür braucht man eine Diamantspitzhacke."

Aha! Sie will es also doch wissen! Er lachte leise und hoffte, dass es irgendwie geheimnisvoll klang. „Das verrate ich dir bald. Außerdem hatte ich gehofft, du könntest mir vielleicht eine Diamantspitzhacke machen."

Alison lief in die Richtung los, in der Max' Zuhause lag. „Für eine Diamantspitzhacke braucht man Diamanten. Du müsstest also erst mal Diamanten finden und dann noch zufällig eine Eisenspitzhacke besitzen."

„Die am besten verzaubert sein sollte, ich weiß", erwiderte Max mit einem Augenrollen. All das hatte sie ihm schon mehrfach erzählt. Er wusste, sie würden ein gutes Team abgeben – sie könnte tolles Werkzeug bauen, und er würde es verzaubern. Aber aus irgendeinem Grund behauptete Alison ständig, dass es gefährlich war, mit Verzauberungen herumzuexperimentieren. „Trotzdem, wenn du *zufällig* das Material hättest, um eine Eisenspitzhacke zu fertigen, *könntest* du es tun. Mehr sage ich gar nicht. Und es wäre der nächste Schritt, um Obsidian abzubauen."

Alison hatte innegehalten. Wollte Max andeuten, dass er das erforderliche Material für eine Eisenspitzhacke besaß? Dann schüttelte sie den Kopf und lachte leise. „Soll ich vielleicht deine Mutter bitten, mir Diamanten mitzubringen, wenn sie das nächste Mal deinen Vater im Dorf besucht? Danach kannst du mir ja verraten, wo man den Obsidian findet, den du so dringend abbauen willst."

„Zum Obsidian kommen wir später", gab Max zurück und beschloss, vorerst lieber nichts mehr zu sagen. Sie näherten sich seinem Haus, und wenn seine Mutter mitbekam, dass sie sich übers Abbauen und Verzaubern unterhielten oder andere gefährliche Dinge taten, wie zum Beispiel die Luft außerhalb des Grundstücks zu atmen, würde sie nur wieder einen Anfall kriegen.

Max entspannte sich etwas. Er hatte Alison ein Lächeln entlockt – eine Aufgabe, der er neuerdings immer mehr Zeit widmete. Er machte ihr deshalb keine Vorwürfe. Sie trauerte, und er verstand das gut. Vor einigen Monaten hatte es auch in seiner Familie Veränderungen gegeben, und daran hatte er immer noch zu knabbern.

Außerdem hätte er nie gedacht, dass Alison sozusagen seine Adoptivschwester würde. Klar, Freunde verbringen Zeit mit dir oder fliehen an deiner Seite vor Zombies, wenn man zu lange draußen bleibt. Aber niemand rechnet damit, dass sie urplötzlich bei dir einziehen. Aber dann war dieses schreckliche Unglück über Alison hereingebrochen: Durch eine plötzliche Creeperattacke hatte sie Haus und Familie verloren.

Trotzdem war Max dankbar, dass Alison in seine Familie gekommen war. Einige Wochen vor der Tragödie war er beim Schwimmen in der Bucht fast ertrunken, und seitdem erdrückte ihn seine Mutter mit ihrer Fürsorge. Sie hatte sogar einen Schuppen gebaut, in dem sie nun sämtliche Flüssigkeiten aufbewahrte, damit sie nur nicht in seiner Nähe waren. Max fand das furchtbar übertrieben, aber ins Gesicht gesagt hätte er ihr das nie. Und als Alison kam, vor Trauer wie gelähmt, hatte seine Mutter plötzlich jemand anderen, den sie mit mütterlicher Fürsorge überschütten konnte. Endlich konnte Max sich in Ruhe erholen. Das Gute und gleichzeitig Schlimme daran war, dass Max' Mutter in Alison eine ältere Schwester und damit einen Aufpasser sah. Schlimm, weil Max natürlich viel zu alt für einen Babysitter war, aber gut, weil er endlich wieder das Haus verlassen durfte – obendrein mit seiner besten Freundin.

Er war längst über seine Nahtoderfahrung im Wasser hinweg, aber Alison war über den Verlust ihrer Familie immer noch sehr traurig, was Max gut verstand. Er versuchte sein Bestes, sie in solchen Momenten aufzumuntern – zum Beispiel indem er dem Zaun eine Lücke verpasste und die Schafe entkommen ließ. So hatte Alison wenigstens eine Aufgabe und musste nicht ständig in hoffnungsloser Trauer versinken. Aber natürlich würde er ihr niemals verraten, dass die Sache mit dem Zaun seine Schuld war.

Nach Alisons Einzug hatte Max' Mutter, eine Architektin, sie willkommen geheißen, indem sie ihr einen Turm baute, der sich an die Rückwand des Hauses anschloss. So hatte Alison einen Bereich ganz für sich. Er diente ihr zum einen als Rückzugsort für Momente, in denen sie allein sein wollte, und zum anderen war so ein Turm viel cooler und kunstvoller als ein stinknormales Schlafzimmer. Es war Max damals schwergefallen, seinen Neid zu verbergen. Seine Eltern hatten nie daran gedacht, ihr architektonisches Talent dafür einzusetzen, etwas Eigenes für ihren Sohn zu schaffen. Doch dann hatte er sich daran erinnert, was Alison durchmachte und warum sie einen Rückzugsort dringender brauchte als er. So war er über die Sache hinweggekommen.

Jedenfalls fast.

Nach dem Abenteuer mit den entflohenen Schafen folgte ein gemeinsames Abendessen, bei dem Max und Alison seiner Mutter versicherten, dass es ihnen und den Schafen gut ging. Später, als Max sich vergewissert hatte, dass seine Mutter schlief, schlich er zu Alisons Tür. Leise klopfte er an.

Alison lugte hervor, das Gesicht mit Kohle beschmiert. „Was?"

„Was machst du da?", fragte er neugierig. Schon hatte er den eigentlichen Grund für seinen Besuch vergessen.

„Schsch, komm rein", flüsterte sie. Nach einem prüfenden Blick über die Schulter folgte er ihr zur Treppe. Doch anstatt hochzugehen, trat sie zu einer Tür, die sie in der Wand unter der Treppe platziert hatte, und öffnete sie. Sie führte direkt in den Hügel hinter Max' Haus. Er und Alison hatten das Gebiet systematisch ausgehöhlt und ein Bastelversteck geschaffen.

Im Versteck stand eine Werkbank, die er kurz nach ihrem Einzug für sie gebaut hatte. Sie war so teilnahmslos und unglücklich gewesen, dass Max ihr schließlich aufgetragen hatte, seine Mutter für fünfzehn Minuten abzulenken. Alison hatte sie irgendetwas über schwebende Bauwerke gefragt – eine Kunst, die Max' Mutter perfekt beherrschte –, und während sie redete, hatte Max sich nach draußen geschlichen, um die Werkbank seiner Mutter zu benutzen. Später am Abend hatte er Alison dann eine brandneue Werkbank und einige einfache Werkzeuge geschenkt und ihr damit zum ersten Mal seit dem Umzug ein Lächeln entlockt.

Seitdem gab es etwas, auf das sie sich konzentrieren konnte – etwas Handfestes, das sie beschäftigte und von ihrer Trauer ablenkte. Umgehend hatten sie mit dem Sammeln von Holz und Steinen begonnen und damit herumprobiert. Innerhalb eines Tages war in der kleinen Höhle unterhalb des Turms eine richtige Werkstatt entstanden.

Seitdem hatte sich Alisons Fertigungstalent stetig weiterentwickelt, auch Reparaturen und Verbesserungen beherrschte sie inzwischen. Und nun stand Max in der Werkstatt, die voller neuer Gegenstände war. Alison hatte offenbar seit dem Abendessen ununterbrochen gearbeitet! Auf dem Tisch lagen neue Schaufeln, Äxte, Spitzhacken, Angeln und Eimer. Sie hob eine Spitzhacke auf und hielt sie ihm stolz hin. „Ich habe Eisen gefunden", sagte sie. „Jetzt geh los und such ein paar Diamanten, damit ich dir deine Diamantenspitzhacke machen kann."

„Du bist ohne mich auf Eisensuche gegangen?", erwiderte er enttäuscht. „Wieso machst du so was?" Aus seinem Gesicht war sämtliche Fröhlichkeit gewichen.

Alison funkelte ihn an. „Weil ich dich überraschen wollte, du undankbarer Tropf." Demonstrativ drehte sie ihm den Rücken zu und fing an, das Werkzeug in einer Truhe neben der Werkbank zu verstauen.

Seine Empörung verpuffte. „Danke", murmelte er und wechselte schnell das Thema. Er trat zu der Truhe, in der sie ihre Rohstoffe lagerten. „Also … was hast du noch so gefunden?"

Sie antwortete ihm nicht sofort, also öffnete er die Truhe und betrachtete den Inhalt. Sie hatte von ihrem Ausflug Eisen, Sand und Kohle mitgebracht, aber leider keinen einzigen der sagenhaften Veteranenblöcke, zu denen Gold, Smaragde, Diamanten und Lapislazuli zählten.

„Du solltest das alte Werkzeug deiner Mom gegen das neue austauschen, während sie schläft", schlug Alison vor, sah ihn aber immer noch nicht an. Heimlich hatten sie nach und nach die beschädigten Werkzeuge von Max' Mutter gegen neue ausgetauscht. So bekamen die Dinge, die seine Freundin herstellte, ihren Platz, und Alison konnte ihre Fähigkeiten weiter verbessern.

Max war eindeutig in ein Fettnäpfchen getreten, war sich aber nicht sicher, in welches. „Ali, es tut mir leid. Ich gehe eben gern mit dir zusammen abbauen, weißt du? Und wenn du allein gehst, habe ich das Gefühl, etwas zu verpassen."

Sie rieb sich mit der Hand übers Gesicht, so wie ihre Mutter es immer getan hatte, und wandte sich zu ihm um. „Ich weiß, aber …" Sie schluckte und fuhr dann fort: „Mein Dad war früher oft sauer auf mich und hat immer gesagt, ich wäre undankbar und wüsste nicht zu schätzen, was er für mich tut. Damals fand ich ihn gemein. Aber jetzt verstehe ich, was er meint … meinte. Und ich kann mich nicht mehr bei ihm entschuldigen."

Max schämte sich so sehr, dass seine Ohren brannten. Er sah seine trauernde Freundin an, stammelte eine Entschuldigung, schnappte sich das neue Werkzeug und ließ sie allein.

Warum konnte er nicht einfach dankbar sein für das Geschenk, das sie ihm gemacht hatte? Er war ein Meister der Ablenkung, wenn es darum ging, Schafe zu befreien und Geschenke zu machen. Aber manchmal, wenn es ihr schlecht ging, brauchte Alison einfach nur einen Freund, der ihr zuhört – und das fiel ihm unheimlich schwer.

KAPITEL 3

WENN DAS LEBEN DIR LAVA SCHENKT, MACH LAVASAFT

In dieser Nacht stellte Alison fest, dass es ein eigenartiges Gefühl war, beide Seiten eines Streits zu betrachten. Sie erinnerte sich noch gut daran, was sie empfunden hatte, als ihr Vater mit ihr schimpfte, doch jetzt verstand sie, wie es war, etwas Schönes für einen anderen zu tun, der die Geste überhaupt nicht zu schätzen wusste.

Sie konnte nicht schlafen, also stand sie wieder auf und beobachtete ein Skelett, das auf der Lichtung vor ihrem Fenster umherwanderte.

Dann ging sie nach unten in die Werkstatt und prüfte ihre Vorräte. Sie hatte gerade genug Eisen übrig, um sich selbst ebenfalls eine Spitzhacke zu machen. Nun würden Max und sie viel schneller gemeinsam arbeiten können. Sie zog eine Karte hervor, die sie selbst mit größter Sorgfalt gezeichnet hatte. Haus und Turm schmiegten sich an den Hügel dahinter, sodass sie das Gesamtvolumen des Hügels hatte schätzen können.

Sie hatte Kohle- und Eisenadern gefunden und beides auf der Karte markiert. Sie vermutete, dass Richtung Westen unter dem Kürbisfeld von Max' Mutter bessere Blöcke auf sie warteten. Max hatte sie die Karte noch nicht gezeigt – vielleicht morgen, falls sie sich bis dahin wieder versöhnt hatten.

Die Spitzhacke auf der Werkbank war robust und solide gefertigt. Stolz strich Alison darüber. So sehr ihr die flauschigen Nervensägen auch am Herzen lagen – ein Leben als Schafhirtin oder Schneiderin konnte sie sich nicht vorstellen. Die Fertigung von Werkzeug hingegen lag ihr – mehr noch, sie fühlte sich *richtig* an.

Max' Mutter hatte noch nicht bemerkt, dass die Kinder heimlich ihre abgenutzten Werkzeuge gegen Alisons verbesserte Varianten austauschten. Jedenfalls hatte sie nichts gesagt. Und Max' Mutter zählte nicht zu den Leuten, die ihre Gefühle vor ihren Mitmenschen verbargen. Alison bewunderte das, obwohl das meiste, was Max' Mutter sagte, mit der übertriebenen Angst um ihren Sohn zu tun hatte. Alison hingegen sagte viel zu oft *nicht* das, was sie dachte. *Obwohl selbst Monate nach dem Unfall es niemand übel nehmen würde, wenn ich ihm irgendwas an den Kopf werfe.*

Wovor fürchtete sie sich? Sie hatte doch schon beinahe alles verloren. Doch die Antwort war offensichtlich: Alles, was ihr geblieben war, war Max' Freundschaft und die Gastfreundschaft seiner Familie. Sie hätte es nicht ertragen, das auch noch zu verlieren.

Am nächsten Morgen sprach Max' Mutter die Worte, die Alison und er am liebsten hörten: „Ich gehe ins Dorf, um deinen Vater zu besuchen. Bleibt ja drinnen."

In Max' Haus herrschte momentan ein etwas seltsames Familienarrangement: Seine Mutter arbeitete zu Hause an neuen Gebäudeentwürfen, während sein Vater seit einigen Monaten eine riesige Baustelle in der Stadt beaufsichtigte. Als Alison Max' Mutter einmal darauf angesprochen hatte, waren ihre Gesichtszüge hart geworden, und sie hatte geantwortet, dass er den zusätzlichen Job brauchte. Dann hatte sie schnell das Thema gewechselt. Es war, als wollte sie etwas vor Alison geheim halten.

Auch Max sprach nicht gern darüber, warum seine Eltern getrennt lebten und arbeiteten, und wich Alison aus, wenn sie ihn darauf ansprach. Sie grübelte, warum plötzlich alle so verschlossen und trübsinnig waren. Früher hatte sie Max' Familie immer als große, lustige Truppe wahrgenommen. Hin und wieder waren sie zum Essen zu Alisons Familie gekommen. Manchmal brachten sie Max' Tanten und Onkel mit, denn seine Onkel Nicholas und Maximilian sowie seine Tante Horty wohnten ebenfalls in der Gegend. Immer wenn Onkel Nicholas zu Besuch war, lieferte er sich hitzige Wortgefechte mit Alisons Oma Dia. Und obwohl sie eigentlich jedes Mal unterschiedlicher Meinung waren, hatte ihre Mutter behauptet, dass sich die Familien nahestanden – und zwar nicht trotz des Streits unter den Älteren, sondern genau *deswegen*. Alison verstand das nicht, aber trotzdem vermisste sie diese Zeit.

Natürlich kannte sie nicht jedes kleinste Detail aus Max' Familienleben, und sie wollte ihn auch nicht drängen, darüber zu reden. Alison wusste, dass es nicht gerade zu seinen Stärken gehörte, über Gefühle zu sprechen. Also würde sie warten, bis er bereit war. Bis dahin gab es genug Abenteuer zu erleben.

„Kommst du da draußen allein zurecht?", fragte Alison jetzt Max' Mutter.

Die lächelte irritiert. „Natürlich. Ich gehe immer allein, wenn Max in der Schule ist."

Alison senkte den Blick. „Ich weiß. Es ist nur … Da draußen lauern gefährliche Monster."

„Ah", machte Max' Mutter. „Verstehe. Aber um mich brauchst du dir keine Sorgen zu machen, meine Liebe. Ich kann gut auf mich selbst aufpassen. Außerdem bin ich vor Sonnenuntergang wieder zurück." Sie tätschelte Alisons Arm und widmete sich dann wieder den Reisevorbereitungen.

Alison versuchte, das beklommene Gefühl beiseitezuschieben, das sie beschlichen hatte, als sie sich Max' Mutter ganz allein da draußen vorstellte.

Sie ist vor Sonnenuntergang zurück, wiederholte Alison in Gedanken. *Ihr kann nichts passieren.*

Während Max' Mutter geschäftig in der Küche umherlief, um Vorräte für ihren Tagesausflug ins Dorf zu sammeln, trafen sich Max' und Alisons Blicke am Tisch. Mehr brauchte es nicht, um einander zu vergeben und sich über ihre Pläne für den Tag auszutauschen. Schon vor einigen Wochen waren sie sich darüber einig gewesen, dass das Aushöhlen des Hügels hinter dem Haus genau genommen nicht die Regeln brach. Sie verließen das Haus ja nicht – im Gegenteil, sie erweiterten Alisons Turm nur um einige Zimmer.

„Dagegen kann sie nun wirklich nichts sagen", hatte Max zuversichtlich festgestellt, aber Alison war sich da nicht so sicher.

Doch auch sie konnte natürlich nicht der Verlockung widerstehen, neue Materialien zu finden.

Gemeinsam halfen sie seiner Mutter beim Beladen des Packesels Francine mit diversen aufgerollten Bauzeichnungen und etwas Proviant für den Weg. Ehe sie ging, machte sie noch einen kurzen Abstecher auf ihr Kürbisfeld.

Max' Mutter redete gern darüber, wie schön ihr Garten in diesem Jahr gedieh. Trotzdem wurde sie diesmal enttäuscht, denn die Kürbisse waren noch nicht reif genug für den Verkauf auf dem Markt. Sie bückte sich und tätschelte liebevoll eins der Gewächse, während sie ihm versicherte, dass sie es das nächste Mal mit in die Stadt nehmen würde.

Max rollte mit den Augen. Alison wusste, er hasste Kürbisse und alles, was das Gemüse enthielt. Sie selbst hingegen hatte noch nicht so viel davon gegessen und genoss sämtliche Kürbisgerichte auf dem Esstisch ihrer Ersatzfamilie.

Max' Mutter richtete sich auf. Stirnrunzelnd betrachtete sie den dichten Wald, der zwischen dem Hügel hinterm Haus und dem Garten gewuchert war. „Wenn ich zurück bin, sollten wir ein paar Bäume fällen", sagte sie. „Aber wartet damit auf mich."

Nach weiteren Ermahnungen, „drinnen" zu bleiben, zog sie mit Francine im Schlepptau los.

„Sei vorsichtig!", rief Alison und winkte ihr nach.

„Endlich!", rief Max, als seine Mutter fort war. „Weg ist sie." Er rannte den Flur entlang in sein Zimmer und kehrte kurz darauf mit einigen Fackeln und seiner neuen Spitzhacke zurück.

„Ich arbeite seit einiger Zeit an einer Karte", sagte Alison und zog den Plan aus der Tasche. „Bisher haben wir diesen Bereich ausgehoben, und ich glaube, wir sollten in dieser Richtung weitermachen." Sie deutete auf das Kürbisfeld. „Wenn wir ein paar Blöcke tiefer gehen als bisher, finden wir bestimmt bessere Rohstoffe."

„Los geht's!", rief Max und lief zur Tür.

„Warte mal … was, wenn wir da unten irgendwas … Schreckliches finden?", wollte Alison wissen. Diese Frage stellte sie ihm immer, aus gutem Grund – schließlich war es auf dieser Höhe wahrscheinlicher, auf eine Höhle voller Zombies zu treffen als auf Gold.

„Dann rennen wir weg", schlug Max wie immer vor und grinste.

Alison grub sich wie eine Ameise durchs Erdreich, Max eher wie ein Grashüpfer. Sie ging methodisch vor, während er mal hier, mal da buddelte.

Alison arbeitete sich immer nach demselben Muster voran: sechzehn Blöcke in die eine Richtung, dann zwei zur Seite und sechzehn wieder zurück. Wann immer sie beschloss, tiefer zu gehen, sorgte sie dafür, dass eine Art Rampe entstand. Niemals grub sie geradewegs nach unten.

Jedes Mal, wenn sie hier entlanglief, nahm sie sich vor, richtige Treppen zu bauen, und jede Nacht, wenn ihre Beine vom ewigen Springen nicht mehr schmerzten, entschied sie, dass Treppen nichts als Ressourcenverschwendung waren.

Max grub einfach nur.

Gleich zu Beginn ihrer Grabungen hatte Alison ihn davor gewarnt, nach unten zu graben. Schließlich wusste man nie, ob man sich über einer Höhle befand. Und war man erst einmal unten gelandet, konnte es schwierig werden, heil wieder hinauszugelangen. Max hatte eingewandt, dass er mittlerweile ein Profi darin war, hochzuspringen und genau unter sich Blöcke zu platzieren, bis er wieder oben war. Doch Alisons Schwester Dextra hatte genau das auch mal versucht und war prompt abgestürzt. Sie hatten sogar einen Arzt rufen müssen. Allein der Anblick dieser Stapeltechnik hatte Alison so fertiggemacht, dass sie den Rest des Tages nicht mehr mit Max geredet hatte.

Jedenfalls war das ihr Plan gewesen. Doch dann hatte er genau vor ihrem Fenster eine Schafs-Skulptur aus roten Wollblöcken errichtet. Deren lustiger Gesichtsausdruck erinnerte Alison an Äpfelchen, und ihre Laune hatte sich schlagartig gebessert.

Danach hatte Max sich nie wieder direkt nach unten gegraben.

Nun stand Alison im ausgehöhlten Hügel und betrachtete im Licht einer Wandfackel ihre Karte. „Wir müssen uns in diese Richtung graben, um unter dem Garten zu landen", stellte sie fest, woraufhin Max die Blöcke vor sich zerhackte und ein großes, unregelmäßiges Loch in die Wand riss. Alison seufzte, sprang einige Blöcke nach unten und arbeitete sich nach ihrem üblichen Muster voran.

Max' Stollen schlängelte sich kreuz und quer, kreuzte sich allenthalben mit Alisons geraden Tunneln, und immer wenn er etwas fand, das nicht Stein oder Erde war, jubelte ihr Freund. Sorgfältig und fleißig arbeitete Alison weiter und erweiterte ihre Karte hier und dort um neue Markierungen. Am Ende würde sie versuchen, sich in Max' Chaos zurechtzufinden und seine Arbeit ebenfalls auf der Karte zu verzeichnen.

Während sie so vor sich hin grub und über die Karte nachdachte, passierten plötzlich kurz nacheinander drei Dinge:

1. Max rief ihr zu, dass er zu weit gegraben und ein Loch in den Hügel über dem Kürbisfeld geschlagen hatte. Aus dem Augenwinkel erblickte Alison Tageslicht und drehte sich zu ihrem Freund um.

2. Ihre Eisenspitzhacke fräste sich durch den Sandstein vor ihr. Abgelenkt und ohne genau zu sehen, welche Blöcke sie anvisierte, öffnete sie gerade den Mund, um ihn aufzufordern, das Loch zu stopfen – als plötzlich Hitze und rotes Licht auf sie zuströmten. Schützend hielt sie eine Hand vor ihre brennenden Augen und stolperte rückwärts.

3. Ein Pfeil sirrte an ihr vorbei und blieb in der Wand zu ihrer Rechten stecken. Die Höhle, die sie gerade geöffnet hatte, war offenbar voller Lava und beherbergte wenigstens ein mit Pfeil und Bogen bewaffnetes Skelett. Dem ersten Pfeil folgten sogleich zwei weitere. *Okay, definitiv mehr als ein Skelett,* verbesserte Alison sich.

Sie stolperte weiter zurück, als Max erneut ihren Namen rief.

„Ali, hast du gehört? Ich bin auf das Kürbisfeld gestoßen! Wir befinden uns genau darüber!"

Lava quoll aus der Höhle, und noch mehr Pfeile flogen an Alison vorbei. Vorsichtigen Schrittes, um nicht in der Lava zu landen, kamen die Skelette auf sie zu. Zweifellos wollten sie sie dafür bestrafen, dass sie ungefragt in ihre Höhle eingedrungen war.

Alison fand ihr Gleichgewicht wieder und warf den näherkommenden Monstern einen letzten Blick zu, ehe sie sich umdrehte und in Max' Richtung rannte. Er hatte keine Gelegenheit, irgendwelche Fragen zu stellen – ohne ein Wort griff sie nach seinem Arm und zerrte ihn durch das eben entstandene Loch.

„Vielleicht merkt sie es gar nicht", meinte Max und betrachtete den Schlamassel.

Sie saßen auf der Krone eines der Bäume, die Max' Mutter bald fällen würde, und sahen auf das Kürbisfeld hinunter.

Wenigstens zwanzig Skelette patrouillierten unter ihnen im Schatten über das Feld. Die Mitte mieden sie sorgfältig, denn dort befand sich nun ein brodelnder Lavasee, der ein wenig nach verbranntem Kürbiskuchen roch. Die Skelette liefen genau unter Max und Alison umher – das einzig Gute war, dass sie die Kinder dank der Zweige nicht sehen konnten.

„Damit sie *das* nicht bemerkt, müsstest du dich wieder in den See werfen und beinahe ertrinken", prophezeite Alison düster und zog die Knie an die Brust. „Meinst du, das kriegen wir hin?"

Max funkelte sie an. „Ich bin nicht derjenige, der ein Loch in die Höhle der Verdammnis gerissen hat! Warum hast du das Loch nicht einfach gestopft? Du hast doch genügend Blöcke bei dir, oder nicht?"

„Pah, ich würde gern sehen, wie schnell *du* reagierst, während du versuchst, Pfeilen und Lavaströmen zu entkommen", protestierte sie. „Ich bin eben einfach losgerannt!"

„Gib's zu, du hast das Loch in die Höhle geschlagen, und jetzt ist Moms Kürbisfeld ruiniert", sagte Max.

„Das Loch im Hügel stammt von dir", konterte Alison, wenn auch etwas lahm. Sie war hin und her gerissen zwischen der Wut auf Max und der Angst vor möglichen Konsequenzen. Was würde passieren, wenn seine Mutter nach Hause kam? Würde sie Max Hausarrest aufdrücken und Alison hinauswerfen? Wie hatte sie das Vertrauen ihrer Gastgeberin nur derart missbrauchen können?

„Wir könnten zumindest die Skelette erledigen, ehe sie nach Hause kommt", schlug Max vor. „Dann müssten wir uns nur noch um die Lava kümmern."

„Skelette erledigen ... umgeben von Lava? Du gewinnst ja nicht mal einen Kampf mit einem Schaf!", fauchte Alison.

Max lief rot an. Alison erwähnte den Zwischenfall, als das graue Schaf ihm einen Stoß verpasst und in den Wassertrog befördert hatte, nicht oft. Aber wenn sie es tat, traf es ihn. Er war so stolz auf seine gute Beziehung zu den Schafen – nur dieses eine konnte ihn nicht leiden und zeigte es ihm, wann immer sich die Gelegenheit bot.

„Nur weil ich deinem Dad an dem Tag nicht erklären wollte, warum von dem Biest nur noch Wolle und Hammelfleisch übrig sind", murmelte er.

„Im Übrigen", fuhr Alison fort, „haben wir überhaupt keine Waffen. Was sollen wir tun? Die Skelette mit Erde bewerfen?"

Max zückte seine Spitzhacke. „Ich habe nicht gesagt, dass wir gegen die Skelette kämpfen sollen. Ich sagte, wir müssen sie erledigen." Damit begann er, die Äste des Baumes zu bearbeiten.

Mit Stolz erkannte Alison, welch gute Qualität die Spitzhacke hatte. Sie hatte kaum Gebrauchsspuren davongetragen … und würde ein tolles Grabmal abgeben, wenn sie und Max tatsächlich versuchten, diese Skelette inmitten brodelnder Lava zu erledigen.

Da fiel das erste Sonnenlicht durch die Blätter und traf die patrouillierenden Skelette.

KAPITEL 4

LAVA KANN MAN NICHT ERSCHIESSEN

Max hackte weiter auf die Äste ein. Natürlich hätte er dafür lieber eine Axt benutzt, aber er fürchtete, wenn er Alison jetzt bat, eine für ihn anzufertigen, könnte sie ihn dafür vom Baum schubsen.

Der schattige Bereich wurde immer kleiner, und bald blieb den Skeletten nur noch die Wahl zwischen Sonnenlicht und Lava. Max jubelte, als das erste Monster aus dem sicheren Schatten ins Licht der Nachmittagssonne gedrängt wurde. Schon ging es in Flammen auf, während es panisch umherstolperte.

Doch Max' Jubeln verwandelte sich in einen Schreckenslaut, als ein Pfeil dicht an seinem Kopf vorbeisirrte und sich im Geäst verfing. „Pass auf, Ali, die sind sauer!", rief er und hackte weiter auf den Baum ein. Die Sonne näherte sich langsam dem Horizont, und wenn die Skelette bei Nachteinbruch immer noch lebten, würden sie auf den Schatten des Baumes nicht mehr angewiesen sein.

38

Und dann war da ja auch noch seine Mutter, die bald nach Hause zurückkehren würde. Max war so damit beschäftigt gewesen, sich Sorgen über den Ärger zu machen, der ihm und Alison drohte, dass er völlig aus dem Blick verloren hatte, welch gefährliche Situation sie hier geschaffen hatten. Selbst die schlimmste Bestrafung erschien ihm im Moment annehmbar, denn der Gedanke daran, dass ein Monstermob seiner Mutter auflauern könnte, war einfach zu schrecklich. „Wir müssen sie erledigen, bevor Mom nach Hause kommt!", rief er und hackte noch schneller.

Doch Alison war nicht mehr hinter ihm. Ob sie sich im Baum versteckte, um keinen Pfeil abzukriegen? Nun, dann würde er sie eben beide retten müssen.

Sein eifriges Hacken wurde belohnt: Unter ihm gingen weitere Skelette in Flammen auf. Einige landeten sogar in der Lava, aber es ging trotzdem nicht schnell genug. Er war dabei, das Wettrennen gegen die Sonne zu verlieren. Schon glaubte er, in der Ferne das Rufen eines Esels zu hören.

„Alison? Hilf mir!", schrie er, als das erste Skelett aus dem Schatten des Baumes ins schwindende Licht trat und nicht in Flammen aufging. Die Sonne war jetzt fast verschwunden und die Monster damit außer Gefahr.

Die Skelette taten es ihrem Kollegen gleich und verließen nacheinander den Unterschlupf auf der Suche nach einem Ort, von dem aus sie einen besseren Schusswinkel auf Max hatten.

Er wollte schon tiefer nach unten ins Geäst klettern und Alison Gesellschaft leisten, als sie plötzlich wieder hinter ihm auftauchte. Sie hielt irgendwas in der Hand.

„Hier", sagte sie nur und reichte ihm das Ding. Es war ein Bogen.

Dazu gab sie ihm noch drei Pfeile. „Ziel gut. Mehr haben wir nicht." Auch sie hatte eine Handvoll Pfeile. „Außer diesen können wir nur die wiederverwenden, die sie auf uns schießen; mehr kann ich hier oben nicht anfertigen."

Sie hob ihren eigenen Bogen und legte an. Beide hatten dieses Jahr Bogenschießen in der Schule gehabt. Alle Kinder mussten lernen, sich zu verteidigen, falls sie von Skeletten, Zombies oder Creepern überrascht wurden. Aber weder Max noch Alison waren im Schießen besonders gut. Sie hatten sich einfach nicht angestrengt. Alison brauchte ihre ganze Energie für Fertigung und Tierzucht, während Max sich auf Geschichte und Architektur konzentrierte, so wie seine gesamte Familie.

Weit flirrte der Pfeil durch die Luft. Das Skelett, das Alison anvisiert hatte, entdeckte sie und feuerte zurück. Sie duckte sich. „Danke!", rief sie ihm zu und griff nach dem Geschoss, das hinter ihr in einem Ast stecken geblieben war. Sie feuerte noch einmal. Diesmal traf sie ein Skelett genau in den Schädel, und es fiel um wie ein nasser Sack.

„Guter Schuss!", lobte Max und erinnerte sich dann daran, dass er ebenfalls schießen sollte.

Langsam die Sehne ziehen, bis sie dein Gesicht berührt, die Entfernung schätzen – und das Atmen nicht vergessen. Das hatte sein Lehrer gesagt – ein eigenartiger Ratschlag, fand Max damals. Aber als er ihn nicht befolgte, fand keiner seiner Pfeile ein Ziel. Einmal hatte er sogar einen Mitschüler getroffen, der daraufhin sofort auf der Krankenstation landete … und Max im Büro des Direktors.

Denk nicht daran. Denk an den Pfeil. Das Einzige, was jetzt zählt, sind der Pfeil, du und dein Ziel.

Alison erledigte ein weiteres Skelett. Damit waren nur noch drei übrig, und Max hatte noch all seine Pfeile. Er nahm den ersten, legte an, zog die Sehne so weit es ging zurück und atmete ruhig. *Da.* Er zielte auf eins, das im Lavaschein gut zu sehen war.

Max ließ die Sehne los, und der Pfeil landete genau im Brustbein des Skeletts. Es wurde nach hinten geschleudert und landete in der Lava, wo es umgehend Feuer fing.

„Noch zwei!", rief Alison. „Ich habe keine Pfeile mehr. Wenn sie keine mehr auf uns schießen, hängt jetzt alles von dir ab!"

Max lag eine scharfe Erwiderung auf der Zunge – oder zumindest eine mutige –, aber dafür blieb keine Zeit. Ein Skelett hatte den Bogen gezückt und zielte auf Max. Eilig legte der Junge einen weiteren Pfeil an und feuerte ihn ab, voll auf sein Ziel konzentriert.

Der Pfeil durchschlug die Augenhöhle des Monsters, das umkippte, ehe es sein eigenes Geschoss abfeuern konnte. Alison jubelte und klang fast so glücklich wie früher. Noch ein Pfeil. Grinsend zielte er auf das letzte Skelett.

Doch das beachtete die Kinder gar nicht, sondern konzentrierte sich auf irgendetwas am Boden. Es war, als wären sie nicht da. Angespannt zog Max die Bogensehne zurück, kurz davor, das letzte Monster auszuschalten, um dann beim Abendessen damit anzugeben. Er wusste jetzt schon, was er sagen würde.

„MAX! WAS UM ALLES IN DER OBERWELT MACHST DU DA?"

Seine Mom war zurück.

Der letzte Pfeil flog ins Nirgendwo und blieb im Hügel stecken, wo die ganze Katastrophe ihren Anfang genommen hatte.

Das Ausmaß der Wut von Max' Mutter übertraf sowohl das Skelettproblem als auch den Schlamassel mit der Lava. Mit wildem Kampfgeschrei schnappte sie sich eine Schaufel aus der Kiste, die an Francines Rücken befestigt war, und schlug den Schädel des letzten Skeletts zu Brei. Klappernd ging es zu Boden.

Dann wies sie Max und Alison an, aus dem Baum zu steigen, und suchte die beiden unsanft nach Verletzungen ab.

Anschließend machte sie einen Schritt rückwärts und streckte die Hände aus. „Bögen", befahl sie. Ohne Murren händigten sie ihr die Waffen aus. Max warf Alison einen verstohlenen Blick zu. Ihre Augen waren vor Angst geweitet, und er fragte sich, ob er wohl genauso aussah. „Spitzhacken!", fügte seine Mutter hinzu. Widerwillig händigte er ihr auch die aus. Er hatte sie kaum benutzen können, und nun war sie fort. Dann durchsuchte sie zur Sicherheit noch die Taschen der Kinder. Sie konfiszierte Schaufeln, Fackeln, alles, was sie unten abgebaut hatten, und das Holz aus dem Baum.

„Woher habt ihr das Werkzeug?", wollte sie wissen. Die Kinder sahen einander an, und Alison schüttelte unmerklich den Kopf, damit Max nichts verriet.

Er zuckte die Achseln und antwortete das Erste, was ihm in den Sinn kam: „Gefunden. Im Wald."

„In einer verlassenen Hütte", fügte Alison hinzu, als Max' Mutter ihn zweifelnd ansah.

Max zuckte zusammen. Er wünschte, sie hätte das nicht gesagt. Seine Mutter kannte jemanden, der kürzlich eine Hütte verlassen hatte, und sie wäre alles andere als glücklich, wenn Max dort herumgeschnüffelt hätte.

Prompt sog sie scharf die Luft ein und sah von Max zu Alison und dann wieder zu Max. Alison machte einen Schritt rückwärts.

„Nicht *diese* Hütte, Mom", sagte Max und ignorierte Alisons verwirrten Blick. „Eine bei Alisons Schafstall."

Max' Mutter fuhr sich mit der Hand übers Gesicht und seufzte. Plötzlich schien sie müde zu sein. „Geht rein. In Max' Zimmer, alle beide. Alison, ich will dich nicht in deinem Turm sehen, ehe ich ihn von oben bis unten nach weiterem Werkzeug durchsucht habe."

Würde sie die Tür finden, die Alison gebaut hatte? Die beiden Kinder tauschten einen panischen Blick. Seine Mutter war Architektin – sie mochte ja Schwierigkeiten damit haben, eine Herde Schafe zu hüten oder ein entflohenes Tier einzufangen, aber Gebäude kannte sie in- und auswendig. Alles wäre verloren, wenn sie die Tür zu ihrer geheimen Werkstatt fände.

Hastig nickten Alison und Max ihr zu und rannten ins Haus.

Sie drängten sich ans Fenster und beobachteten Max' Mutter, die im Garten Fackeln aufstellte und einen Graben aushob, um den Lavafluss umzuleiten. „Das gefällt mir nicht. Wenn sie unsere Werkstatt findet, ist hier die Hölle los", prophezeite Max.

„Bin gleich zurück", wisperte Alison und rannte zum Turm.

Max blieb am Fenster stehen und konnte nur hoffen, dass Alison sich beeilte – bei was auch immer. Schließlich war es ratsam, seiner Mutter zu gehorchen, wenn man gerade eben erst dafür bestraft worden war, nicht gehorcht zu haben. Das würde sonst zu einem endlosen Kreislauf von Bestrafungen führen, die ihn an sein Zimmer ketten würden, bis er dreißig war.

Er beobachtete seine Mutter bei der Arbeit und verspürte eine eigenartige Mischung aus Gefühlen: Verbitterung, weil sie ihnen alles weggenommen hatte, und Schuld, weil er ihr einen guten Grund dafür geliefert hatte.

„Ich habe die Tür blockiert", keuchte Ali, als sie zurück ins Zimmer gestolpert kam. „Ich schätze, sie wird sie nicht finden, wenn sie sich nicht gerade in die Wand gräbt.

„Sie ist *Architektin*", konterte Max, irritiert über den Rollentausch. Sonst war er immer derjenige, der irgendetwas Lächerliches sagte, und sie musste ihn auf das Offensichtliche hinweisen. „Glaubst du im Ernst, ich hätte noch nie versucht, etwas in der Wand zu verstecken?"

„Na toll, und was jetzt? Sollen wir einfach darauf warten, dass uns deine Mom rausschmeißt?", gab Alison zurück und trat zu ihm ans Fenster. Der Graben war länger geworden, und im schwindenden Sonnenlicht hörte man schon Geräusche von Monstern durch die Luft hallen. Max' Mutter schien das nicht im Geringsten zu stören, und er wusste auch, warum. Wenn ihr irgendetwas zu nahe käme, würde sie mit der Kreatur kurzen Prozess machen.

„Warten ja, aber worauf, weiß ich noch nicht", sagte er. „So wütend habe ich sie noch nie erlebt. Als ich beinahe ertrunken wäre, war sie wenigstens besorgt. Jetzt ist sie einfach nur sauer. Vielleicht hätte ich mich von einem Pfeil treffen lassen sollen."

Alison warf ihm einen finsteren Blick zu, und er war froh, seine gewohnte Rolle wiederzuhaben: derjenige, der Unsinn von sich gab.

„Ich schätze, wir können nichts tun, ehe sie uns sagt, wie unsere Bestrafung lautet", meinte Alison.

„Wieso hältst du dich immer so sklavisch an Regeln?", sagte er und warf sich aufs Bett. „Du folgst ihnen wie … wie ein Schaf."

Sie strafte ihn mit einem eisigen Blick. „Du hast offensichtlich keine Ahnung von Schafen. Sie hören auf keinen außer dem Leitschaf. Ganz sicher nicht auf den Hirten."

„Was ist ein Leitschaf?", wollte Max wissen.

„Das Schaf, dem alle anderen folgen. Normalerweise das älteste Weibchen."

„Oh", sagte er. „Und wie würde ein Schaf gegen das Leitschaf rebellieren?"

„Es ist Zeitverschwendung, jetzt darüber nachzudenken", gab Alison ungeduldig zurück. „Wir können nicht rebellieren, ehe wir wissen, wogegen. Am Ende beschließt du wegzulaufen, weil du fürchtest, sie wirft dich raus. Dabei wollte sie dir vielleicht nur auftragen, ein neues Kürbisfeld anzulegen."

„Du kennst sie eben nicht so gut wie ich", grollte Max.

„Ich weiß." Alison sah wieder aus dem Fenster. „Sie sieht müde aus. Wir sollten ihr helfen."

„Glaubst du wirklich, das würde uns irgendwie weiterbringen?", fragte er.

„Ich sagte, wir sollten *ihr* helfen, nicht uns selbst", seufzte Alison. „Aber du hast recht. Wahrscheinlich würde das mehr Schlechtes als Gutes bewirken."

„Glaub mir, im Moment muss sie vor allem Dampf ablassen", erklärte Max und starrte zur Decke.

Das Licht im Raum veränderte sich, je tiefer die Sonne sank.

„Jetzt wird es zu dunkel", vermeldete Alison. „Da kommt sie. Dann stellen wir uns mal dem Unvermeidlichen." Sie wandte sich zur Tür um und hielt dann noch einmal inne. „Übrigens", ergänzte sie, „wenn ich ein Schaf wäre, dann wäre ich das Leitschaf."

Max' Mutter war überraschend guter Stimmung, als sie ins Haus zurückkehrte. Pfeifend verstaute sie das Werkzeug und summte vor sich hin, während sie Alisons Zimmer durchsuchte. Die geheime Werkstatt entging ihr völlig.

Zum Abendessen gab es verkohlten Kürbiskuchen. Alison und Max saßen vor ihren Tellern und starrten die Person an, die da mit ihnen am Tisch saß. Sie sah aus wie Max' Mutter, aber sie lamentierte weder über Max' Sicherheit noch machte sie ihnen Vorwürfe wegen ihrer Dummheit. Sie unterhielt sich einfach ganz normal mit ihnen. Das heißt, sie redete, während die beiden Kinder wie gelähmt darauf warteten, dass sie endlich über ihre Bestrafung sprach.

„Als ich jung war", erzählte sie gerade, „habe ich mal einen Baum gefällt und dabei aus Versehen eine Horde Spinnen aufgeschreckt." Sie hielt kurz inne, um von ihrem Kuchen abzubeißen. „Sie fielen mir auf den Kopf, krabbelten durcheinander, und einige haben mich auch gebissen." Sie gluckste. „Ich hatte solche Angst, dass ich schrie wie am Spieß." Sie sah den beiden in die Augen, um die Bedeutung ihrer Worte zu unterstreichen. „Ich war der Star unter den Architektenlehrlingen, wisst ihr. Und dann machte ich mir wegen ein paar Spinnen in die Hose." Sie atmete tief durch. „Also drosch ich mit meiner Schaufel auf sie ein, um das Gesicht zu wahren. Ich zerriss die Biester in der Luft und schwang die Schaufel so wild umher, dass ich alles zu Brei schlug – und das nur, weil ich vor den anderen nicht dumm dastehen wollte. Ich veranstaltete ein einziges Chaos, aber wenigstens der Quartiermeister der Schule war froh, weil er unverhofft an eine Menge Seide gekommen war, aus der er Bögen fertigen wollte."

„Ähm", machte Max.

„Coole … Geschichte", murmelte Alison.

„Ihr beide habt heute bewiesen, dass ihr schnell reagieren könnt. Habt euch geschützt, so gut ihr konntet. Den Baum auseinanderzunehmen, war eine glänzende Idee, Max, und Alison, deine Bögen waren hervorragend und haben euch – und wahrscheinlich auch mir – die Haut gerettet. Was ich damit sagen will … Ich bin stolz auf euch", schloss sie und biss von ihrem Kuchen ab. „Versteht mich nicht falsch, ich bin *auch* fuchsteufelswild. Ich habe keine Ahnung, warum ihr ein Loch in den Hügel gerissen habt, und ich weiß immer noch nicht recht, woher ihr das Werkzeug habt. Ich nehme es an mich, und wenn ich noch welches finde, auch das. Ab morgen werdet ihr die Lava aus dem Garten beseitigen, den Boden umgraben und neue Kürbisse aussäen."

Max ließ die angespannten Schultern herabsinken. Er hatte gehofft, dass die ungewöhnlich gute Stimmung seiner Mutter ihn verschonen würde.

Alison räusperte sich. „Die Höhle, die ich im Hügel gefunden habe … Was, wenn dort noch mehr Skelette spawnen? Der Hügel ist immer noch offen."

„Nun, sobald ihr genug Wasser herangeschafft habt, um die Lava abzukühlen, wird ausreichend Bruchstein da sein. Damit könnt ihr das Loch stopfen", antwortete Max' Mutter im Plauderton.

Max sah genau vor sich, wie sie ständig hin und her rennen, Wasser schleppen und dann den Bruchstein abbauen würden. Er stöhnte. „Aber Mom, ich dachte, du willst nicht, dass ich in die Nähe von Wasser gehe", sagte er mit erhobenen Augenbrauen.

„Tja, das war *vor* eurem kleinen Abenteuer mit Lava und Skeletten", gab sie zuckersüß zurück. „Ich bin sicher, ein Eimer Wasser wird dir schon nicht schaden."

Max schnitt eine Grimasse. Darauf wusste er nichts zu sagen. Insgeheim war er sogar ein bisschen erleichtert. Obwohl er vorerst hier festsaß, sein Werkzeug verloren hatte und das Kürbisfeld neu anlegen musste, war seine Mutter offenbar nicht mehr so übertrieben ängstlich. Jedenfalls in Bezug auf Wasser. Ihr Blick zeigte immer noch Besorgnis, aber sie hatte anscheinend kapiert, dass ihrem Sohn nicht dieselbe Gefahr drohte wie *im* Wasser.

Womöglich konnte er ihr gegenüber ab jetzt sogar das Wort „Wasser" erwähnen, und vielleicht würden sie irgendwann gemeinsam über Skelette und Lava lachen können. Doch wenn sie geahnt hätte, was er in der geheimen Werkstatt vor ihr versteckte, wäre sie bestimmt furchtbar böse geworden.

Nicht einmal Alison wusste, was er dort unten in einer hohlen Wand verbarg. Früher oder später würde er es ihr sagen müssen.

Doch fürs Erste wollte er es komplett aus der Werkstatt entfernen. Und was Alison betraf – ihr würde er später davon erzählen.

So kann es nicht weitergehen.

Alison lag im Bett und beobachtete durch das Oberlicht den Mond, der seine stille Bahn am Himmel zog. Sie durfte das einzige Heim, das ihr noch blieb, nicht aufs Spiel setzen.

Max' Mutter hatte zwar nicht gedroht, sie hinauszuwerfen, aber Alison ahnte, dass das Fass überlaufen würde, wenn sie ihre Grenzen weiter austestete.

Doch während sie so dalag und sich davon zu überzeugen versuchte, dass es klug wäre, die Regeln nicht mehr zu brechen, vermisste sie ihre Werkbank wie verrückt. Wie konnte sie es bloß ohne Ärger hinkriegen, weiterhin Werkzeug herzustellen? Natürlich durften sie und Max nicht mehr im Hügel graben, aber Max' Mutter hatte Alison nicht direkt verboten, ihr Fertigungstalent zu verfeinern.

Doch wie könnte das gehen? Sie würde ihr Werkzeug unbemerkt ins Dorf bringen müssen, um es zu verkaufen. Dann könnte sie neues Material erwerben und daraus besseres Werkzeug bauen. Und auch das verkaufen, um an Material für noch mehr Werkzeug zu kommen, das sie ebenfalls verkaufen würde, und …

Alison seufzte. Sie liebte das Fertigen, aber es wurde langweilig, wenn man mit dem geschaffenen Werkzeug nichts anfangen konnte. Eines Tages wollte sie ohnehin noch bessere

Dinge herstellen, und zwar Waffen und Rüstungen. Aber dafür brauchte sie eine Menge Material. Und an das kam man am besten unter Tage heran.

Eine fette Spinne fiel auf das Oberlicht und krabbelte davon. Alison erschrak und musste grinsen, als sie an die Geschichte von Max' Mutter dachte. *Sie hat gesagt, meine Waffen sind gut und dass uns meine Bögen vor Schlimmerem gerettet haben,* dachte Alison. *Sie hat gesagt, sie ist stolz auf uns.*

Alison befand, dass niemand sie von ihren Zielen abhalten konnte, wenn das nicht einmal Skeletten und Lava gelang. Sie hatte ein Talent zum Fertigen – Max' Mutter hatte es selbst gesagt! –, und sie wollte weiter daran feilen, um immer besser zu werden und irgendwann Waffen und Rüstungen herzustellen. So würde sie ihre Lieben am besten schützen können.

Mit Visionen von legendären Waffen und epischen Rüstungen vor Augen kroch sie aus dem Bett und schlich die Treppe hinunter. Die Tür zur Werkstatt stand sperrangelweit offen. Vor Schreck machte ihr Herz einen Satz, doch drinnen war nur Max. Er stand über eine Truhe gebeugt da und war offenbar dabei, eine Bestandsaufnahme ihrer Vorräte zu machen.

Als sie eintrat, sah er hoch. „Das hat ja gedauert. Wo warst du?"

„Im Bett, wo du auch sein solltest", gab sie zurück. Ihr war bewusst, dass sie ihn für etwas zurechtwies, das sie selbst nicht einhielt. „Ich konnte nicht schlafen."

„Ich auch nicht. Sie war ganz schön sauer!"

„Und zwar zu Recht, Max." Nachdenklich kaute Alison auf ihrer Unterlippe herum. „Deshalb sollten wir auch unbemerkt weitergraben."

Überrascht hob er die Augenbrauen. „Na, so was. Und ich dachte schon, du willst ab jetzt strikt die Regeln befolgen und aufgeben."

Sie erwog kurz, ihm von ihren Plänen zu erzählen. Aber plötzlich fand sie die gar nicht mehr so toll und entschied sich dagegen. Stattdessen zuckte sie nur mit den Schultern.

Max brauchte wie üblich keinen Zuspruch. „Ich würde sagen, wir haben hier genug Holz und Metall für mehrere Werkzeuge. Am besten wäre, wenn wir nachts graben", entschied er. „Tagsüber wird Mom uns bestimmt nicht aus den Augen lassen."

„Und wann schlafen wir?"

Er zuckte die Achseln. „Keine Ahnung, aber jetzt schläfst du ja auch nicht, oder?"

Da war etwas dran. Sie fertigte mehrere Werkzeuge, schnappte sich ein paar Fackeln, und dann gingen sie zurück zum Hügel, um weiterzuarbeiten.

Das wirklich Ärgerliche am nächsten Vorfall war, dass es dabei keineswegs um etwas so Schreckliches wie Lavafluten und Skelette ging. Eigentlich war es nur ein dummer Fehler.

Sie hatten einfach Alisons Karte falsch gelesen. Als sie auf eine Höhle stießen, ging Max hinein, um sie auf Monster zu prüfen, während Alison versuchte, die Karte zu aktualisieren. Die Höhle war riesig – an ihrem niedrigsten Punkt bestimmt zwanzig Blöcke tief. Sie würden Stufen in den Stein hauen müssen, um voranzukommen, aber das war kein Problem.

Doch Max wollte wie immer wissen, was auf der anderen Seite war. Nachdem die Höhle gesichert war, bestand er daher darauf, einen Ausgang zu graben. Verwirrt starrte Alison ihre Karte an, ehe sie zu spät ihren Fehler erkannte: Sie waren viel näher als gedacht an der Oberfläche. Schon brachen sie durch, und Sonnenlicht strömte hinein.

Und nach dem Licht kamen die Schafe.

Die Kinder waren durch den Fuß eines Hügels gebrochen und auf einer Ranch gelandet, die Alison sofort erkannte. Sie gehörte Mr Hatch, dem Nachbarn ihrer Familie. In der Ferne sah sie seine Schafställe und dahinter ihre eigenen, um die er sich netterweise kümmerte. Mehr kriegte sie nicht mit, ehe die verängstigten Schafe das taten, was verängstigte Schafe so tun.

Erschrocken von den beiden Menschen, die plötzlich aus dem Boden zu wachsen schienen, rannten sie zunächst fort. Flauschige schwarze und weiße Schwänzchen wackelten aufgeregt, während die dazugehörigen Tiere um ihr Leben galoppierten. Leider erreichten sie irgendwann die Umzäunung ihrer Koppel. Panisch flitzten sie auf der Suche nach einem Ausweg am Zaun entlang ... was sie irgendwann zurück zu Max und Alison führte, die blöderweise immer noch im soeben gegrabenen Höhleneingang standen.

Alison trat eilig aus dem Weg, doch Max blieb, wo er war.

„Geh da weg!", rief sie.

„Sie dürfen nicht in die Höhle, sonst stürzen sie noch ab, und dann finden wir sie nie wieder!", gab Max zurück und breitete die Arme aus.

„Sie werden dich umrennen!", sagte Alison und ergriff seinen Arm.

Er schüttelte sie ab. „Schafe mögen mich."

Alison hatte die Wahl: Entweder an der Seite ihres Freundes zu bleiben und mit ihm über den Haufen gerannt zu werden. Oder zur Seite zu springen, um sich zu retten.

Dann fiel ihr ein, dass niemand weit und breit ihre von Schafen zertrampelten Körper finden würde, wenn sie sich nicht in Sicherheit brachte. Also machte sie im letzten Moment einen Satz zur Seite. Max stand da wie ein Fels, einen Arm ausgestreckt, in der Hand etwas Weizen.

Das Leitschaf, ein altes Weibchen namens Glöckchen (weil es als einziges eine Glocke um den Hals trug – Mr Hatch stand Alisons Vater in puncto Kreativität in nichts nach), schnappte sich den Weizen und drängte sich dann an ihm vorbei, woraufhin beide in der Dunkelheit verschwanden.

Alison war darauf vorbereitet; ihre Spitzhacke hatte sie bereits gezückt. Sie rammte sie in den Granit neben sich und hielt sich mit der einen Hand daran fest, während sie mit der anderen nach Max' Arm griff. Sie war nicht stark genug, um ihn allein herauszuziehen, aber sie hielt ihn fest und nutzte den Schwung seines Sturzes, um sich um ihre eigene Achse zu drehen und ihn so in ihre Richtung zu bugsieren, damit er sich festhalten konnte.

Max klammerte sich an die Spitzhacke, während weitere Schafe an ihm vorbei in die Höhle purzelten. Ihr Blöken hallte von der Decke wider. Alison befestigte eine Fackel an der Wand und half Max hoch.

„Schafe mögen dich also?", stichelte sie.

„Ach, halt den Mund", erwiderte er und blickte hinunter. „Sie sehen ganz okay aus …", murmelte er.

Die Schafe waren nur etwa vier Blöcke tief gefallen. Glöckchen humpelte, aber die anderen sahen gesund aus. Alison vermutete, dass sie auf dem weichen Körper des Leitschafs gelandet waren, was sie vor größerem Schaden bewahrt hatte. Blieb nur noch das klitzekleine Problem, sie wieder aus dem Loch zu bekommen – und sie von der Spalte fernzuhalten, die Alison soeben aufgefallen war.

„Max, hast du das Loch dahinten überprüft?", fragte sie und deutete in Richtung der Schlucht.

Max kniff die Augen zusammen. „Nein, das sehe ich gerade zum ersten Mal."

„Dort könnten also Skelette, Zombies und Creeper lauern."

„Oder mehr Schafe", verteidigte er sich.

„Schafe entstehen nicht einfach in Höhlen!", sagte Alison. Für jemanden, der sich für einen regelrechten Schaf-Flüsterer hielt, wusste Max erstaunlich wenig über die einfältigen Kreaturen.

Glöckchen blökte panisch und immer lauter. Die anderen Schafe scharten sich um sie und stimmten nervös ein. Der Hall in der Höhle machte es nur noch schlimmer.

„Wir müssen sie da rausholen, bevor Mr Hatch uns entdeckt", meinte Alison schnell. „Komm, bauen wir ihnen eine Treppe."

Sie hatten weder die Zeit noch das Material, richtige Treppen zu fertigen, also häuften sie einfach irgendwelche Blöcke übereinander und hofften, die Schafe würden freiwillig hinaufklettern. Die Behelfstreppe war zwei Blöcke breit und ziemlich steil. Leider war es nicht leicht, die Tiere zu überreden, auf ihre Koppel zurückzukehren. In Panik liefen sie ziellos umher und wichen Max und Alison aus. Ihre Versuche, die Schafe die Treppe hinaufzuleiten, endeten damit, dass sie sich unterhalb der Stufen zusammendrängten.

„Hast du noch Weizen?", fragte Alison entnervt.

„Nein", kam die Antwort.

„Okay. Halte sie von dem Spalt fern, ich lauf nach Hause und hole welchen. Bin gleich wieder da."

Alison eilte die selbst gebaute Treppe hoch und sprang auf die Koppel. Sie war gerade ein paar Meter gelaufen, als sie mit einem kräftigen Körper zusammenprallte.

Erschrocken sah sie hoch.

„Ähm. Hi, Mr Hatch. Wir haben Ihre Schafe gefunden."

Max bereute es jetzt zutiefst, Alisons Karte geändert zu haben. Gerade jetzt hätte sie ein positives Erlebnis dringend gebraucht. Eins, das ihr Selbstbewusstsein stärkte und das zur Abwechslung ungefährlich war. Deshalb hatte er die Karte so manipuliert, dass sie auf Mr Hatchs Hof herauskamen – damit Alison heldenhaft die Schafe retten konnte.

Doch sein Plan war völlig schiefgelaufen, und Alison hatte sich als *echte* Heldin bewiesen, indem sie *ihn* davor bewahrt hatte, unter einer Schafherde begraben zu werden.

Diesmal kannte Max' Mutter kein Erbarmen mehr.

Der Vorfall war zwar nicht annähernd so schlimm wie die Sache mit der Lava und den Skeletten, aber nun war sie offenbar wild entschlossen, Max und Alison für jedes noch so kleine Vergehen die Hölle heiß zu machen.

Zum Glück hatte Max inzwischen sein Geheimversteck in der Werkstatt geleert und den Inhalt während der Reparaturarbeiten im Garten unter den Kürbissen vergraben.

Diese Idee stellte sich im Nachhinein als blendend heraus, denn diesmal fand Max' Mutter die Werkstatt der Kinder. Sie konfiszierte das Werkzeug, die Werkbank und den Ofen und nahm danach systematisch und Block für Block Alisons Turm auseinander.

Tränenüberströmt hatte Alison gefragt, ob sie sie jetzt hinauswerfen würde. Max' Mutter hatte kurz ihren Zorn vergessen und ruhig geantwortet: „Natürlich nicht, Liebes. So wütend kann ich gar nicht werden. Du schläfst fürs Erste in Max' Zimmer."

Dann fuhr sie fort, den Turm abzutragen.

„Mein Zimmer ist ziemlich klein, Mom", hatte Max eingewandt. „Warum dürfen wir nicht einfach beide in den Turm umziehen?"

Seine Mutter hatte ihm einen so strengen Blick zugeworfen, dass er lieber schwieg.

Kurz darauf stellte sie gegenüber von Max' Bett ein zweites auf und zog eine Wand mitten durch den Raum. Ihr eigenes Schlafzimmer versah sie mit einer zusätzlichen Tür, welche der einzige Weg hinein und hinaus war, sodass Alison sich nachts nicht mehr heimlich nach draußen schleichen konnte.

„Haltet euch eine Woche an die Regeln", riet sie den beiden durch die geöffnete Tür. „Wenn ihr das schafft, bekommt ihr ein Fenster, durch das ihr euch unterhalten könnt. Haltet ihr einen Monat durch, bekommt Alison eine eigene Tür. Beweist mir ein Jahr lang, dass ich euch trauen kann, und ich reiße die

Wand wieder ab. Und nach zwei Jahren baue ich vielleicht den Turm wieder auf."

Ein Jahr. Zwei Jahre. In der Zeit konnte so viel passieren. Max fürchtete jetzt schon, irgendwann an Langeweile zu sterben. Doch als er sich rückwärts auf sein Bett fallen ließ, hatte er zumindest eines verstanden: Seine Mom fand die Idee, hinter dem Hügel zu graben, blöd.

Am nächsten Morgen fiel Max am Frühstückstisch auf, dass Alison ihre Finger eigenartig bewegte. Dann erkannte er, dass sie in Gedanken Blöcke zählte. Seine Mutter stand mit dem Rücken zu ihm am Ofen und bereitete das Frühstück zu.

„Was hast du vor? Du willst doch nicht wieder da reingehen, oder?", wisperte er Alison zu.

„Ich muss es tun", sagte sie.

„Du wirst uns noch hinter Gitter bringen! Warte wenigstens so lange, bis sie sich beruhigt hat. Was kann so wichtig sein, dass du riskierst, wieder runterzugehen und sie noch wütender zu machen?"

Alison lief rot an. „Ich will eine Rüstung machen. Und zwar eine komplette, die richtig gut ist."

„Was?" Zugegeben, Max fand den Plan ziemlich cool, aber nicht cool genug, um sie beide erneut in Schwierigkeiten zu bringen. „Und wieso muss das unbedingt jetzt sein? Warum ist das so wichtig? Ist sie für dich?"

Alison schüttelte den Kopf. Erschrocken bemerkte er, dass ihre Augen sich mit Tränen gefüllt hatten. Er warf einen flüchtigen Blick auf seine Mutter, die immer noch mit dem Rücken zu ihnen stand, und rückte näher an seine Freundin heran. „Hab ich was Falsches gesagt? Was ist los?"

„Die Rüstung ist für sie."

„Für wen?", fragte Max verwirrt.

Alison blickte zu seiner Mutter. „Sie." Eine Träne lief ihr übers Gesicht. „Ich kann nicht noch einen Elternteil verlieren, Max. Ich schulde ihr einfach alles. Ich will, dass sie geschützt ist, wenn sie allein durch die Weltgeschichte reist. Deshalb werde ich ihr eine Rüstung fertigen, die sie tragen kann, wenn sie in die Stadt geht. Als Dankeschön dafür, dass sie mich aufgenommen hat."

Max wollte ihre Hand nehmen und sie trösten. Gleichzeitig wollte er sie anschreien, dass es seiner Mutter bestimmt lieber wäre, wenn Alison in Sicherheit bliebe, anstatt sich in Gefahr zu bringen, nur um sie vor einer eingebildeten Bedrohung zu schützen. Und er wollte in Ruhe darüber nachdenken, was seine ansonsten so folgsame Freundin dazu brachte, sich ständig gegen die Regeln aufzulehnen. Dann fiel ihm auf, dass sie mehr gemeinsam hatten, als er gedacht hatte.

So reichte er ihr letztlich nur seine Serviette, um ihre Tränen zu trocknen. In dem Moment drehte seine Mutter sich zu ihnen um, einen Teller voller Rührei in der Hand.

„Alison, was ist los?", fragte sie, als sie die tränenfeuchte Serviette bemerkte.

„Was immer los ist", log Alison und lächelte ein wenig. „Manchmal überkommt es mich einfach."

Max' Mutter beugte sich zu ihr, um sie zu umarmen, was dazu führte, dass Alison umso heftiger weinte.

In den folgenden Wochen war Alison eigentümlich still – beinahe so, wie sie kurz nach ihrem Einzug gewesen war: traurig und einsam. Max wünschte, er hätte unter vier Augen mit ihr reden können, aber seine Mutter blieb immer in der Nähe der Kinder.

Sie nahm Alison mit, als sie zu Mr Hatch ging und ihm half, die Schafe zurückzuholen und die Löcher auf seinem Hof zu beseitigen.

Und Max musste sie in die Stadt begleiten. Alison und Francine blieben zu Hause, und er übernahm die Rolle des Packesels und trug die Tasche seiner Mom. Bei dieser Gelegenheit sah er auch seinen Vater wieder, nur war der noch wütender als seine Mutter, und das Wiedersehen verlief ziemlich ungemütlich.

Max fragte Alison, ob sie alleine unter Tage arbeitete, während er fort war, aber sie schüttelte jedes Mal den Kopf.

Die Bestrafung sah außerdem vor, dass Alison Max' Mutter bei der Detailplanung neuer Projekte half, während Max sie widerwillig bei den Entwürfen unterstützte.

Sie hatten also jede Menge zu tun, aber sie waren auch kreuzunglücklich.

Doch Max' Mutter hielt Wort. Nach einer Woche kam sie mit einer Spitzhacke – einer der guten, die Alison gefertigt hatte – und schlug ein Loch in die Trennwand. Den Schutt ließ sie für die Kinder liegen, aber die beiden waren froh, endlich wieder unter vier Augen miteinander reden zu können.

„Ich habe eine Idee", verkündete Max, der am Fenster stand und Alison betrachtete, die mit dem Rücken zu ihm auf dem Bett lag.

„Welche denn?", fragte sie matt, rollte sich auf den Rücken und starrte die Decke an. „Ich muss wieder irgendwas *tun*. Ich muss einfach."

„Weißt du, Ali, ich glaube, sie kommt schon klar. Du erinnerst dich doch daran, wie sie das Skelett erledigt hat, oder?"

„Erzähl mir von deiner Idee", forderte sie ihn auf, als hätte sie die letzte Bemerkung nicht gehört. „Hat sie damit zu tun, dass wir abwarten, bis sie uns nicht mehr böse ist?"

„Ach, darüber ist sie doch längst hinweg", meinte Max und winkte ab. Im Moment war er viel zu aufgekratzt, um sich Sorgen zu machen. „Ich habe da etwas, das ich dir zeigen will."

Alison zog ihre Knie an die Brust und rollte sich wieder auf die Seite. „Nein, Max. Sie ist absolut nicht darüber hinweg. Sie hat nicht vergessen, was wir ihrem Garten angetan haben, und das nächste Mal, wenn wir Mist bauen, wird sie sich an den Garten und die Schafe erinnern. Wir müssen vorsichtiger sein."

„Da hast du recht. Aber ich rede nicht vom Abbauen oder Herstellen", gab er zurück. Er zögerte noch einen kurzen Moment, dann schob er ein Buch durch die Öffnung, die der fehlende Block hinterlassen hatte. „Ich rede von viel mehr."

Damit gewann er endlich Alisons Aufmerksamkeit.

Vorsichtig, als wäre er zerbrechlich, reichte Max seinen wertvollen Fund durchs Fenster. Das Tagebuch war in brüchiges braunes Leder gebunden. In den Einband hatte jemand einen groben Kreis mit zwei Punkten in der Mitte eingebrannt. Das ganze Buch sah aus wie handgemacht. Alison nahm es an sich und schlug es irgendwo in der Mitte auf. Die Seite war voller Kritzeleien über Rezepturen für Tränke, mit denen der Verfasser herumexperimentiert hatte.

„Woher hast du das?", fragte sie, fuhr mit dem Finger übers Papier und betrachtete stirnrunzelnd einige durchgestrichene Passagen.

„Ich habe es in einer Hütte gefunden", antwortete Max. „Erinnerst du dich daran, als du mich gefragt hast, woher ich Obsidian für den Zaun hatte?"

Alison nickte, den Blick immer noch auf die Kritzeleien geheftet.

„Na ja, ich habe nicht nur Obsidian gefunden."

Vorsichtig blätterte Alison um. „Hier wurde eine Menge durchgestrichen. Und es ist voller Lücken."

„Ich nehme an, es ist ein Buch mit Experimenten, und einige haben wahrscheinlich nicht funktioniert."

Alison blätterte zurück zum Rezept für einen Trank der Unterwasseratmung. „Hier steht, das Rezept ist zur Unterwasseratmung, aber ich habe es noch nie gesehen. Ich kenne zwar nicht alle Verwendungen für fermentierte Spinnenaugen, aber ich bin mir sicher, dass sie nicht gerade oft für Tränke und Zauber mit positiven Effekten benutzt werden."

Max lehnte sich so weit wie möglich durch das Loch in der Wand. „Das wusste ich nicht."

Sie hob eine Augenbraue. „Max, das hatten wir im Grundkurs Tränke. Wie kannst du dich für Braukunst und Tränke interessieren und so etwas nicht wissen?"

„Das ist ewig her und war total langweilig", verteidigte er sich. „Außerdem stehen in dem Buch noch viele andere coole Sachen. Lies weiter."

„Okay, hier gibt es ein paar Tränke, die anscheinend wirklich funktionieren. Und genaue Informationen zum Verzaubern. Gar nicht schlecht."

Max zwang sich, den Mund zu halten, während sie las, und wippte nur wartend auf und ab. Er hoffte, sie würde das Beste finden, bevor er nicht mehr an sich halten konnte und sie selbst darauf hinwies. Aber sie blieb ewig auf der Seite mit den Verzauberungen hängen, auf der es auch um Waffen und Rüstungen ging. „Max, ist dir klar, dass ich mit diesem Buch Rüstungen herstellen könnte? Die du verzauberst? Wir könnten sogar Waffen verzaubern!" Ihre Stimme war hell vor Aufregung – wie immer, wenn Max kurz davor war, sie von einem seiner Pläne zu überzeugen.

„Ich weiß", rief er. „Aber lies weiter. Es wird noch besser."

„Was könnte besser sein als ein verzaubertes Schwert?", schwärmte Alison, aber sie blätterte trotzdem weiter. „Ein verzauberter Helm", murmelte sie beim Lesen.

Max wartete ungeduldig, bis sie zu den letzten Seiten vordrang – dorthin, wo die Zeichnung war. Die Seiten davor waren unordentlich und planlos bekritzelt worden, aber diese eine sah aus, als hätte sie jemand ganz anderes beschrieben. Die Schrift war klein und präzise, mit klaren Messangaben und der detaillierten Zeichnung eines großen Rechtecks, umrahmt von Obsidianblöcken. In der Mitte des Rechtecks waren flammenartige Gebilde eingezeichnet. Dahinter konnte man nichts erkennen, obwohl es nicht so aussah, als enthielte es feste Blöcke.

Unter der Zeichnung standen drei Worte.

Alison sah hoch zu Max. „Ist das echt?"

„Es gibt nur einen Weg, das rauszufinden!", sagte er und grinste breit.

Alison richtete den Blick wieder aufs Buch und fuhr mit dem Finger über die Wörter.

PORTAL ZUM NETHER

KAPITEL 5

EIN STOCK, EINE SPITZHACKE UND EIN ABENTEUER

Was Max und Alison über den Nether wussten:

In der Schule hatte man ihnen nur gesagt, dass es ein verbotener und rätselhafter Ort war. Die Kinder wussten nicht recht, was daran so geheimnisvoll sein sollte, denn niemand hatte ihnen erklärt, wie man überhaupt dorthin gelangte.

Max' Eltern hatten gar behauptet, der Nether sei bloß ein Mythos, von dem nur geistig verwirrte Abenteurer faselten.

Alisons Oma Dia hatte ihr mehr als einmal klargemacht, dass sie nicht einmal das Wort aussprechen durfte, wenn sie sich nicht endlose Vorträge anhören wollte – über das Verbreiten von Unwahrheiten und die Gefahren, die von diesem Ort ausgingen. Sie redete so lange darüber, bis Alison sich irgendwann fragte, warum man sich über einen Ort Sorgen machen sollte, den es gar nicht gab.

In jedem Buch, das sie darüber fanden, waren die Kapitel, die sich damit befassten, herausgerissen worden – nur am In-

haltsverzeichnis konnte man erkennen, dass es sie einmal gegeben hatte.

Trotzdem hatte Alison sich immer gefragt, woher der Begriff
*Ober*welt überhaupt kam. Oberhalb wovon war sie denn?

Letztlich fanden sie und Max in dem Buch Folgendes heraus: Der Nether existierte und war extrem gefährlich. Außerdem war es nicht leicht, dorthin zu gelangen – man musste erst
mal herausfinden, *wie* das überhaupt ging.

In Max' Augen waren all das gute Gründe, dem Nether einen
Besuch abzustatten.

Alison bestand darauf, das Abenteuer um wenigstens eine weitere Woche zu verschieben – so lange, bis Max' Mutter ihnen
wieder erlaubte, zu zweit das Haus zu verlassen. Sie ließ sich
nicht davon abbringen, und ohne Alison konnte Max nicht
gehen. Sein Fertigungstalent war bescheiden, und er würde ihre
Hilfe bei den Reparaturarbeiten in der Hütte brauchen. Aber es
wurmte ihn fürchterlich, dass sie sich weigerte, jetzt sofort los-
zuziehen.

In seiner Wut beschloss er, ihr in den nächsten Tagen aus dem
Weg zu gehen. Das war nicht allzu schwer, denn seine Mutter
hielt sie weiter getrennt voneinander auf Trab.

Alison wartete einfach darauf, dass er sich beruhigte. Sie
wusste, irgendwann würde er von selbst auf sie zukommen.
Ihn hatte die Abenteuerlust gepackt, und die duldete keinen
Aufschub. Insgeheim verstand sie ihn sogar, aber sie wollte seine Mutter nicht schon wieder enttäuschen. Außerdem hatte sie

Rückenschmerzen von der Arbeit bei Mr Hatch: Schafe aus der Höhle zu locken und in manchen Fällen sogar hinauszutragen war kein Kinderspiel. Deshalb wollte Alison die nächste Exkursion vorsichtiger angehen.

Zu Alisons und Max' Leidwesen hatten sie sich bei seiner Mutter unentbehrlich gemacht. Inzwischen sah sie die Hilfe der Kinder nicht mehr als Teil der Bestrafung, sondern nahm sie gerne und oft in Anspruch. Und wenn sie gerade nicht sauer war, war sie auch wirklich nett. Alison wollte immer noch die Hütte besuchen, in der Max das Tagebuch gefunden hatte, aber die schwere Arbeit raubte ihr jegliche Energie.

„Ihr beide seid mir eine große Hilfe", lobte Max' Mutter sie eines Abends am Esstisch. „Deshalb dürft ihr ab sofort wieder zusammen das Haus verlassen. Aber macht bitte keine Dummheiten mehr."

Alison nickte dankbar. Aber sie erinnerte sich auch an ihr Versprechen, und als sie und Max wieder in ihren Zimmern waren, steckte sie den Kopf durch das Loch in der Wand und sagte: „Tagsüber hält sie uns zu sehr auf Trab. Lass uns heute Nacht gehen."

Zu ihrer Überraschung war Max zu müde. Er war immer noch schmutzig von der ganzen Gartenarbeit und lag bereits halb schlafend auf dem Bett.

„Jetzt schon? Ich dachte, du willst ein paar Tage warten", murmelte er.

„Spinnst du? *Du* wolltest doch so schnell wie möglich los …"

Kichernd richtete er sich auf, plötzlich wieder hellwach. „Ich veräpple dich nur", lachte er. „Gehen wir."

Max hatte erwähnt, dass er das Buch in einer verlassenen Hütte im Wald nicht weit vom Haus entfernt gefunden hatte. Sie wollten dorthin zurück, weil er nicht einmal die Hälfte ihrer Geheimnisse ergründet hatte, wie er sagte. Zum Glück hatte Max' Mutter Alison tagsüber zum Stall geschickt, um Werkzeug zu holen, und Alison hatte die dort stehende Werkbank benutzt, um fix eine einfache Spitzhacke zu fertigen.

So leise wie möglich durchbrach sie damit die Schlafzimmerwand, und durch Max' Tür gelangten die beiden nach draußen.

Für den Weg durch den Wald hatten sie Fackeln mitgenommen. Die einzigen Waffen, die sie besaßen, waren ein Stock und die Holzspitzhacke. Alison hatte etwas besorgt gefragt, ob sie sich nicht besser ausrüsten sollten.

„Die Fackeln werden schon reichen. Ich kenne dieses Gebiet – ich habe es vor dem Unfall kartiert. Der Weg ist einigermaßen sicher, und die Hütte auch."

Trotzdem blickte Alison sich ständig um, ob nicht doch irgendwo Monster lauerten. Aber der Weg zur Hütte war frei, und ihre Fackeln hielten sämtliche Kreaturen fern.

In der Hütte herrschte Chaos. Alison hatte einen Kloß im Hals, als ihr auffiel, woran es sie erinnerte: eine Creeperattacke. Sie konnte Creeper nicht ausstehen. Als sie einen Schritt rückwärts machte, hörte sie ein Zischen aus dem Wald und wirbelte herum.

Doch da war nichts. Ihr Atem ging stoßweise, und ihr wurde schwindlig. Max war verschwunden. Hatte er sie verlassen, genau wie alle anderen? War sie allein? Sie atmete tief ein und versuchte, die aufsteigende Panik niederzuringen.

Eine Hand legte sich um ihren Ellbogen. Entsetzt riss sie sich los. Doch es war Max. Ruhig und besorgt sah er sie an. „Ich habe überall Fackeln aufgestellt, damit wir nicht gestört werden", erklärte er und zeigte auf die Hütte, die nun hell erleuchtet war. „Alles okay?"

Sie bemerkte, dass ihre Augen weit aufgerissen waren, und nickte nur stumm. Er drehte sich um und lief zur Hütte. „Tut mir leid, dass ich dich nicht davor gewarnt habe, wie es hier aussieht." Er führte sie zur Ostseite, die vollständig fehlte. „Das meiste Zeug, das ich gefunden habe, hab ich hier gelassen, damit Mom es mir nicht wegnimmt", erklärte er und deutete auf die Stein- und Holzstapel vor sich. „Es ist jetzt sicher. Wir können hineingehen."

Drinnen leuchteten weitere Fackeln und ließen den Ort fast schon einladend erscheinen. Max hatte ein wenig aufgeräumt, sodass anstatt eines Haufens Bruchstein nur noch das klaffende Loch in der Wand zu sehen war. Sie kletterten hindurch und fanden drinnen ein Bett, einen Herd und andere alltägliche Dinge.

„Warte nur, bis du den Keller siehst", sagte Max, als er ihren Blick bemerkte. War sie etwa enttäuscht?

Doch Alison war nicht enttäuscht, sondern durcheinander. In Gedanken war sie immer noch bei ihrer Familie.

„Wem gehört die Hütte?", fragte sie endlich und versuchte, die Furcht in ihrer Stimme zu unterdrücken.

„Sie ist verlassen, keine Sorge", antwortete Max. „Komm, gehen wir in den Keller." Unten entzündete er einige Fackeln und steckte sie in Halterungen an der Wand. Nach und nach erhellte das Licht den ganzen Keller. Alison sog scharf die Luft ein, als sie die Bücherregale, Zaubertische, Werkbänke, Öfen und Truhen erblickte. An den Wänden hingen Gemälde – das Blumenbild und die Buchtlandschaft waren schön, während ein Kunstwerk, das wie die Nahaufnahme eines Enderman aussah, etwas Furcht einflößendes hatte. Am anderen Ende des Raums, das sich schon nicht mehr unterhalb der Hütte befand, sickerte Mondlicht durch ein verborgenes Oberlicht, das Max im Wald gefunden und gesäubert hatte.

„Das muss doch irgendjemandem gehören", flüsterte Alison. „Niemand würde all das einfach zurücklassen."

„Tja, irgendwer hat es aber getan", stellte Max fest. „Außerdem habe ich …" Er unterbrach sich, als Alison an ihm vorbeirauschte, um eine der Truhen zu öffnen.

„Die ist voller Metall!", rief sie. „Eisen, Gold und sogar ein paar Diamanten!"

In einer weiteren Truhe lagen Werkzeuge – Spitzhacken, Schaufeln und Äxte aus hochwertigen Materialien, die Alison noch nie gesehen hatte, da war Max sich sicher. Viele waren stark beschädigt und mussten dringend repariert werden, aber sie waren immer noch schöner als die meisten normalen Werkzeuge.

In der dritten Truhe fand Alison schließlich, wonach sie gesucht hatte. Sie öffnete sie und schnappte nach Luft. „Wer immer hier früher gewohnt hat, war definitiv Handwerker." Alison holte ein Schwert heraus und zeigte es Max. Es war aus Gold und gut gearbeitet.

„Warte, du kannst nicht einfach irgendwelche Sachen nehmen", protestierte Max, aber seine Freundin kramte unbeirrt weiter.

„Natürlich hat hier ein Handwerker gelebt", meinte er und zeigte auf die vielen Werkbänke. „Ich dachte, hier wäre ein guter Ort für dich, um Sachen herzustellen …" Verschwörerisch senkte er die Stimme, obwohl weit und breit niemand zu sehen war. „Und zum Experimentieren."

Alison war hoffnungsvoll und skeptisch zugleich. „Danke, aber ich verstehe immer noch nicht, wer diese ganzen Sachen einfach zurücklassen würde. Selbst wenn er oder sie nach der Explosion ausgezogen ist."

Max holte tief Luft. Plötzlich wirkte er nervös, aber er sprach trotzdem weiter: „Ich weiß, warum der Verzauberer nicht mehr hier ist. Komm, ich zeig's dir."

Alison war sprachlos.

Max dagegen hüpfte vor Aufregung auf und ab. Wie würde sie reagieren?

Hinter der Hütte lag eine Lichtung, die Max ebenfalls mit Fackeln beleuchtet hatte. Nach dem Chaos in der Hütte wirkte dieser Ort beinahe makellos – die Bäume waren sauber beschnitten, und sanftes Licht erhellte die Wiese, in deren Mitte ein kurioses Objekt stand. Ein großes schwarzes Rechteck aus Obsidian, der im Fackelschein schimmerte.

Für einen Moment schwieg Alison und Max fürchtete schon, sie werde ihn gleich anschreien, doch dann trat sie auf die Lichtung und fing an, die Umgebung zu erkunden. Am Rand der Wiese lagen gestapelte Obsidianblöcke – möglicherweise als Vorrat, falls der Verzauberer das Portal vergrößern wollte.

Denn genau das war es: ein Portal. Und Max war fest entschlossen, es zu durchqueren.

Auf dem Obsidianhaufen lagen ein Feuerzeug und eine schimmernde Spitzhacke.

Fasziniert starrte Alison den seltsamen Rahmen an. Er war acht Blöcke hoch und vier breit. „Hier wurde eine Menge Obsidian verbaut", stellte sie fest. „Wo kommt das alles her?"

Max blickte sich um. Hier gab es nirgendwo Lava oder Wasser, irgendjemand hatte also ziemlich tief gegraben, um an den Obsidian zu gelangen – oder dieser Jemand hatte ihn selbst erschaffen und hergebracht.

„Das ist … das ist nicht das, wofür ich es halte, oder?", fragte Alison.

„Es ist ein Netherportal! Er existiert wirklich! Und ich glaube, der Verfasser des Tagebuchs ist dort!", rief Max, unfähig, seine Aufregung länger zu verbergen.

„Der Obsidian, mit dem du meinen Zaun geflickt hast, kam also von hier." Es war keine Frage. Alison klang verblüfft, so als hätte sie die Worte laut aussprechen müssen, um sie zu glauben.

Ärgerlich zuckte Max mit den Schultern. Sie hatte nicht so reagiert, wie er es sich gewünscht hatte. „Ich dachte mir, es wird schon funktionieren. Und dass es dich interessiert. Ali, du weißt doch, was das bedeutet, oder?"

Sie warf ihm einen Seitenblick zu. „Nein", sagte sie, obwohl sie genau wusste, worauf er hinauswollte. Aber sie weigerte sich, es auszusprechen.

„Doch, weißt du", erwiderte er. „Wir haben das Tagebuch und die Vorräte. Wir haben alles, was wir brauchen. Wir können durchgehen!"

„Bist du verrückt?", rief sie. „Wir sind *Kinder!* Wir kommen ja nicht einmal mit wild gewordenen Schafen klar. Wie kommst du darauf, dass wir erstens den Verzauberer aufspüren und zweitens auch nur eine Sekunde auf der anderen Seite überleben könnten?"

Max deutete auf die Hütte. „Weil du uns Waffen und Rüstungen fertigen wirst und ich sie verzaubere. Dann gehen wir in den Nether und retten den Verzauberer."

KAPITEL 6

DER UNTERSCHIED ZWISCHEN BLITZ UND GEISTESBLITZ

Alison brauchte Zeit zum Nachdenken. Sie kehrten zu Max' Haus zurück und schlichen hinein. Sorgsam flickten sie die Wand, damit seine Mutter nichts bemerkte. Alison verbrachte den Tag in Gedanken versunken, während sie in Haus und Garten verschiedene Aufgaben erledigte. Schlaflos lag sie in der folgenden Nacht da und beobachtete den Mond. Nebenan hörte sie Max' gleichmäßige Atemzüge.

Ihr größter Wunsch war es, eine bessere Handwerkerin zu werden, um Max' Mutter eine Rüstung zu fertigen. Und danach eine für seinen Vater – auch wenn der momentan im Dorf wohnte. Natürlich hatte sie keine Ahnung, wie sie ihnen die Rüstungen überreichen sollte, ohne zuzugeben, dass sie und Max viel mehr gebaut hatten, als seine Eltern ahnten. Aber darüber wollte sie lieber in einer anderen schlaflosen Nacht nachgrübeln. Außerdem wusste sie nicht, wie sie Max unbemerkt eine Rüstung zuschustern sollte. Denn natürlich wollte sie auch ihn beschützen.

Aber ich will ihm die Rüstung machen, damit er hier geschützt ist, und nicht für diese irre Aktion mit dem Netherportal, dachte sie. *Wie kann ich ihn beschützen, wenn er die Rüstung nur benutzt, um dem Verzauberer zu folgen?*

Seufzend runzelte sie die Stirn. Doch dann wurde ihr klar, dass Max so oder so in den Nether gehen würde. Sie kannte seinen entschlossenen Blick. Er verhieß, dass Max bereits alle Vorsicht in den Wind geschlagen hatte.

Alison hingegen war ihr ganzes Leben lang vorsichtig gewesen. Kaum etwas ist ungefährlicher als Schafe zu hüten und Kleidung aus deren Wolle zu fertigen. Bevor sie bei Max eingezogen war, hatte sie noch nie einen Block abgebaut, kein einziges Skelett bekämpft und niemals verlassene Hütten im Wald aufgesucht.

Sie könnte weiterhin vorsichtig sein. In Deckung bleiben. Sie könnte Max' Bitte, mit ihm in den Nether zu gehen, ablehnen und stattdessen seiner Mutter zur Hand gehen. Vielleicht könnte sie sogar etwas über Architektur lernen. Und irgendwann dürfte sie bestimmt wieder eine eigene Werkbank besitzen – falls Max und sie nicht sofort irgendwelche Dummheiten mit dem Werkzeug anstellten.

Sie könnten zum Beispiel Bäume fällen. Nichts war aufregender, als Bäume zu fällen …

Sie rollte sich auf die andere Seite und ging im Kopf noch einmal die ihr bekannten Rezepte für Waffen und Rüstungen durch. Irgendwann schlief sie ein und träumte von einer Diamantausrüstung und schimmernden Portalen.

„Wenn wir das wirklich durchziehen, müssen wir genau wissen, worauf wir uns einlassen", stellte Alison klar, nachdem ihre Ohren nach Max' Jubelschrei aufgehört hatten zu klingeln. Seine Mutter hatte die Kinder kurz alleingelassen, um nach Mr Hatchs Schafen zu sehen. Glöckchen humpelte nämlich immer noch.

Alison war sich bewusst, dass Max' Mutter die Gehorsamkeit der beiden mit ihrer Abwesenheit auf die Probe stellte. Max holte das alte Tagebuch hervor und schlug es auf.

Auf den ersten paar Seiten standen Rezepte für verschiedene Gerichte. Manche waren einfach und beschrieben, wie man Schweine- und Hammelbraten zubereitete. Aber es gab auch exotische Rezepte mit Pilzen und Blumen oder über Lava geschmortem Fledermausfleisch.

„Hast du das hier schon mal probiert?", fragte Alison und deutete auf ein Rezept für kandierte Pilze.

„Nein, ich kann nicht kochen", antwortete Max.

„Und du willst Verzauberer werden?", gab Alison zurück und rieb sich die Stirn. „Hat deine Mutter sie schon ausprobiert?"

„Nein, ich kann ihr das Tagebuch unmöglich zeigen. Sie würde es mir sofort wegnehmen!"

„Hier drin stehen viele Dinge, die wir in der Schule nie hatten", sagte Alison und blätterte um. „Ich weiß nicht, ob wir deinem Verzauberer trauen können."

„Aber das Portal ist echt!", protestierte Max. „So viel ist sicher."

„Und darauf willst du unser Leben verwetten?", fragte Alison und bedachte ihren Freund mit einem strafenden Blick.

Wieder blätterte sie um. Es folgten einige leere Seiten – wahrscheinlich, um Platz für weitere Rezepte zu lassen. Dann kam ein Abschnitt, in dem es um alle möglichen Konstruktionen ging.

Die Zeichnungen waren liebevoll und detailliert, mit Schatten an den richtigen Stellen und blockgenauen Maßen.

Warum nannte Max den Verfasser nicht „Baumeister"? Wer auch immer das geschrieben hatte, war eindeutig Architekt. Die erste Seite des Abschnitts zeigte Pläne für ein komplexes Abbausystem mit Förderbändern, Stufen und Leitern. Auf einer anderen standen genaue Bauanweisungen für ein Tunnelsystem mit verstärkten Wänden zum Graben in größeren Tiefen, das deutlich sicherer war als Max' und Alisons Konstrukt unter dem Hügel. Dann folgten ganz unglaubliche Konstruktionen wie ein über den Bäumen schwebendes Leuchtfeuer und eine Unterwasservilla samt Tintenfischgehege (mit der Randbemerkung, dass sich der Konstrukteur vor Baubeginn die Rezepturen für Tränke der Unterwasseratmung einige Seiten weiter einprägen sollte). Der Verfasser hatte zwar nicht bedacht, dass Tintenfische einfach über Zäune hinwegschwimmen können, dennoch waren die Zeichnungen mit den Tintenfischen in ihrem Gehege gelungen. Eine besonders tolle Konstruktion beinhaltete Schienen, die wie über Berg und Tal auf und ab führten, und kleine, miteinander verbundene Loren, die darauf fuhren. Der Schienenkreis war in sich geschlossen und hatte offenbar keinen praktischen Zweck, aber das Ganze sah spaßig aus.

Nach dem Abschnitt mit den Konstruktionen wurde die Handschrift wieder krakelig – offenbar war der Verfasser frustriert gewesen, denn längere Passagen waren ärgerlich durchgestrichen worden. Außerdem fielen Alison Anmerkungen in Max' Handschrift auf. Anscheinend hatte er versucht zu entziffern, was dort gestanden hatte – mehr noch, er hatte dem Autor Mut zugesprochen. So als hätten seine Worte die Macht, in der Zeit zurückzureisen und den Frust zu lindern.

Sie fragte sich, wie sehr Max sich bereits mit dem Verfasser identifizierte. Er hatte schon immer Interesse an Verzauberung gezeigt. Das Schulfach gefiel ihm – wenn auch nicht so sehr, dass er sich wirklich bemüht hätte.

Andererseits war es auch schwierig, sich für ein Fach zu begeistern, wenn der Lehrer ständig zur Vorsicht ermahnte und sich nur auf unbedeutende Verzauberungen konzentrierte, die erst nach stundenlangem Durchkauen der Geschichte der Verzauberung und obendrein nach der Mittagspause durchgeführt wurden, wenn niemand mehr motiviert war. Doch jetzt hatten die beiden ein mysteriöses handgeschriebenes Tagebuch, eine verlassene Hütte und sämtliche Materialien, die sie brauchten, um so ziemlich alles auszuprobieren. Wen würde da nicht ein Zaubertisch reizen?

Nun, Alison zum Beispiel. Ihr Interesse galt eher der Fertigung eines glänzenden Goldhelms und nicht dessen Verzauberung für das Atmen unter Wasser. Träumerisch dachte sie an all das Gold, das sie in den Truhen unter der Hütte gefunden hatten. Wie von selbst begannen ihre Hände, sich zu bewegen, als könnten sie die Arbeit nicht abwarten.

Alison atmete tief durch und las geduldig weiter. Je näher sie dem Ende kam, desto mehr zornig durchgestrichene Rezepturen und Methoden fand sie – hier und dort stand sogar das Wort FEHLSCHLAG quer über der Seite. Manche Seiten fehlten ganz. Alison dachte kurz nach und beschloss dann, dass sie etwas tun musste.

�֍

Max' Mutter sah es immer noch nicht gern, wenn die Kinder zu lange die Köpfe zusammensteckten, aber sie durften jetzt wenigstens wieder allein Dinge unternehmen. Außerdem zeigte sie immer Verständnis, wenn Alison nach Hause gehen wollte, um etwas zu holen oder nach ihren Schafen zu sehen. Für die Zeit ihres Hausarrests kümmerte sich Mr Hatch um Alisons Tiere, darauf hatte Max' Mutter bestanden.

Alison fand, der arme Mr Hatch hatte bei der Sache das schlechtere Los gezogen. Erst hatten sie und Max ein Loch in seinen Hof geschlagen, in das die Schafe hineingefallen waren, die er daraufhin wieder mühsam hatte herausholen müssen. Nun musste er sich auch noch um Alisons quietschbunte Schafe kümmern, die zwischen seinen weißen und schwarzen auffielen wie … nun ja, bunte Schafe. Aber er war einverstanden gewesen, weil er nach dem Unfall Mitleid mit Alison hatte.

Dennoch wollte sie es sich nicht nehmen lassen, nach ihren Tieren zu sehen, die nun auf Mr Hatchs Hof lebten. Zufrieden liefen sie auf der Koppel umher, aber Alison wusste genau, dass Äpfelchen und Kleiner Prinz am liebsten zum nächsten Gewässer gerannt wären, um mit den Tintenfischen zu spielen.

Sie kraulte Äpfelchen hinter den Ohren. „Eines Tages darfst du wieder raus. Aber heute nicht, tut mir leid." Das Schaf bedachte Alison mit einem misstrauischen Blick. Da sie nicht wusste, wie sie es überzeugen sollte, zuckte sie nur mit den Schultern.

Dann besuchte Alison die Ruine ihres alten Hauses. Das Herz wurde ihr schwerer, je näher sie kam. Niemand hatte das große Loch gestopft, und der Baum war immer noch Kleinholz. Dann fiel ihr ein, dass sie als Einzige ihrer Familie übrig geblieben war. Es war ihre Aufgabe, hier aufzuräumen. Wer sollte es sonst tun?

Bisher hatte sie lediglich eine Leiter angebracht, um in die wenigen intakten Räume zu gelangen, die es noch gab. Nun kletterte sie hoch ins ehemalige Arbeitszimmer ihrer Mutter.

Der Schreibtisch stand unverändert da, daneben eine Truhe und ein Gemälde, das Mohnblumen zeigte. Seit ihrem Auszug hatte Alison keine der Truhen geöffnet, und sie wusste, dass sie auch jetzt dafür keine Zeit hatte. Also entschied sie kurzerhand, alles mitzunehmen, was sie tragen konnte – neben der Sache, wegen der sie eigentlich hergekommen war.

Sie durchwühlte den Schreibtisch und fand schnell, wonach sie suchte: ein beinahe leeres Buch. Ihre Mutter hatte es ähnlich wie der Verzauberer benutzt und darin verschiedene Muster und Farbkombinationen für Banner notiert. Danach folgte eine Seite mit Informationen zu Tierzucht sowie eine Liste der Schafe, die miteinander gekreuzt worden waren, um noch sattere Farben zu erhalten und Inzucht zu vermeiden. Doch außer diesen etwa zehn beschrifteten Seiten war das Buch leer.

Alison packte noch ein paar weitere Bücher ihrer Mutter, einige Familienbilder und Wolle ein. Dann kletterte sie die Leiter wieder hinunter. Bei den Schafen entdeckte sie Mr Hatch. Sie winkte ihm zu, war aber zu verlegen, um Hallo zu sagen oder ein paar Worte zu wechseln. Wenigstens befand sie sich diesmal auf der richtigen Seite seines Hofs.

Max war zutiefst beleidigt, als Alison vorschlug, das Tagebuch in ein leeres Buch zu übertragen. „Ich habe das meiste schon ausgeknobelt. Meine Notizen stimmen", nörgelte er und verschränkte die Arme vor der Brust.

„Ich habe ja nicht behauptet, dass sie nicht stimmen", verteidigte sich Alison. „Es wäre einfach übersichtlicher, es abzuschreiben, und deine Notizen würde ich mit übertragen. Das Tagebuch ist zerfleddert, voller Brand- und Wasserflecken, und die Hälfte fehlt oder wurde durchgestrichen."

„Ich weiß! Aber das macht es ja gerade so besonders!", sagte Max.

„Ich will doch nur meine eigenen Notizen machen", erklärte sie. „Du kannst ja weiter in das lädierte Buch schreiben, wenn du unbedingt willst."

„Ich habe schon eine Menge herausgefunden", sagte er und beugte sich über das Tagebuch, als müsste er es vor ihr schützen. „Warum können wir nicht einfach so weitermachen?"

„Weil wir ein paar Tests machen müssen, ehe wir einfach durchs Portal rennen", antwortete sie. „Die Notizen zu übertragen, schadet deinem kostbaren Tagebuch nicht, Max."

Später am Abend lief er ungeduldig im Keller der Hütte hin und her und bedachte Alison mit strafenden Blicken, während sie ein weiteres „fehlgeschlagenes Experiment" in ihrem leeren Buch notierte.

„Du darfst jetzt gern aufhören, mich so anzusehen", sagte sie ruhig. „Es ist nicht meine Schuld, dass das Experiment misslungen ist."

Auf dem Braustand vor ihnen lagen die Überreste des fehlgeschlagenen Rezepts. Rauch stieg auf, obwohl Max einen ganzen Eimer Wasser darüber ausgeleert hatte. Alison hatte das Rezept ausprobiert, das angeblich einen Trank der Schnelligkeit ergeben sollte. Aber das Experiment war so kläglich gescheitert, dass das Glas der Flasche geschmolzen war und ein eigenartig verdrehtes Etwas auf der Werkbank zurückgelassen hatte.

„Vielleicht hast du etwas falsch gemacht", meinte Max.

„Vielleicht sollte man Tränke mit positiven Effekten nicht mit fermentierten Spinnenaugen brauen", konterte sie.

Nach mühevoller Kleinarbeit gelangte Alison schließlich zu der Liste der Rezepturen, von denen einige funktionierten (darunter glücklicherweise Heil- und Regenerationstränke) und andere nicht. Zu letzteren gehörten kandierte Pilze, ein Trank, der alles, was man berührte, für eine Stunde grün färbte, sowie einer, der Menschen angeblich Federn wachsen ließ. Zum Glück explodierte dieser „Trank", ehe Max ihn trinken konnte. Alison hatte das Gefühl, dass dieser Versuch kein gutes Ende genommen hätte.

Sie warf einen Blick in den Ofen. Das Gold war beinahe geschmolzen.

„Langsam mache ich mir Sorgen", sagte sie. „Wenn der Verzauberer nicht einmal so einfache Rezepte hinbekommen hat, wie hat er es geschafft, dass das Netherportal funktioniert? Und warum ist er oder sie überhaupt da durchgegangen?"

„Wir haben es doch gesehen!", beantwortete Max die erste Frage und deutete auf die Wand, hinter der sich draußen das Portal befand. „Und überhaupt, wer würde ein Portal bauen und dann *nicht* durchgehen?"

„Was wir da gesehen haben, ist ein bisschen Obsidian, das so aufgestapelt wurde, dass es *aussieht* wie ein Portal. Wir haben keine Ahnung, ob es wirklich funktioniert und ob überhaupt jemand gerettet werden muss."

„Ich werde diese Rezepte trotzdem ausprobieren, ob du mir nun dabei hilfst oder nicht", gab Max bockig zurück. Er deutete auf die nächste Seite. „Wie wär's damit – du machst mir ein Paar Stiefel, und ich versuche, mit ihnen zu fliegen."

Mit den Augen folgte sie seinem Finger. Neben dem Rezept standen mehrere Anmerkungen und durchgestrichene Wörter, aber es ging wohl darum, dass der Zauber den Träger leichter machte, sodass er weiter springen konnte.

„Das klingt gefährlich", meinte Alison zweifelnd.

„Nein, nein, das wird schon gut gehen. Wir könnten die da nehmen", sagte er und zeigte auf die Wand, an der Alison alle möglichen Dinge aufgereiht hatte, mit denen sie die Verzauberungen testen konnten. Am Ende der Reihe stand ein Paar Lederstiefel.

Alison seufzte. Max hatte recht, dafür waren sie da, ob es ihr nun gefiel oder nicht. „Meinetwegen, versuch's."

Er sprang auf, schnappte sich die Stiefel und lief dann zum Zaubertisch, um ein Buch aus dem Regal daneben zu holen. Mit gerunzelter Stirn blätterte er darin herum. „Das ist ja noch langweiliger als das Tagebuch", beschwerte er sich.

„Aber wahrscheinlich genauer", gab sie zurück.

Max wühlte in einer der Truhen, die magische Vorräte enthielten. Dann stellte er das Buch zurück ins Regal, um sich wieder dem Tagebuch zu widmen. Angestrengt versuchte er, die durchgestrichenen Wörter zu entziffern.

„Meinst du nicht, diese Zeilen wurden aus gutem Grund durchgestrichen?", fragte Alison, aber Max winkte nur ab.

Sie zuckte die Achseln und holte den Goldhelm hervor, dessen Glanz so betörend war, dass sie sich nicht daran sattsehen konnte. Zum ersten Mal zog sie ernsthaft in Betracht, den Nether zu betreten. Und wer weiß – vielleicht war es sogar möglich, dort zu überleben.

Ein greller Blitz erleuchtete den Raum. „Fertig!", rief Max und wedelte mit den Stiefeln.

Nichts war explodiert. Alison runzelte die Stirn. Bisher war ihnen kaum etwas gelungen, und dieser kleine Erfolg erschien zugegebenermaßen vielversprechend.

„Okay", sagte sie langsam.

„Probieren wir sie aus!", rief Max aufgeregt und sprang die Treppe hinauf, als hätte er die Stiefel schon an.

Als sie hinter ihm nach draußen trat, hatte er bereits zur Hälfte einen Hügel unweit der Hütte erklommen. „Meinst du nicht, du solltest sie erst mal am Boden ausprobieren?", fragte Alison und betrachtete skeptisch den vom Mond hell erleuchteten Hügel.

„Ach was", wehrte er ab, während er seine Schuhe auszog. Er warf sie den Hang hinunter und schlüpfte in die Stiefel. „Das kribbelt!"

„Okay, mach aber erst einen Testsprung …", warnte Alison, aber Max war schon auf und davon.

Laut jubelnd flog er vom Gipfel des Hügels. Für einen winzigen Moment glaubte Alison, dass ihm sein Zauberversuch tatsächlich gelungen war. Dann drehte er sich in der Luft, sodass er plötzlich kopfüber schwebte, und stürzte wie ein nasser Sack zu Boden. Seine Jubelschreie gingen in schmerzerfülltes Stöhnen über. Mit den Füßen voran purzelte er den Hang hinab und bekam keinen Halt.

„Na? Hörst du jetzt endlich damit auf, Dinge von Hügelgipfeln aus zu testen?", rief Alison. Als Max nicht reagierte, rannte sie zu ihm.

Glücklicherweise wussten sie noch, wie man einfache Heiltränke braute, und hatten sogar für den Notfall einige vorbereitet. Max hustete und öffnete die Augen, nachdem Alison ihm einen Trank in den Rachen geschüttet hatte. „Hat es funktioniert?"

„Du liegst gerade halbtot am Boden, also was meinst du, hm?", fragte sie und zwang ihn, auch den Rest des Tranks zu schlucken. Ungeduldig nahm er ihr die Flasche aus der Hand und stürzte die Flüssigkeit mit schmerzverzerrtem Gesicht hinunter.

„Vielleicht sollte ich lieber nicht mehr auf dich hören", grollte Max.

„Ach, jetzt bin ich schuld, ja?", fragte sie ungläubig. „Vielleicht solltest du besser aufhören, fermentierte Spinnenaugen für Zauber und Alchemie zu verwenden! Wieso ist dein Verzauberer überhaupt so besessen von den Dingern? Ich bete schon seit Stunden, dass sie dir endlich ausgehen, damit du keinen Blödsinn mehr damit anstellen kannst. Aber es ist hoffnungslos – in den Truhen ist ein ganzer Jahresvorrat!"

„Weil sie nützlich sind", verteidigte Max sich und rieb sich den Hinterkopf.

„Wofür? Nenn mir nur eine gute Sache, die du damit erreicht hast!", schimpfte Alison. „Es kommt mir vor, als hätte dein Verzauberer ein Sonderangebot für Spinnenaugen aufgekauft und sie danach in sämtlichen Tränken verarbeitet!"

Ihre Stimme wurde lauter, und Max verzog das Gesicht. „Bitte nicht brüllen!", stöhnte er und befühlte eine Beule an der Stirn, die der Trank noch nicht geglättet hatte.

„Wir sind kein bisschen bereit, auch nur in die Nähe eines Netherportals zu gehen, Max! Das überleben wir nicht!"

„Alison, ohne dich kann ich nicht gehen", flehte er. „Lass mich nur noch ein wenig herumprobieren."

„Max, ich will nicht sterben, und ich will auch nicht, dass du stirbst. Wenn wir da durchgehen, landen wir möglicherweise in einem Riesenhaufen Monster! Meine Oma hat mich immer davor gewarnt, ins Ungewisse zu springen. Und nebenbei bemerkt: Dein toller Verzauberer hat wahrscheinlich sogar zur Portalaktivierung Spinnenaugen verwendet."

„Nein, hat er nicht", widersprach Max. „Aber er war sich ziemlich sicher, dass sie eine verzauberte Tür verstärken können."

Alison stockte. „Moment, woher weißt du, dass es ein Er ist? Ich dachte, du weißt nichts über diese Person?"

Max schluckte noch einen Trank, diesmal allerdings deutlich langsamer. „Ich glaube, ich habe im Tagebuch gelesen, dass er Opa oder Onkel war", antwortete er und räusperte sich.

Auch Alison hatte das Tagebuch gründlich studiert. „Ist mir gar nicht aufgefallen."

„Weil es durchgestrichen war", erklärte er, sah ihr aber nicht in die Augen. „Hör zu, wenn ich dir beweise, dass die Zauber funktionieren, kommst du dann mit?"

„Das ist ein ziemlich großes Wenn, Max", erwiderte sie. „Riesengroß, würde ich sagen."

„Damit kann ich leben", erwiderte er.

„Na dann ..." Sie seufzte. „Es ist spät, wir sollten nach Hause gehen."

Max nickte. Doch als er aufstand, wurde er sofort von den Füßen gefegt und fiel wieder hin. Er hatte seine Flugstiefel völlig vergessen.

„Wirf die weg", forderte Alison ihn ungeduldig auf.

Mit einem Ruck schwang er sich hoch und zerrte mühsam seinen Fuß aus einem Stiefel. Der schwebte weiterhin in der Luft, als warte er nur darauf, einem anderen Menschen einen Streich zu spielen. Nun hing Max nur noch mit einem Fuß in der Luft und verrenkte sich, um auch diesen Zauberstiefel loszuwerden.

Alison beobachtete das Schauspiel und musste sich das Lachen verbeißen. „Meinst du wirklich, wir können ein Portal zum Nether aktivieren, den Verzauberer befreien *und* lebendig zurückkehren? Wir schaffen es ja nicht mal, deinen Fuß zu befreien."

„Hilf mir schon!", rief Max, der sich mittlerweile in der Luft um sich selbst drehte.

Grinsend verschränkte Alison die Arme vor der Brust. „Mal sehen."

Sie schlichen sich zurück ins Haus, reparierten die Wand und gingen ins Bett. Jedenfalls tat Alison das. Vor lauter Erschöpfung fiel sie umgehend in einen tiefen, traumlosen Schlaf. Einige Stunden später erwachte sie wie üblich davon, dass Max' Mutter die Tür zu ihrem Zimmer öffnete und leise ihren Namen rief. Grunzend setzte Alison sich im Bett auf. Sie hätte ihre nächtlichen Ausflüge zu ihrem geheimen Versteck um keinen Preis aufgegeben, aber der fehlende Schlaf nagte mittlerweile an ihr. Sie stöhnte, rieb sich übers Gesicht und blinzelte ein paarmal. Dann entdeckte sie etwas Glitzerndes am Fußende ihres Betts.

Es war der Goldhelm, den sie letzte Nacht angefertigt hatte, aber er schimmerte anders als gestern – irgendwie magisch. Sie sah sich um. Wenn Max im Zimmer gewesen war, hatte er seine Spuren gut verwischt. Sie warf einen prüfenden Blick zur Tür, um sicherzugehen, dass Max' Mutter sie wieder geschlossen hatte. Dann nahm sie den Helm und untersuchte ihn. Es war wie bei den verzauberten Stiefeln – der Helm brachte ihre Finger zum Kribbeln.

Aufsetzen wollte sie ihn jedenfalls nicht. Aber es war eindeutig: Max war wieder in der Hütte gewesen. Einerseits war sie verärgert, dass er ohne sie gegangen war, andererseits sorgte sie sich, dass er allein und ohne Rückendeckung gezaubert hatte. Und trotzdem war sie gerührt, dass er ihr ein Geschenk gemacht hatte.

Wenn es ihr irgendwie gelang, Max' Mutter abzulenken, würde Alison ihn am Frühstückstisch fragen, welcher Zauber auf dem Helm lag.

Glücklicherweise war das nicht schwer, denn seine Mutter war heute Morgen ohnehin mit den Gedanken woanders. Max' Vater hatte in der Stadt ein neues Projekt begonnen und brauchte ihre Hilfe. „Ich hoffe, dass ich euch heute allein lassen kann", warnte sie. „Ich muss an einem neuen Flügel der Silbervilla mitarbeiten."

„Heißt so nicht das Haus von Mr Jordan, dem Händler?",
fragte Max.

„Ja", seufzte seine Mutter.

„Können wir unserem Haus nicht auch einen Namen geben?
So etwas wie ‚Fliegende Feste' oder so", schlug er vor.

„Das Haus ist weder eine Feste, noch kann es fliegen", wandte Alison ein.

„Na und? Mr Jordans Haus besteht ja auch nicht aus Silber",
konterte Max. „Der tut doch nur so vornehm."

„Weil er es sich leisten kann", erinnerte ihn seine Mutter. „Er
zahlt uns einen üppigen Lohn, damit wir ihm ein Haus bau-
en, dem er mit Stolz jeden lächerlichen Namen geben kann, der
ihm einfällt."

„Irgendwann werde ich auch so reich sein, dass ich meinem
Zeug lächerliche Namen geben kann", verkündete Max.

„Mir würde es schon reichen, wenn du so lange überlebst,
dass es zu diesem ‚irgendwann' kommt", gab seine Mutter zurück.

Max rollte mit den Augen. „Ich war seit Wochen nicht in
Lebensgefahr, Mom."

Alison war drauf und dran, ihm die letzte Nacht vorzuhal-
ten, aber eigentlich hatte er sich nur böse den Kopf gestoßen.
Und wenn seine Mutter von der Hütte erfuhr, konnten sie gleich
in ihren Zimmern Wurzeln schlagen. Oder sie würde ein Loch
graben, die beiden hineinwerfen und dort schmoren lassen, bis
sie erwachsen waren.

Max' Mutter ermahnte die Kinder noch ein letztes Mal, das
Haus nicht zu verlassen – was sie prompt taten, nachdem sie
hinter der Lichtung verschwunden war.

„Okay, sei ehrlich, was hast du damit angestellt?", fragte Alison und hielt Max den schimmernden Goldhelm hin. „Und warum bist du ohne mich zurückgegangen?"

„Ich wollte dir beweisen, dass das Tagebuch nützlicher ist, als du denkst", erwiderte Max. „Auf dem Helm liegt ein Zauber, der dich in die Zukunft blicken lässt."

Alison runzelte die Stirn. „Unmöglich. Das ist einer der misslungenen Zauber, oder?"

Max ignorierte die Frage. „Mach schon, setz ihn auf", forderte er.

Alison schüttelte den Kopf. „Ich habe gesehen, was die Stiefel mit dir gemacht haben. Du hast doch nur wieder eins dieser Spinnenaugen verarbeitet." Sie drückte ihm den Helm in die Hand. „Mach du's."

Max war verletzt, wollte es aber nicht zeigen. „Meinetwegen. Dann vertrau mir halt nicht." Er nahm den Helm und setzte ihn vorsichtig auf. Er bedeckte die Stirn und etwa drei Viertel seines Kopfes. Nur das Gesicht blieb frei. Gespannt hielt Alison den Atem an und wartete darauf, dass irgendetwas passierte.

„Ich sehe, dass du sehr erfreut über mein Geschenk sein wirst!", prophezeite Max. Dann nahm er den Helm ab und grinste. „Er ist okay, Ali."

„Meinetwegen", murmelte sie. „Gib schon her."

Der Helm passte ihr perfekt, und für einen Moment bewunderte sie ihr eigenes Fertigungstalent. Sie wäre völlig zufrieden damit, ein ganzes Jahr in der Hütte des Verzauberers zu verbringen, ohne den Zaubertisch auch nur zu berühren. Sie wartete, dass etwas geschah, aber die Zukunft wollte sich ihr nicht offenbaren. „Ich merke nichts", sagte sie.

„Wirklich?", fragte er. „Komisch. Ich war mir so sicher."

„Vielleicht funktioniert es nur einmal?", überlegte Alison. Aber wenn Max sie wirklich erfreut gesehen hatte, warum war sie dann jetzt enttäuscht?

Sie nahm den Helm ab. „Ein Blindgänger. Aber wenigstens hast du ihn diesmal nicht mit einem negativen Effekt belegt."

„Die Verzauberung hat funktioniert", beharrte Max. „Ich weiß es genau. Ich bin mir nur nicht sicher, welchen Effekt sie hat."

Alison bekam ein schlechtes Gewissen. Sie war zu streng mit ihrem Freund. „Hey, Max, ich glaube dir ja, dass du ihn verzaubert hast."

Eindringlich sah sie ihn an, bis er ihren Blick endlich erwiderte. „Wir finden das schon raus."

„Du brauchst mir echt nichts vorzumachen."

Beleidigt drehte er ihr den Rücken zu und lief los in Richtung Hütte.

Alison hechtete hinterher, ergriff seine Schulter und drehte ihn wieder um. „Wenn du den Helm verzaubert hast und nichts explodiert oder sonst wie schiefgegangen ist, hat es wahrscheinlich funktioniert. Wir müssen nur noch herausfinden, was du gemacht hast."

„Eben hast du noch Blindgänger gesagt", murmelte Max.

„Was weiß ich schon? Ich kenne mich mit Verzauberung nicht aus! Du schon. Glaubst du denn, dass es wirklich geklappt hat? Ernsthaft?"

Er zögerte, und sein Gesicht entspannte sich allmählich. „Ja", sagte er schlicht.

„Dann finden wir es heraus. Gemeinsam, okay?"

Er nickte. „Okay. Danke."

Sie setzte den Helm wieder auf, fühlte aber immer noch nichts außer dem vertrauten Kribbeln. Während sie zur Hütte gingen, wurde ihr klar, dass sie die Wahrheit gesagt hatte. Sie traute Max zu, das Verzaubern zu lernen. Er mochte impulsiv und ungestüm sein, aber dumm war er nicht.

KAPITEL 7

HÖLLENSCHRITT

Max' Mutter schien zu ahnen, dass irgendetwas vor sich ging.

Das Missgeschick mit dem Helm war schnell vergessen, nachdem Max das Tagebuch weiter studiert und mehr über Verzauberungen gelernt hatte. Zu Hause hatte er angefangen, jeden Morgen vor seiner Mutter aufzustehen, um das Frühstück zuzubereiten und seine Kochkünste zu verfeinern – eine Fertigkeit, die ihm zugutekam, wenn er die Rezepte aus dem Buch ausprobierte. Alison hatte ihm gezeigt, wie man den verbesserten Ofen und die anderen Utensilien benutzte, und sein wachsendes Können sorgte dafür, dass auch seine Mahlzeiten inzwischen essbar waren.

Seine Mutter war dankbar für die Hilfe, aber er war sich sicher, dass sie irgendwo ein Handbuch für Mütter verwahrte, in dem Regel Nummer eins lautete, bei plötzlichen Ausbrüchen von Hilfsbereitschaft misstrauisch zu sein.

„Was ist nur in dich gefahren?", fragte sie und beäugte argwöhnisch ihr Essen. „Hast du da Drogen reingemischt?"

„Mom!", protestierte er. „Kann ein Sohn nicht mal etwas Nettes für seine eigene Mutter tun?"

„Nein", sagte sie. „Das wäre mir wirklich neu."

„Ich glaube, er meint, dass wir dir in den letzten Wochen genug Schwierigkeiten gemacht haben", erklärte Alison und nahm einen Happen von ihrem Teller. „Wir dachten, wir tun dir auch einmal etwas Gutes." Sie schluckte. „Siehst du, keine Drogen."

Gut gerettet, dachte Max. *Davon abgesehen merkt Mom hoffentlich nicht, von welch hervorragender Qualität das Werkzeug im Haus plötzlich ist.*

Alison hatte darauf bestanden, alle Instrumente zu verbessern. Einerseits konnte sie die Übung gebrauchen, andererseits hatte sie ein schlechtes Gewissen, weil sie seine Mutter hintergingen, die doch so großzügig zu Alison gewesen war. Jeden Tag bot sie an, Holz für den Ofen holen zu gehen, damit Max Essen kochen konnte. Jedes Mal lief sie mit einer beschädigten Eisenaxt los und kam mit einer brandneuen Axt und einem Stapel Holz wieder. Seine Mutter merkte davon nichts.

Die Aktion mit dem Goldhelm hatte Max' Sicht auf die Welt drastisch geändert. Er war zurück in den Wald geschlichen, nachdem Alison eingeschlafen war. Ihre kleine Rede über die vielen Spinnenaugen war nicht spurlos an ihm vorbeigegangen. Widerstrebend hatte er seiner Freundin recht geben müssen. Er hatte nachgedacht und war zu dem Schluss gekommen, dass der Verzauberer überall Spinnenaugen in seine Rezepturen aufgenommen hatte, damit niemand sie kopieren konnte. Wenn Max herausfand, welche Zutat anstatt der Spinnenaugen notwendig war, würden die Rezepte hoffentlich funktionieren. Sobald er das ausgeknobelt hatte, musste er nur noch den Lapislazuli-Vorrat des Verzauberers plündern, und schon könnte er mit dem richtigen Verzaubern beginnen.

Außerdem freundete Alison sich langsam mit dem Gedanken an, mit ihm durch das Netherportal zu gehen. Max arbeitete hart an seinen Fertigkeiten, und wenn sie ihm vertraute, würde sie hoffentlich dabei sein. Max war sich sicher, dass der Verzauberer im Nether war und dass er Hilfe brauchte. Davon würde er Alison womöglich nie überzeugen, aber es reichte, dass sie ihn nicht allein gehen lassen wollte.

Nach und nach hatte seine Mutter die Bedingungen ihres Hausarrests gelockert, sodass Alison und Max inzwischen sogar tagsüber in der Hütte arbeiten konnten, nachdem ihre Aufgaben erledigt waren. Sie hatten aufgehört, den Hügel auszuhöhlen, hatten keine Bäume mehr zerstückelt und keine Löcher mehr in irgendwelche Nachbarshöfe geschlagen – sie waren beinahe gespenstisch gehorsam, befolgten die Regeln, kamen immer vor Sonnenuntergang zurück nach Hause und vermieden sorgsam jegliche Verletzungen, während sie im Keller der Hütte arbeiteten.

Nachdem sie das Kürbisfeld von den letzten Skelettüberresten befreit hatten, kühlten sie die verbliebene Lava mit Wasser ab, sodass massenweise Bruchstein entstand, der nun abgebaut werden musste.

„Ich dachte, wenn Wasser und Lava zusammenkommen, entsteht Obsidian", beschwerte sich Max. „Wieso funktioniert das nicht?"

„Ich glaube, das geht nur bei der Lavaquelle", antwortete Alison. Sogleich wollte Max vorschlagen, zu der Höhle zurückzugehen, auf die Alison gestoßen war, doch er klappte den Mund schnell wieder zu, als er ihren Blick sah.

„Wir könnten die Blöcke vom Schafstall holen", schlug Alison vor, als sie sich in einer kurzen Pause vom Abbau erholten. „Andererseits, warum eigentlich? Wir brauchen keinen Obsidian mehr, das Portal ist doch schon fertig."

„Ich würde sagen, man kann nie genug Obsidian haben", erwiderte Max. „Wenn wir zum Beispiel auf der Netherseite vom Portal getrennt werden, könnten wir damit ein neues bauen. Aber wenn wir die Blöcke aus dem Zaun brechen, wie stopfen wir dann die Löcher?"

Sie sah ihn an und lachte. „Tja, nun, ich weiß auch nicht … vielleicht mit Holz? Zaunsegmenten? Gattern? Auf jeden Fall nicht mit stapelweise wertvollen Blöcken."

Er zuckte die Achseln. „Es hat immerhin funktioniert."

„Die Tiere im Haus zu halten, würde auch funktionieren, und trotzdem tun wir das nicht", konterte sie.

Er seufzte dramatisch. „Also gut, holen wir die Blöcke vom Stall."

„Und reparieren den Zaun", erinnerte sie ihn.

„Und reparieren den Zaun", echote er.

Leider gehörte die Diamantspitzhacke zu den Dingen, die in der Hütte bleiben mussten, damit Max' Mutter von ihrem Treiben nichts erfuhr.

Mr Hatch hatte einige Schafe zurück in Alisons Stall gebracht, damit Glöckchen ihre Rolle als Leitschaf wiederaufnehmen konnte. Hoffnungsvoll starrten Kleiner Prinz und Äpfelchen die beiden Kinder an, doch der Abbauversuch mit normalem Werkzeug misslang, und sie mussten aufgeben.

„Der Obsidian in der Hütte wird reichen müssen", entschied Alison und steckte die Spitzhacke weg.

„Tut mir leid wegen des Zauns", sagte Max. „Damals dachte ich, es wäre eine gute Idee."

„Na ja, der Obsidian hat ja auch seinen Dienst getan – nur eben so, als würde man Bruchstein mit einer Diamantspitzhacke abbauen", meinte Alison. „Lass uns gehen."

In der Hütte des Verzauberers entdeckten sie in einer der Truhen tatsächlich noch mehr Obsidian. Dieser Vorrat und das, was neben dem Portal lagerte, war mehr als genug für den Bau eines weiteren Portals. Und dennoch bedauerte Max, dass sie die beiden Blöcke beim Stall zurücklassen mussten.

Als Alison genügend Ausrüstung angefertigt hatte, verkündete sie, dass es Zeit war, das Portal wenigstens zu testen. Vorher verstauten sie Ausrüstung und Obsidian in einer Truhe neben dem Portal. Alison betrachtete den Rahmen von unten nach oben. „Dieses Ding ist riesig", sagte sie. „Viel zu groß eigentlich."

„Wie kann ein Portal *zu* groß sein?", fragte Max und starrte die Konstruktion bewundernd an. „Klein oder groß, es ist doch nichts weiter als eine Tür."

„Aber es ist eine Verschwendung von Ressourcen, findest du nicht?", gab sie zurück. „Obsidian lässt sich nicht gerade leicht abbauen. Wenn man also einfach nur in den Nether will – falls er überhaupt existiert …"

„Tut er", beharrte Max.

„*Falls* er existiert – dann reicht es doch, die minimale Menge zu verwenden. Warum sechsundzwanzig Blöcke abbauen, wenn vierzehn völlig ausreichen?" Prüfend betrachtete sie noch einmal die Zeichnung. „Eigentlich braucht man sogar nur zehn. Jedenfalls behauptet das der Verzauberer. Laut seinen Aufzeichnungen kann man die Ecken weglassen." Sie zeigte auf einen Alternativplan, der in die Ecke der Seite gequetscht worden war. Dieser Rahmen war ebenfalls rechteckig, allerdings fehlten die Eckblöcke.

„Zehn? Mehr nicht?" Das klang nun wirklich nicht beeindruckend. Wenn Max sich ein Netherportal vorstellte, schwebte ihm ein riesiges Tor in eine andere Welt vor und nicht eine Art Haustür.

„Zum Glück haben wir zehn Blöcke", sagte Alison. „Aber wenn du so lange warten willst, bis wir dreißig zusammenhaben, bleibe ich gern noch eine Weile zu Hause."

Max grunzte. Mussten Abenteurer jetzt auch noch Mathematiker sein? „Gut, meinetwegen. Können wir es jetzt anzünden?"

Alison biss sich auf die Lippe. „Wir könnten zumindest testen, ob es funktioniert. Aber mehr nicht, versprochen?"

Max nickte eifrig und rannte los, um das Feuerzeug zu holen. Alison war immer noch in die Zeichnung der Portalkonstruktion vertieft, als er zurückkam.

Die echte Herausforderung beim Bau eines Portals bestand darin, für die Materialien zu sorgen und Pläne zu befolgen, erkannte Max. Wenn einem jemand diese Arbeit abnahm, blieb nur noch, den Rahmen zu entzünden, um das Portal zu aktivieren. (Den Hinweis, ein fermentiertes Spinnenauge ins Feuer zu werfen, ignorierten die beiden – obwohl Max gleich eins aus der Tasche holen wollte. Doch Alison warf ihm einen so finsteren Blick zu, dass er es lieber wieder einsteckte.)

Alison beugte sich über die Truhe, holte den Goldhelm daraus hervor und strich über das kalte Metall. „Ich kann immer noch nicht glauben, dass ich genug Gold hatte, um einen Helm zu machen", sagte sie, während Max versuchte, eine Flamme zu erzeugen. „Ich dachte immer, die Arbeit mit seltenen Materialien wäre schwierig, aber das Gold ließ sich ganz leicht formen."

„Dann versuch's mal mit Verzauberung", warf Max ein. „Das *ist* schwierig."

Alison warf ihm einen prüfenden Blick zu. „Geht das Feuerzeug nicht?"

Er seufzte und stand auf. „Versuch du es mal. Du kommst besser mit Feuer klar als ich." Er hielt ihr das Feuerzeug hin. Alison zögerte, dann nahm sie es und drückte ihm den Helm in die Hand. Nervös beugte sie sich über den Obsidianrahmen und versuchte, einen Funken zu erzeugen.

Bis jetzt sah Max durch den leeren Rahmen nur die andere Seite – Wiese, Blumen und den Wald dahinter. Aber in wenigen Momenten würde hier ein schimmerndes Portal in eine andere Welt stehen. Vor lauter Vorfreude grinste er breit. „Ich kann nicht glauben, dass wir das endlich tun."

„Ich auch nicht, glaub mir. Irgendwie warte ich die ganze Zeit darauf, dass irgendetwas schiefgeht", gestand Alison und klickte erneut mit dem Feuerzeug. Dann erhob sie sich und trat zurück. „Für eine tolle Idee halte ich das jedenfalls immer noch nicht."

„Was?" Max riss seinen Blick von den hübschen schwarzen Blöcken los. „Jetzt hast du schon Sorge, es nur zu *aktivieren?*" Er nahm ihr das Feuerzeug wieder weg. „Ich mach das schon. Lass uns wenigstens herausfinden, ob es funktioniert. Dann können wir nach Hause gehen, versprochen."

Alison schwieg. Sie starrte das Portal an, als hätte es ihr gedroht.

„Bist du denn kein bisschen neugierig?", fragte er.

Ihr Widerstand bröckelte. Seufzend warf sie die Hände in die Luft. „Meinetwegen, dann aktiviere es eben. Und am besten gehen wir gleich durch, ehe du dir irgendwas Blödes ausdenkst, um mich davon zu überzeugen. Lassen wir uns in eine andere Welt bringen, von der wir absolut keinen Schimmer haben und in der wir wahrscheinlich draufgehen ... oder Schlimmeres."

„Ja, Mom könnte zum Beispiel davon erfahren. Das wäre schlimmer", frotzelte Max und ließ das Feuerzeug wieder klicken. Ein Funke flog auf und erstarb sogleich wieder. „Warum musst du immer so schwarzmalen? Sicher, wir haben Fehler gemacht, aber betrachte doch mal das große Ganze!" *Klick.* „Wir haben gelernt, wie man Dinge herstellt, Tränke braut – ich weiß inzwischen sogar, wie man kocht. Jedes Mal, wenn etwas misslungen ist, haben wir zwei nützliche Dinge gelernt oder erreicht!" *Klick.*

„Es spielt keine Rolle, wie viel wir gelernt haben! Wenn nur eine einzige Sache schiefläuft und wir sterben, wird uns auch das Wissen der ganzen Oberwelt nicht helfen", sagte Alison, den Blick starr auf das Feuerzeug gerichtet. „Du machst das nicht richtig, lass mich mal ..."

Klick.

Max hatte genug. „Ich will aber nicht, dass du es tust! Und weißt du was? Ich wollte auch nicht, dass du einziehst! Ich wollte nicht, dass dich meine Mutter behandelt wie die Tochter, die sie nie hatte, und einen extra Flügel ans Haus baut, nur für dich allein. Ich wollte auch keinen Hausarrest und dass du eine Hälfte meines Zimmers bekommst!" Wieder klickte das Feuerzeug. „Außerdem schnarchst du."

Alison wirbelte herum. „Du lügst", rief sie und schnappte sich das Feuerzeug. „Gib schon her!"

Klick!

Ein Funke flog auf.

Alisons Augen weiteten sich, als ihr Gesicht plötzlich lila angestrahlt wurde.

Die Luft hinter Max begann zu summen und zu knistern, und er spürte einen leichten Sog. Aber er war abgelenkt. Während sie sich stritten, hatten sie völlig die Zeit vergessen. Jetzt stand die Sonne tief am Himmel, und in den Schatten näherten sich Monster. Dicht an der Hüttenwand erblickte Max ein Furcht einflößendes grünes Gesicht, das um die Ecke lugte und gefährlich zischelte. Lautlos schwebend näherte sich das längliche, armlose Monster.

Max konnte kaum klar denken. Von seinen Eltern hatte er gelernt, wie man einem Creeperangriff entging – jedes Kind lernte das von klein auf –, aber plötzlich war sein Kopf wie leer gefegt. Gerade war er noch wütend gewesen, jetzt war er starr vor Schreck. Sollte er stehen bleiben? Wegrennen? Ein Loch graben und sich darin verstecken?

Und was würde Alison tun, wenn sie das Monster erblickte?

Das lilafarbene Glimmen des Portals warf ein unwirkliches Licht auf die Wiese. Alison starrte es immer noch mit einem bewundernden Lächeln an. Sie hatte das Monster noch nicht bemerkt. Der Creeper tippelte auf seinen eigenartigen Füßen heran und zischte lauter.

Max ergriff Alisons Hand.

„Du hast recht", sagte sie. „Das ist wirklich toll."

„Alison", hauchte Max, „wir müssen hier weg."

„Aber wir haben es doch gerade erst angezündet!", gab sie zurück. „Und du hast es noch nicht einmal angesehen ..." Sie drehte sich um – und schnappte nach Luft.

Der Creeper kam näher und zischte noch lauter. Alison machte ein schrilles Geräusch. Vor Schreck ließ sie das Feuerzeug fallen.

„Alison, ich kann mich nicht erinnern ... was machen wir jetzt?", fragte Max und blickte sich nach etwas um, das er dem Monster an den Kopf werfen konnte. Schon fing der Creeper an zu zittern, und Max fiel nur ein Ausweg ein. Beherzt sprang er ins Portal und riss Alison mit sich. Alles wurde lila, dann hörte er wie durch einen Stapel Wolle die Explosion.

KAPITEL 8

HÖLLENRITT

Sobald die lähmende Angst gewichen war, machte sich in Alison Verwirrung breit. Ein kleiner Teil ihres Verstandes nahm wahr, dass sie seltsamerweise nicht umgehend in Panik ausbrach. Und das, obwohl die Welt sich plötzlich lila gefärbt hatte, explodiert war und die beiden sich nun in einer völlig anderen Umgebung befanden.

Vage nahm sie hinter sich ein blubberndes Geräusch wahr, doch sämtliche Bilder und Laute waren so fremdartig, dass sie nur vor sich hin starren konnte.

Sie knieten inmitten von Pilzen, die sich warm zwischen Alisons Fingern anfühlten.

Über und unter ihr erstreckte sich endlos rotes, zerklüftetes Gestein, so als wären sie in eine riesige Höhle ohne Ausgang gestürzt. Vor ihnen befand sich eine hohe Klippe, von der ein Wasserfall aus Lava hinabstürzte *(also eher ein Lavafall,* korrigierte ihr Verstand) und unten einen See bildete. Es war Furcht einflößend und gleichzeitig schön.

Hier und da entzündete sich das Gestein rund um den Lavasee, brannte eine Weile und ging wieder aus.

Die Hitze war beinahe unerträglich, aber wenigstens konnten sie atmen. Alison holte tief Luft und kam bebend auf die Füße.

Sie blinzelte heftig und schirmte die Augen vor dem grellen Schein der Lava ab. Sie standen auf schartigen roten Steinblöcken. Wie nannte man sie noch gleich? Sie erinnerte sich, was die Leute über den Nether getuschelt hatten ... Netherrack?

Rund um den Lavasee am Fuß der Klippe flogen Monster, die sie noch nie gesehen hatte. Große graue Bestien mit müden Gesichtern und baumelnden Tentakeln schwebten umher und machten schrille Geräusche. Es war außergewöhnlich.

„Max, du hattest recht. Ich kann es kaum glauben, aber du hattest recht."

Max kniete immer noch und starrte hinter sich. „Es ist aus", sagte er mit ausdrucksloser Stimme.

„Was ist aus?"

„Das Portal. Die Creeperexplosion muss es deaktiviert haben."

Alison wirbelte herum und sah ein Rechteck aus Obsidian – ein Tor, das jetzt nur zu noch mehr Feuer und Lava führte. Das schimmernde Lila war verschwunden und damit auch der Weg nach Hause. Ihr Kiefer klappte nach unten.

Max sprang auf und lief um das Portal herum, um es von allen Seiten zu betrachten. „Alison, zünde es wieder an! Mehr müssen wir nicht tun!"

Seine Stimme war lauter geworden, und er sah sich nervös um. Alison hatte das Gefühl, dass sich eines der schwebenden Monster in ihre Richtung drehte, doch das konnte auch am Zwielicht liegen. Die einzige Beleuchtung an diesem Ort stammte vom Glowstone, der von der Decke hing, und der Lava. Sie wünschte, sie hätten Fackeln mitgenommen. Oder die Rüstungen und Waffen und Werkzeuge und Nahrung, die sie ebenfalls zurückgelassen hatten.

„Max, sei leise, wir wissen nicht, was da draußen ist", warnte sie und beäugte nervös den Lavasee. Dann sah sie ihre leeren Hände an. „Ich … ich fürchte, ich habe das Feuerzeug beim anderen Portal fallen gelassen." Sie zeigte auf den Punkt, an dem auf der anderen Seite das einzige Werkzeug liegen musste, das sie von hier wegbringen konnte.

„Was? Alison, ohne aktiviertes Portal können wir nicht zurück nach Hause!", rief er. „Wir sind überhaupt nicht auf diesen Ort vorbereitet, wir müssen hier weg!"

Alison war kurz davor, die Fassung zu verlieren. „Das weiß ich auch. Hör mir zu", zischte sie. „Wir müssen unsere Lage analysieren, dann die Optionen durchgehen, die wir haben, und uns irgendwas ausdenken. Wir schaffen das. Außerdem ist hier überall Feuer! Irgendetwas wird uns schon einfallen. Aber du musst endlich leise sein, weil du Kreaturen auf uns aufmerksam machst, die wir nicht kennenlernen wollen!"

Schlagartig hörte Max auf, wie verrückt hin und her zu laufen, und starrte Alison an. Wortlos zeigte die Freundin auf den Lavasee, und seine Augen weiteten sich. „Oh nein", flüsterte er.

„Oh doch", gab sie zurück. „Wir müssen uns jetzt beruhigen und darüber nachdenken, was wir tun können. Wir brauchen nur etwas, das brennt, das ist alles."

Aufgeregt wedelte er mit den Händen. „Aber wir haben keinen Brennstoff!"

Sie sahen sich um. Die Landschaft war groß und weit, aber Alison beschlich der Verdacht, dass jeglicher Brennstoff, den sie hätten finden können, bereits in Flammen aufgegangen war.

„Nun, wenn wir nicht zurückkönnen, müssen wir eben vorwärtsgehen. Dieser Verzauberer ... Er ist doch hier, oder? Vielleicht hilft er uns ja, nach Hause zu kommen", sagte Alison.

„Aber *wir* wollten doch *ihn* retten", protestierte Max. „Was wollen wir ihm denn sagen? ,Hallöchen, wir sind hier, um dich zu retten, aber könntest du uns wohl zurück nach Hause bringen?' Das ist ja wohl der armseligste Rettungsversuch aller Zeiten." Frustriert riss er einen Pilz aus dem Boden und schleuderte ihn von sich.

Er meinte, in der Ferne den dumpfen Aufprall zu hören. Innerlich wappnete er sich gegen Alisons Zorn.

„Na gut, was sollen wir tun?", fragte sie, die Hände in die Hüften gestemmt. Er schwieg und starrte seine Füße an. Alison fuhr fort: „Dachte ich mir. Behalte diese Dinger im Auge und warne mich, wenn sie uns zu nahe kommen. Ich versuche herauszufinden, wo wir sind."

Sie ignorierte seinen bissigen Kommentar, dass sie sich im Nether befanden, und lief los. Genau vor ihr erhob sich eine Glowstoneformation, der sich Alison vorsichtig näherte. Die Hitze war unerträglich, aber sie bekam einen der Steine zu fassen und zog sich daran hoch. Etwa zehn Blöcke über dem Boden hatte sie einen viel besseren Überblick.

Überall war Lava – zumindest fast. Es gab auch viele Wege, die man nehmen könnte ... um sich hoffnungslos zu verlaufen. Sie würden diesen Ort irgendwie markieren müssen, um ihn wiederzufinden.

Dann wurde sie auf eine schimmernde Formation aus Felsen und Lava aufmerksam. Es sah aus, als hätte jemand einen groben Kreis ins Gestein gehauen und in die Mitte zwei Punkte gefurcht. Lava war hineingeflossen und hatte ein blubberndes Bild erschaffen.

Dasselbe Bild wie auf dem Einband des Tagebuchs.

„Max!", rief sie aufgeregt und vergaß völlig ihre eigene Warnung von vorhin. „Er ist hier! Er hat sein Symbol in den Fels geschlagen – wie ein Signal! Wir müssen ihn aufspüren und um Hilfe bitten!"

Sie kletterte wieder nach unten und rannte auf den Freund zu. Erst in letzter Minute erkannte sie, dass er ihr mit wilden Gesten bedeutete, leiser zu sein.

„Schsch!", machte er. „Ich glaube, ich habe etwas gehört."

„Ach, das sind nur die Dinger bei der Lava, die haben uns nicht bemerkt", wehrte Alison ab und blickte in Richtung See.

„Nein, das war etwas anderes. Es klang wie … Gackern."

Das Symbol war vergessen. Und mit ihm der Verzauberer, das inaktive Portal, ihre nicht vorhandenen Waffen und Rüstungen sowie die Tatsache, dass sie zwar von Feuer und Lava umgeben waren, aber nichts davon nutzen konnten, um das Portal zu entzünden.

Das Einzige, woran Max und Alison in diesem Moment denken konnten, war Flucht. Wegrennen wie Kaninchen vor einer Wolfsmeute.

Nur dass sie keine Kaninchen waren und auf ihren Fersen keine Wölfe. Vielmehr flohen sie vor Dutzenden Hühnern, auf deren Rücken winzige Schweinezombies saßen.

Kopflos rannten sie immer weiter. Max wusste weder wohin noch kümmerte es ihn. Er war in der Vergangenheit schon öfter Zombies entkommen. Das gehörte in der Oberwelt einfach dazu, wenn man nicht in den relativ sicheren Dörfern wohnte.

Aber nie zuvor war er untoten Schweinen auf Hühnern begegnet. Und diese Hühner waren unfassbar flink.

Alison machte die Sache nicht gerade leichter. Beim Rennen brüllte sie Max an und ließ ihren ganzen angestauten Frust an ihm aus. „Warum musstest du sie auch mit Pilzen bewerfen? Da liegt der große, weite Nether vor uns, und du suchst dir ausgerechnet das schnellste und ekelhafteste Monster aus und bewirfst es mit irgendwelchem Kram! Wir haben das Portal aktiviert, weil *du* es wolltest, und jetzt werden wir Beute für wild gewordenes Federvieh. Ich habe keine Lust, ausgerechnet von *Hühnern* gefressen zu werden, Max!"

Das Gackern wurde lauter, und nun gesellte sich auch das Grunzen und Stöhnen der Schweinezombies dazu.

Max kam es vor, als würden sie seit Ewigkeiten im Zickzack rennen. Sie schlugen Haken, wenn sie neue Monster erblickten, aber es gelang ihnen nicht, wieder zu ihrem Ausgangspunkt zurückzukehren.

Max erspähte eine Öffnung in einer Felswand – ein finsterer Eingang, vielleicht zu einer Höhle. Oder einer tödlichen Schlucht. Aber sie hatten keine Zeit, das zu erforschen.

„Würdest du bitte aufhören, mich anzuschreien, und einfach rennen?", rief er, wich einem Feuergeysir zu seiner Linken aus und bog in Richtung Tal ab. Dabei stieß er mit Alison zusammen, die einen Grunzlaut von sich gab und hinfiel.

Eilig beugte er sich über sie und ergriff ihre Hand. „Steh auf!", rief er und drehte dem näherkommenden Mob demonstrativ den Rücken zu.

„Ich hoffe, ich werde als Schaf wiedergeboren, damit ich dir im nächsten Leben nicht wieder begegne", grollte Alison, ergriff aber trotzdem seine Hand und eilte weiter.

„Ich könnte auch als Schaf wiederkommen", konterte Max. „Man weiß ja nie. Und du wirst vielleicht als Spinne wiedergeboren."

„Ja, so ein Pech hätte nur ich", keuchte sie und musste kichern. Sie wurde langsamer und sah sich um. „Wohin laufen wir eigentlich?"

Das Tal erstreckte sich vor ihnen, Klippen auf beiden Seiten. In der Ferne machte es eine Rechtskurve.

„Ich wünschte, wir würden da irgendwie raufkommen, aber es sieht nicht so aus, als könnte man hochklettern", stellte Max fest. „Wir laufen weiter … dorthin." Er zeigte auf die Kurve und legte den Turbogang ein.

Als sie um die Ecke bogen, sahen sie, dass das Tal in einer Sackgasse endete, mit rauen Klippen ringsherum. Der einzige Ausweg lag hinter ihnen, wo die Monster waren.

Gackern und Grunzen hallte von den Klippenwänden wider und verwandelte sich in ohrenbetäubenden Lärm.

Max bereute, in diese Richtung gelaufen zu sein. Es war nicht seine erste schlechte Entscheidung heute, aber es war definitiv die schlechteste.

Bis jetzt.

KAPITEL 9

DER WILL NUR SPIELEN

Eine Sackgasse. Max hatte sie geradewegs in eine Sackgasse geführt. Die vor ihnen liegenden Klippen waren rutschig und glatt, bis auf eine kleine hügelige Formation am Ende des Tals. Vielleicht konnten sie sich dorthin retten. Alison wusste nicht, wie hoch Hühner springen konnten, aber den Versuch war es wert.

Während sie auf den Hügel zuhielten, schoss Feuer aus dem Netherrack, das sie umgab, sodass sie immer wieder ausweichen und abbremsen mussten. Je näher sie dem Hügel kamen, desto klarer wurde Alison, dass er sie nicht retten würde. Verzweiflung ersetzte die Panik, die von ihr Besitz ergriffen hatte. Um sie herum gab es nur Grundgestein und Netherrack. Dennoch erklommen sie eilig den Hügel und sahen sich gehetzt nach einem Ausweg um.

Die Hühnerreiter bogen um die Ecke, und es waren noch viel mehr, als Alison gedacht hatte. Nicht alle Hühner trugen winzige Zombiekinder auf dem Rücken, manche Reiter waren sogar erwachsen. Doch alle starrten Max und Alison mit leerem Blick an. Die Hühnerreiter rannten etwa doppelt so schnell wie die kleinen Monstervarianten, die Max und Alison aus der Oberwelt kannten. Und sie holten schnell auf. Erst waren es zwanzig Hühner samt Reiter, dann zwanzig weitere und dann noch mehr. Alison konnte sie nicht mehr zählen.

„Wir können nirgendwohin", wisperte sie.

„Wir werden ster…", fing Alison an, doch sie verstummte, als plötzlich ein Pfeil im Angreifertrupp landete und einen Schweinezombie samt Huhn durchbohrte. Beide stürzten zu Boden und hinterließen ein Ei und einige Federn.

„Wer schießt auf uns? Sind hier irgendwo Skelette? Siehst du irgendwas?", fragte Max, während er nach dem Schützen Ausschau hielt.

Auch Alison rechnete mit klappernden weißen Knochengerüsten, als ein weiterer Reiter von seinem Huhn fiel und sein Leben aushauchte.

Ein Monster nach dem anderen starb, während jemand über den Köpfen der Kinder ein Kriegsgeschrei anstimmte. Kurz darauf landete vor ihnen eine Person elegant in der Hocke. Max und Alison sprangen erschrocken zurück, als sie sich aufrichtete. Es war ein Mädchen, etwa in ihrem Alter. Grinsend hielt sie ihnen etwas hin. „Hier, nehmt die."

Plötzlich hatte Alison zwei Bögen und Köcher in den Händen. Das Mädchen trat beiseite, um sich Platz zu verschaffen, und schoss einen weiteren Reiter vom Rücken seines Huhns.

Sie trug eine Lederrüstung, und ihr Bogen schimmerte im Zwielicht. Ihre Haare und Haut waren hellbraun. Hinter ihr trabte ein weißer Wolf mit lilafarbenem Tuch um den Hals. Der Wolf sprang mitten in die Monstergruppe, riss einen kleinen Zombie von seinem Huhn und schleuderte die Kreatur wie eine Puppe hin und her. Dann ließ er sie fallen und stürzte sich auf die nächste.

Das Mädchen schoss einen Pfeil nach dem anderen in die Menge, traf ihre Angreifer mit bewundernswerter Präzision, verpasste allzu nahe kommenden Schweinezombies gezielte Tritte und schoss erneut, sobald sie genug Zeit zum Anlegen und Zielen hatte.

Aufgeregt kläffend biss sich der Wolf durch die Monster und schien dabei richtig Spaß zu haben. Bis eben hatte Alison gedacht, sie würde sterben, doch dieser Wolf hielt das Ganze offenbar nur für ein Spiel.

„Ali, schieß!", rief Max und nahm ihr einen Bogen und einen Köcher ab. „Sie kann sie nicht alle allein abwehren!"

Alison war sich dessen nicht so sicher, aber die Monster kamen tatsächlich gefährlich nahe, und das fremde Mädchen konnte sie nicht schnell genug erledigen und gleichzeitig auf Distanz halten. Schon grabschte eins nach ihrem Arm und verletzte sie, sodass sie kurz das Gleichgewicht verlor.

Alison rutschte den Hügel hinab, holte Luft und zielte. Jetzt war sie bereit.

Der Bogen war nicht von besonders guter Qualität – wahrscheinlich hatte ihn ein Monster fallen gelassen. Aber er war besser als nichts. Man konnte Pfeile mit ihm verschießen, und das war im Moment das Wichtigste. Sie zog die Sehne zurück und zielte auf ein Huhn, dessen Reiter das fremde Mädchen umgeworfen hatte. Der Schweinezombie fiel, und schon konzentrierte Alison sich auf den nächsten.

Der Wolf kam angerannt, um ihnen beizustehen, und warf auf dem Weg zu seiner Besitzerin gleich mehrere Hühner und Reiter um. Das Mädchen erhob sich, nickte Alison dankbar zu und verschoss einen weiteren Pfeil.

Eilig versuchte Alison, die Situation einzuschätzen. Sie wollte weder den Wolf noch seine Besitzerin treffen, also konzentrierte sie sich lieber auf einige Nachzügler weiter hinten. Ihr erster Schuss ging zu weit, aber der nächste saß.

Wo war Max? Sie hatte keinen seiner Pfeile fliegen sehen, aber sie wagte es nicht, sich zu ihrem Freund umzuschauen.

Da ertönte ein kehliger Kriegsschrei, und Max tauchte mit einem Goldschwert in der Hand inmitten der Monstergruppe auf. *(Ein Goldschwert? Woher hat er das?)* Er war kein besonders toller Nahkämpfer; er hatte nie viel üben können, nicht zuletzt weil Alison sich geweigert hatte, ihre neuen Schwerter mit Übungskämpfen einzuweihen. Aber manchmal brauchte es nur eine scharfe Waffe, einen Gegner, eine Prise Schwerkraft und genug Motivation, um etwas zu erreichen.

Endlich wendete sich das Blatt. Max und der Wolf kümmerten sich im Nahkampf um die Monster, während Alison und die Fremde von der Seite aus angriffen.

Innerhalb weniger Minuten war es vorbei, und sie standen inmitten fallen gelassener Waffen, Pfeile, Eier, verrottetem Fleisch und Goldklumpen.

Alison und Max keuchten und stützten sich gegenseitig, aber das Mädchen sah hochzufrieden aus.

„Haben wir gewonnen?", fragte Max, ließ den Blick über die Beute schweifen und sah dann zu Alison und dem fremden Mädchen, das sie gerettet hatte.

„Ich glaube schon", gab Alison zurück und nickte. Zufrieden beobachtete das Mädchen seinen Wolf, der umherlief und das verrottete Fleisch verschlang. „Danke, dass du uns gerettet hast. Woher kamst du so plötzlich?"

Das Mädchen strich sich das lange braune Haar aus dem Gesicht und begutachtete die hellrote Verbrennung an ihrem Arm. Dann stemmte sie die Fäuste in die Hüfte und musterte Alison. „Was habt ihr euch dabei gedacht, geradewegs in einen Hinterhalt zu rennen? Sie haben euch hergelockt. Habt ihr das nicht gemerkt?" Das Mädchen grinste, was ihre Worte weniger scharf erscheinen ließ.

„Wir haben uns verlaufen", gab Alison zu. „Und dann sind wir um unser Leben gerannt. Wir haben nicht wirklich nachgedacht."

Abschätzig beäugte das Mädchen die beiden. „Auf diese Weise geht man hier ziemlich schnell drauf. Oder wenn man so aussieht, wie ihr es tut." Sie zeigte auf ihre Klamotten. „Wo ist euer Portal? Ich bringe euch lieber zurück. Ohne Waffen und Rüstung überlebt ihr hier keinen halben Tag."

„Da lang", sagte Alison und zeigte nach links.

„Nie im Leben, wir müssen dort lang", widersprach Max und zeigte nach rechts.

„Es war in der Nähe dieses Glowstone-Haufens", meinte Alison. „In dieser Richtung."

„Welcher denn? Die gibt es hier überall", erwiderte das Mädchen.

„Wir … sind ziemlich lange gerannt. Ich bin mir nicht sicher, wo das Portal steht. Wir werden es wohl suchen müssen. Ist ja nicht so, als könnte es uns davonlaufen."

„Es wurde sowieso deaktiviert", erklärte Max. „Ein Creeper ist in seiner Nähe explodiert, als wir gerade durchgegangen waren. Wir waren nicht darauf vorbereitet, es zu reaktivieren."

„Wir waren auf überhaupt nichts vorbereitet", ergänzte Alison.

Max hielt der Fremden seine Hand hin. „Ich bin Max. Das ist Alison."

„Freya", stellte das Mädchen sich vor und ergriff die dargebotene Hand. Dann schüttelte sie auch Alisons. „Das klingt ja alles ziemlich verrückt. Kommt mit, ich wohne gleich dort." Sie zeigte nach oben zum Rand der Klippe.

Max hatte so viele Fragen, dass er gar nicht wusste, wo er anfangen sollte. Wie war es den drei Kindern gelungen, einen riesigen Mob aus Hühnerreitern zu zerlegen? Wer war dieses erstaunliche Mädchen, das ihn und Alison gerettet hatte? Wieso hatte sie eine Verbrennung am Arm? Wer hatte den Geheimtunnel gebaut, der hinauf zu ihrer Festung führte – und wie kam sie überhaupt zu dieser Festung?!

Doch was ihn am meisten beschäftigte, war das wunderbare Schwert an seinem Gürtel.

Einer der Schweinezombies hatte es hinterlassen, nachdem Freya ihn mit einem Pfeil niedergestreckt hatte. Das Monster war von seinem Reittier gestürzt und hatte die Waffe fallen lassen.

Max' rudimentäre Verzauberungskenntnisse verrieten ihm, dass dieses Schwert etwas Besonderes hatte, das über die glänzende Schönheit des Goldes hinausging. Er wollte es Alison geben, damit sie es sich ansah und nach Beschädigungen untersuchte – schließlich wollte er nicht, dass es mit dem nächsten Schlag zerbrach. Doch seine drängendste Frage war diese: *Womit war es verzaubert?*

Immer wieder wanderte seine Hand zum Heft an seiner Hüfte, nur um es gleich wieder loszulassen. Jetzt war nicht der richtige Zeitpunkt, sich über solche Dinge Gedanken zu machen. Er musste herausfinden, was hier vorging, und vor allem, wie sie wieder nach Hause kommen würden. Natürlich erst, nachdem sie gefunden hatten, weshalb sie hergekommen waren.

Alison übernahm die Aufgabe, die Fremde mit Fragen zu löchern. Freya führte sie einen Tunnel hinauf und verstaute unterwegs all die Beute, die sie eingesammelt hatte. Alison blieb ihr dicht auf den Fersen und fragte sie weiter aus, während sie gleichzeitig den Tunnel bewunderte, in dem Redstone und Glowstone um die Wette glänzten.

„Hier wohnst du also?", fragte sie. „Wie kann das sein? Ich dachte, alle Bauwerke hier sind voll von diesen …" Sie wedelte nach hinten. „… diesen Monstern."

„Hier war tatsächlich alles voller Lohen, als ich einzog. Ist eigentlich immer noch so", erklärte Freya. „Manchmal auch Skelette, deshalb habe ich den Tunnel gebaut. Im Tal ist es meistens ruhig. Die Monster sind nicht gerade schlau und kommen nicht darauf, dass ein Gebäude eine Hintertür haben könnte. Als ich hierherkam, habe ich die Räume weitestgehend von Monstern befreit, aber draußen hängen immer welche herum.

Als ich euch zu Hilfe geeilt bin, habe ich allerdings die Vordertür genommen, weil der Weg durch den Tunnel länger ist." Sie zeigte auf ihren verbrannten Arm. „Dabei habe ich mir das hier eingehandelt."

Sie zwinkerte Alison zu. „Das Gute ist, dass die Monster draußen dafür sorgen, dass hier niemand einbrechen kann. Sie wissen es nicht, aber sie sind sozusagen meine Wachleute. Natürlich von der Sorte, die auch mich umbringt, wenn sie die Chance bekommt – also nicht gerade perfekt." Sie lief weiter. Der Tunnel führte jetzt in einer Spirale nach oben.

„Also ist keins dieser Biester hier drin?", fragte Alison.

„Keine Ahnung." Freya zuckte mit den Schultern, als hätte Alison nach irgendwelchem Ungeziefer gefragt. „Immerhin ist es eine ziemlich große Festung, und sie können überall spawnen. Aber ich habe Fackeln aufgestellt, und meine Wölfin patrouilliert, sooft sie kann. Ich bewohne ohnehin nur einige wenige Räume und halte die anderen geschlossen, es sei denn, ich brauche etwas von dort. Diese Festungen sind voller guter Beute, und ich habe noch immer nicht jeden Winkel von dieser hier erkundet."

„Warum nicht?", fragte Max und vergaß sofort sein Schwert, als er hörte, dass es hier womöglich noch mehr Beute gab.

„Weil ich alles habe, was ich brauche", erwiderte Freya. „Ich habe Pilze zum Essen, gehe zum Zeitvertreib auf Monsterjagd und bin immer in guter pelziger Gesellschaft." Sie lächelte, aber ihre Augen hatten dunkle Ränder, so als hätte sie seit Monaten nicht besonders viel geschlafen.

Alison runzelte die Stirn. Max kannte diesen Blick nur zu gut. Er besagte: *Ich weiß, dass du mir irgendetwas verschweigst.*

„Wo sind deine Eltern?", fragte Alison, als sie eine Tür erreichten.

Freya drehte sich nicht um, hielt aber kurz inne. „Wir müssen sehen, ob ich genügend Tränke habe, um eure Wunden zu versorgen", sagte sie, als hätte sie Alison nicht gehört. „Außerdem können wir eine Bestandsaufnahme machen und Essen zubereiten. Der Mob hat uns einen ordentlichen Vorrat eingebracht."

Freya öffnete schwungvoll die Tür, und Alisons Magen knurrte, als sie den gut gefüllten Vorratsraum erblickte. „Kommt rein."

KAPITEL 10

DER SIEGER KRIEGT DAS VERROTTETE FLEISCH

Alison war halb verhungert. Max hatte für alle gekocht und sein neu erworbenes Geschick am Ofen demonstriert. Niemals hatte sie etwas so Gutes gegessen wie dieses Hühnchen. Sie versuchte, nicht daran zu denken, dass sie dem Tier noch kurz zuvor in die Augen gesehen hatte – andererseits hatten sowohl Huhn als auch Reiter versucht, sie umzubringen, also stand ihr als Siegerin die Kriegsbeute eindeutig zu.

Freya hatte das verrottete Fleisch für ihren Wolf am Fenster gebraten, damit der Gestank nicht den ganzen Raum erfüllte. Während sie weitererzählte, warf sie ihrem überglücklichen Haustier die grünlichen Stücke hin.

„Das ist Hasenschreck. Ich habe sie schon als Welpen bekommen. Sie hatte furchtbare Angst vor Hasen." Freya lachte. „Sie beißt ohne Weiteres einem Zombiekind den Kopf ab, aber sobald sie ein hüpfendes Etwas mit langen Ohren erblickt, sucht sie das Weite. Ich gab ihr den Namen Hasenschreck, weil ich hoffte, es würde ihr Selbstbewusstsein stärken, aber es hat nichts gebracht. Dann stellten wir fest, dass es hier gar keine Hasen gibt, aber irgendwie blieb der Name hängen." Sie warf Hasenschreck das letzte Stück Fleisch hin und wischte sich die Hände an der Hose ab. „Also, seid ihr beide Geschwister?"

Max und Alison tauschten einen Blick, dann antwortete Alison: „Nein, nicht wirklich. Ich bin bei Max eingezogen, als meine Familie … na ja … ich bin jetzt allein." Plötzlich hatte sie einen Kloß im Hals und konnte nicht weiterreden.

Freya runzelte die Stirn und setzte sich neben Alison an den Tisch. „Wie meinst du das?", hakte sie nach.

Alison antwortete nicht. Max sah erst sie und dann Freya an. „Creeperangriff. Hat ihr Haus zerstört und ihre Familie ausgelöscht. Sie hat als Einzige überlebt."

„Als Einzige …", wiederholte Freya leise. Sie atmete tief ein, aber die Luft blieb ihr im Hals stecken. „Das … tut mir wirklich leid."

Sie stand auf und drehte den beiden schwer atmend den Rücken zu.

Alison räusperte sich. „Max' Leute haben mich aufgenommen. Sie wohnen in der Nähe. Meines alten Zuhauses, meine ich, nicht hier. Aber hier ist ja auch nichts weiter." Freya sah sie immer noch nicht an. Alison warf Max einen fragenden Blick zu, aber der zuckte nur mit den Schultern. „Aber das weißt du ja selbst. Richtig. Jedenfalls waren unsere Familien befreundet, und sie haben mich zu sich genommen", beendete sie die Geschichte und wünschte, sie hätte all das gar nicht erwähnt.

„Alles okay?", fragte Max und sah Freya an.

Sie rührte sich immer noch nicht.

„Ähm, Freya?", hakte er nach.

„Ja?", erwiderte sie fröhlich und drehte sich endlich um. Ihre Wangen waren gerötet und die Augen zu weit aufgerissen. Alison musterte sie mit schiefgelegtem Kopf.

„Alles okay?", wiederholte Max.

„Oh, ich dachte, du redest mit Alison." Sie runzelte die Stirn. „Ist bei *euch* alles okay?"

„Ähm, ja, es wird schon wieder", gab Alison zurück. „Danke."

„Das war nett von euch", sagte Freya zu Max. Sie sprach schneller als sonst. „Es ist schön, Freunde zu haben." Plötzlich war ihr Blick weit fort. Sie sah traurig aus.

„Was ist mit dir? Wieso bist du hier ganz allein?", wollte Alison wissen.

Freya blinzelte und kehrte in die Gegenwart zurück. „Ach ja … Also, meine Familie war voller Abenteurer. Wir reisten gern durch die Gegend und erkundeten die Welt. Immer wenn wir irgendwo ankamen, bauten wir ein einfaches Haus, lernten die Umgebung kennen, besuchten die Dörfer und so. Und dann zogen wir weiter." Sie kicherte. „Meine Mutter sagte immer, wir pflanzen überall Hütten, so wie andere Leute Bäume pflanzen."

Alison fragte sich, ob Freya irgendwie mit dem Verzauberer verwandt war, aber wenn es so gewesen wäre, hätte Max deutlich mehr Interesse an ihr gezeigt. Im Moment starrte er nur aus dem Fenster und beobachtete die patrouillierenden Monster unterhalb der Klippe.

„Jedenfalls befand mein Vater irgendwann, dass wir alle Biome der Oberwelt erkundet hatten, und setzte sich in den Kopf, den Nether zu besuchen. Er kaufte einem Händler, der in der Nähe eines Lavasees wohnte, Obsidian ab und besorgte sich Pläne für ein Portal. Dafür ging unser gesamtes Erspartes drauf. Und dann kamen wir her."

„Wo ist euer Portal?", fragte Max neugierig.

Freya zuckte die Achseln. „Weiß ich nicht. Wahrscheinlich ist es immer noch irgendwo da draußen. Aber wir kamen hier schon vor langer Zeit an. Mom hatte schon unseren Rückweg kartiert, als wir auf eine Gruppe Lohen stießen. Oder sie stießen auf uns. Im Grunde dasselbe, was euch passiert ist." Sie kaute auf ihrer Lippe herum. „Ich … habe es überlebt. Mom hatte die Karte, als sie …" Freya räusperte sich und fuhr dann fort: „Ich musste fliehen. Ich hatte Hasenschreck und meinen Bogen und meine Pfeile. Und diesen Apfel dort", fügte sie hinzu und zeigte auf einen Apfel, der auf einem Steintisch in einer Ecke lag, die Alison noch nicht bemerkt hatte.

„Das tut mir furchtbar leid", sagte sie. „Ich weiß, wie du dich fühlst."

Freya starrte immer noch den Apfel an. Sein freundlich leuchtendes Rot stach aus all dem Grau und Dunkelrot hervor. „Und … du hast ihn immer noch nicht gegessen?", fragte Max verwundert.

Alison bedachte ihn mit einem strengen Blick. „Ernsthaft? Das ist deine drängendste Frage?"

Er zuckte die Achseln. „Natürlich, wenn der Apfel das einzige Obst weit und breit ist."

„Er erinnert mich an sie", verteidigte sich Freya.

Alison hatte eine Halskette ihrer Mutter und ein paar alte Briefe von ihrem Vater behalten. Auf die Idee, Essen aufzubewahren, war sie nicht gekommen, aber sie war auch nicht dazu gezwungen gewesen.

„Ich würde denken, dass man an einem Ort wie diesem hier alles isst, was man in die Finger bekommt", fuhr Max fort.

„Und ich würde denken, dass man erst durch ein Netherportal geht, wenn man gut auf diesen Ort vorbereitet ist. Wir treffen eben alle hin und wieder seltsame Entscheidungen im Leben", gab Freya hitzig zurück.

„Wie kommst du an Wasser?", warf Alison ein, um die Situation zu entschärfen. „Es kommt hier nicht natürlich vor, oder?"

Freya lachte und wischte sich übers Gesicht. „Stimmt, hier gibt's kein Wasser. Ich hatte die Aufgabe, unseren gesamten Wasservorrat zu tragen. Als ich hier ankam, fand ich ein paar Kessel voll Wasser und stellte noch ein paar dazu. Ich bewahre sie in einem Nebenraum auf." Sie deutete auf eine Tür in der Wand, die gegenüber dem Geheimtunnel lag. „Ich dachte, wenn mir ein Abenteurer über den Weg läuft, kann ich bei ihm oder ihr irgendetwas gegen Wasser eintauschen. Früher hat das auch funktioniert."

„Warum bist du nicht nach Hause zurückgekehrt?", fragte Max leise. „Du sagtest doch, dass dein Portal immer noch da draußen ist. *Willst* du es denn nicht finden?"

Freya sah zu Hasenschreck, die ihre Besitzerin voller Hoffnung auf mehr Zombiefleisch anschaute. „Das hier ist jetzt mein Zuhause", erwiderte sie. „Ich habe Hasenschreck, ein Haus und eine Pilzfarm."

„Aber das ergibt doch keinen Sinn", protestierte Max. „Das ist der *Nether. Niemand* wohnt hier!"

„Ich habe aber nichts!", rief Freya. „Meine Familie war alles, was ich hatte. Niemand in der Oberwelt wartet auf mich. Und ich weiß, wie man hier überlebt. Warum also fortgehen?"

Alison starrte sie an. Inzwischen verstand sie Max' Einwand. Sie deutete aus dem Fenster und sah Freya an. „Warum fortgehen? Dafür gibt es eine *Million* Gründe! Dein Wasser wird dir ausgehen! Da draußen sind nur Feuer und angriffslustige Schweinezombies auf Hühnern! Außerdem kannst du nicht einmal dein eigenes Haus betreten, weil auf der anderen Seite der Tür Monster lauern könnten! Und für den Rest deines Lebens nichts anderes essen als Pilze und was immer du da draußen jagen kannst? Bist du verrückt?" Sie blickte durchs Fenster und sah die Schlucht, in der ziellos ein einzelnes Huhn umherwanderte und lustlos im Seelensand pickte.

Max trat vom Fenster weg und rieb an seinem Ohr, wie er es immer tat, wenn er nachdachte. „Ali hat nicht unrecht, weißt du", sagte er zu Freya. „Niemand, der bei Verstand ist, würde freiwillig hierbleiben."

Dann sah er zu Alison und sagte etwas untypisch Reifes: „Aber Ali ... Warst *du* bei klarem Verstand, nachdem deine Eltern gestorben waren?"

Alisons Mund klappte zu, als sie an den schrecklichsten Tag ihres Lebens zurückdachte. Das Baumhaus zerstört. Die Schafe in alle vier Winde zerstreut. Ihre Eltern, Schwester und Großmutter spurlos verschwunden.

Sinnvoll wäre gewesen, zu einem Nachbarn zu laufen, Hilfe zu holen und die Ruine nach Verletzten zu durchsuchen.

Stattdessen hatte sie wie gelähmt versucht, die Schafe einzufangen. Kurz darauf hatten Mr Hatch und Max' völlig aufgelöste Mutter sie gefunden. Sie hatten die Explosion gehört und genau das Richtige getan – sie hatten nach Überlebenden gesucht. Alison war einfach sinnlos herumgerannt.

„Ich muss die Schafe in den Stall bringen", hatte sie erklärt. Ihre Augen waren unnatürlich geweitet gewesen, und sie hatte die Erwachsenen angestarrt, aber nicht wirklich wahrgenommen.

Max' Mutter hatte Mr Hatch schmerzvoll angeschaut und das Mädchen dann vorsichtig in die Arme geschlossen. Da hatte Alison endlich geweint.

Alison schüttelte den Kopf, als könne sie die Erinnerung auf diese Weise loswerden. Dann sah sie Freya an, die ihre Wölfin streichelte und sowohl Max als auch seine Freundin demonstrativ ignorierte. „Du hast recht, tut mir leid", sagte Alison. „Gleich morgen früh gehen wir."

Freya blickte verwundert hoch. „Gehen? Wieso denn das? Da draußen seid ihr doch völlig verloren!" Entschieden schüttelte sie den Kopf. „Nein, ihr bleibt schön hier bei mir. Ich zeige euch die Festung – die *sicheren* Räume", ergänzte sie, als sie Alisons furchtsamen Blick bemerkte. „Außerdem wollt ihr bestimmt gern den Spezialraum sehen."

„Spezialraum?", echote Max, die Hand wieder einmal am Heft seines neuen Schwerts. Alison war sich nicht sicher, ob er sich dieser Geste überhaupt bewusst war.

Freya nickte selbstsicher. „Allerdings. Dort ist das ganze gute Zeug."

KAPITEL 11

DIE VERLOCKUNG VERSCHLOSSENER RÄUME

Bisher waren Max, Alison und Freya in einem Raum gewesen, der wie eine Küche aussah. Hier befanden sich die Tür, die zum Geheimtunnel führte, sowie ein Ofen und ein paar Tische. Doch Max erkannte schnell, dass, wer auch immer diese Festung gebaut hatte, einen einfachen Vorratsraum im Sinn gehabt hatte. Das wurde ihm klar, als Freya die beiden nach draußen in die beeindruckende große Halle führte, die sich vor ihnen erstreckte.

„Hier esse ich ungern", gab sie zu.

„Ach, wirklich? Warum nur?", gab Max sarkastisch zurück. Seine Stimme verlor sich in dem riesigen Saal.

Die Decke lag wenigstens dreißig Blöcke über ihnen, und in die hintere Wand hatte jemand eine Lohe in den Stein gemeißelt. Um das Bild herum floss ein Lavafall zu Boden und versickerte irgendwohin – hoffentlich nicht in einen anderen Raum dieser Festung, denn hier war es wirklich heiß genug. In der Saalmitte erstreckte sich ein langer Steintisch, an dem bestimmt fünfzig Leute oder noch mehr Platz gefunden hätten. Die steinernen Stühle boten die einzigen Farbtupfer des ganzen Raumes – zehn von ihnen schmückten bunte Sitzkissen, die sofort ins Auge fielen.

Freya sah, dass Alison eines der Kissen berührte. „Anfangs habe ich dem Ort noch etwas Eigenes hinzufügen wollen", erklärte sie. „Die Kissen habe ich aus einem Stapel alter Wollbanner gefertigt, den ich irgendwo gefunden hatte."

„Du hast im Nether Wollbanner gefunden?", fragte Alison verwundert.

„Ich dachte, vielleicht hat sie jemand aus der Oberwelt hiergelassen", gab Freya schulterzuckend zurück. „Wer weiß schon, wo all das Zeug herkommt."

Max hatte inständig gehofft, dass der große Saal der einzige Raum mit Lava bleiben würde, aber vergeblich. Kaum hatten sie ihn verlassen, standen sie in einer noch größeren Höhle. Erschrocken machte er einen Schritt rückwärts, als er den steilen Abgrund entdeckte, unter dem ein Lavafluss zäh dahinfloss.

„Das hier ist das Zentrum", erklärte Freya und lief sicheren Schrittes über einen Vorsprung aus Stein, der nur zwei Blöcke breit war. Er ging in eine Brücke über, die in alle möglichen Richtungen führte. Am Ende jedes Weges befand sich eine Tür, die weiter in die Felswand der Höhle hineinführte.

Sämtliche Brücken schwebten wenigstens fünfzig Blöcke über dem Lavafluss. *Dorthin fließt also die Lava aus dem großen Saal,* dachte Max.

„Wohin führen all die Türen?", fragte Alison.

Freya zeigte zur Tür, die am weitesten links lag. „Diese führt zum Schlafquartier. Hasenschreck und ich schlafen dort auf einer Decke am Boden. Da fällt mir ein … Willst du den ultimativen Beweis, dass der Nether durch und durch böse ist?" Sie lief auf die Brücke und redete weiter, als erwartete sie, dass die beiden ihr folgten. Nervös beäugten Max und Alison den orangegelben Feuertod, der unten lauerte, folgten ihr aber trotzdem. „Wenn man versucht, in einem Bett zu schlafen, fliegt es einem um die Ohren, als hätte man mit einem Creeper gekuschelt." Freya warf einen Blick über die Schulter und fing Alis erschrockenen Gesichtsausdruck auf. „Ach, verdammt, tut mir leid. Aber es stimmt. Man fliegt in die Luft."

„Wenn man in einem Bett schläft?", wiederholte Alison langsam, so als wollte sie die Bedeutung jedes einzelnen Wortes begreifen.

„So ist es. Ich weiß nicht, was hier schiefgelaufen ist, aber so ist das mit den Betten. Mein Dad meinte immer, es würde den sicheren Tod bedeuten." Freya zuckte die Achseln und konzentrierte sich wieder auf den Weg, der vor ihr lag. „Vielleicht hat er ja gelogen, aber ich bin wirklich nicht versessen darauf, es auszuprobieren. Das wäre, als würde man die Schärfe eines Schwertes prüfen, indem man sich den Arm abschneidet."

„Erkläre mir bitte noch mal, inwiefern *ich* den Verstand verloren hatte, nachdem meine Eltern gestorben waren", zischte Alison ihrem Freund zu. „Wo sollen wir schlafen? Auf einem Lavafloß?"

Max grinste sie an. „Jedenfalls wäre es dort warm."

„Die zweite Tür", fuhr Freya fort, „führt zur Küche. Dahinter liegt der eigentliche Wohnbereich. Dort gibt es einen tollen Balkon, von dem aus man einen schönen Blick auf die Schlucht hat."

„Und dort kochst du dir literweise Pilzsuppe?", fragte Alison.

„Genau", antwortete Freya. „Die dritte Tür ist die, zu der wir jetzt gehen. Sie führt zum Keller, wo auch die Bibliothek ist. Dort unten kann man nach Herzenslust verzaubern, brauen und herstellen. Ihr werdet staunen."

Sie erreichten die Kreuzung, an der sich die Brücke teilte, und nahmen den dritten Weg. Wieder beäugte Max die Lava unter sich und beeilte sich, den beiden Mädchen zu folgen. Über seinen Brauen hatte sich in der aufsteigenden Hitze Schweiß gebildet.

„Was ist damit?", fragte er und zeigte zum letzten Weg ganz rechts, an dessen Ende zwei Netherrackblöcke übereinandergestapelt waren.

„Dahinter befinden sich mit ziemlicher Sicherheit die Spawnräume. Da gehen wir lieber nicht hin", antwortete Freya. „Ich betrete auch manche Schlafräume nicht, aber der Keller ist monsterfrei, dafür sorgen wir täglich. Das Zeug da unten ist einfach zu nützlich, um es unter Verschluss zu halten."

Sie liefen einige Treppen hinunter. Max strich mit der Hand über die Steinwand und spürte die Hitze immer weniger, je tiefer sie unter die Ebene kamen, auf der sich draußen der Lavasee befand.

Dann erreichten sie eine Metalltür am Fuß der Treppe. Freya signalisierte ihnen, still zu sein. Sie legte kurz die Hand an die Tür und nahm sie wieder weg.

„Heiß?", flüsterte Max. Freya schüttelte den Kopf, legte den Finger an die Lippen und sah ihn finster an.

Er verstummte. Freya hielt das Ohr an die Tür und lauschte aufmerksam. Dann runzelte sie die Stirn und warf den beiden anderen einen warnenden Blick zu, imitierte steife Bewegungen und tat so, als würde sie einen Bogen abfeuern. Alison nickte, und auch Max verstand, was sie ihnen sagen wollte. Da drinnen waren Skelette.

Freya zeigte auf Alison und dann in Richtung Treppe, um etwas Abstand zwischen sie und die Tür zu bringen. Dann zeigte sie auf Max und die Tür, um sich kurz darauf zu Alison zu gesellen, die ihren Bogen bereits gezückt hatte.

Moment mal, warum musste ausgerechnet *er* den Lockvogel spielen? Das war unfair. Freya war eine viel bessere Kämpferin!

Dann fielen ihm die Waffen ein. Er war derjenige mit dem neuen, möglicherweise sogar verzauberten Goldschwert, und jeder weiß, dass der Schwertkämpfer vorangehen muss, damit die Fernkämpfer den Gegner aus der Distanz erledigen können.

Warum nur hatte er keinen Bogen aufgesammelt? Er zog seine Klinge und stellte sich genau vor die Tür. Die Waffe brachte seine Hand zum Kribbeln, und er wusste, er hatte richtig gewählt. Dieses Schwert würde er um nichts auf der Welt wieder hergeben.

Nun hörte auch er das schwache Klappern, das Skelette von sich geben, wenn sie auf der Suche nach Beute umherwandern.

Mit der linken Hand ergriff er den Türknauf, während die Rechte das Schwert umklammerte. Ein kurzer Blick über die Schulter verriet ihm, dass die beiden Mädchen schussbereit dastanden.

Max holte tief Luft, öffnete die Tür und stürmte mit seinem lautesten Kriegsgeschrei in den Raum.

Hasenschreck schoss an ihm vorbei und brachte ihn aus dem Gleichgewicht, was ihm möglicherweise das Leben rettete. Im

Stolpern rauschte das Schwert eines Skeletts über seinen Kopf hinweg, das in der Nähe der Tür gestanden hatte. Hasenschreck schnappte nach dem Schwertarm des Monsters und biss zu, sodass es durch das Gewicht der Wölfin zu Boden ging. Den Arm im Maul, schüttelte sie wild den Kopf, was Max die Zeit gab, dem Skelett den Kopf abzuschlagen. Er beachtete den Körper nicht weiter und sah dem Schädel nach, der im hohen Bogen durch den Raum flog. Für einen kurzen Moment bewunderte er sein neues Schwert und erfreute sich daran, wie sich die Lava im Edelmetall spiegelte.

Diese Waffe brauchte unbedingt einen Namen, beschloss er.

Ein weiteres Skelett stürzte sich auf ihn, als er das Sirren eines Pfeils vernahm. Es kam aus dem Raum, und das Monster lief auf ihn zu. Er fiel gegen die offene Tür, deren Metall den Pfeil abprallen ließ. Wieder schlug ein Skelett nach ihm, und wieder verfehlte es ihn um Haaresbreite.

„Max, geh von der Tür weg!", rief Alison aus dem Flur. „Du stehst in der Schusslinie!"

„Ich versuch's ja!", grollte er. „Bin ein wenig beschäftigt!" Er stieß sich von der Tür ab und eilte auf die rechte Seite des Kellers. Eine vage Ahnung von der Größe dieses Raumes beschlich ihn: Es handelte sich um eine langgezogene Bibliothek mit Bücherregalen, Zaubertischen und anderen Dingen. All das erinnerte ihn an den Kellerraum des Verzauberers, nur war dieser hier viel größer und kunstvoller.

Leider wimmelte es hier auch von Skeletten.

Wie sollten sie die nur alle erledigen? Doch Max blieb keine Zeit für Spekulationen, denn wieder kam ein Monster auf ihn zu. Und wieder lief ihm der verdammte Wolf zwischen die

Beine, sodass er erneut hinfiel. Sein Rücken krachte gegen die Wand, und das Skelett über ihm holte bereits zum Schlag aus. Er hatte keine Ahnung, wie er sich aus dieser Situation retten sollte, also versuchte er, mit seiner eigenen, immer noch namenlosen Waffe zu blocken. Ungeahnte Kraft durchströmte ihn, als die Klingen aufeinanderklirrten, und schon flog das Skelett rückwärts in die Menge, wo es umgehend von einem der beiden Mädchen erschossen wurde.

Es stürzte zu Boden, und Hasenschreck zerbiss und schüttelte das Schlüsselbein des Monsters. Eigentlich war das Monster bereits erledigt, also wollte sie wahrscheinlich nur sichergehen oder aber einen Snack abgreifen, ehe das Monster verschwand. Doch da ließ die Wölfin von ihrem Opfer ab und fasste schon ihr nächstes Ziel ins Auge.

Max rappelte sich auf und starrte auf das gefallene Monster. Langsam begriff er, welche Macht sein Schwert besaß. Er hielt sich vom Eingang fern, damit die Bogenschützinnen freie Schussbahn hatten, und zwei weitere Gegner fielen sofort den Pfeilen zum Opfer. Mehr bekam Max nicht mit, denn schon wieder musste er einem Pfeil ausweichen, den ein Skelett quer durch den Raum auf ihn abgeschossen hatte. Gern hätte er sich sofort an dem Übeltäter gerächt, doch direkt vor ihm stand ein weiteres klapperndes Monster, um das er sich zuerst kümmern musste. Er schwang sein Schwert und hieb ihm genau in die Rippen. Durch die Wucht flog es rückwärts und warf dabei den Pfeilschützen von eben um.

Max ging ein Licht auf. Sogleich wandte er sich dem nächsten Skelett zu und testete seine neue Schwerttheorie. Das Monster hielt ebenfalls eine Klinge in der Hand. Anstatt den ersten

Treffer zu landen, parierte Max den Schlag, woraufhin auch diese Kreatur nach hinten flog.

Das machte Spaß! Mit neuem Elan lief Max mitten in die Skeletthorde und hieb auf alles ein, was sich bewegte – allerdings nicht, um zu töten, sondern nur, um die Monster mit dem Schwert zu berühren. Jedes Mal, wenn ihm das gelang, flog ein Gegner rückwärts durch den Raum oder krachte gegen die Wand. Hasenschreck hatte ebenfalls einen Heidenspaß bei der Jagd auf die Skelette, die angstvoll vor ihr flohen. Fröhlich bellend eilte sie durch haufenweise Knochen von einem Opfer zum nächsten.

Der Kampf war beinahe wie ein Spiel – Hasenschreck hielt die Monster in Bewegung, während unaufhörlich fliegende Pfeile eins nach dem anderen erledigten. Mitten im Chaos stand Max, der das Durcheinander nutzte, indem er sein Schwert kampfeswütig schwang, um die Monster, die ihm zu nahe kamen, von den Füßen zu fegen. *Wir überleben den Nether mit Leichtigkeit. Das ist ja fast zu einfach!* Max war euphorisch. Doch kaum hatte er den Gedanken zu Ende gedacht, hörte er Alis Warnruf. Ihm blieb keine Zeit zu verstehen, was sie meinte, denn plötzlich durchzuckte ihn ein Schmerz tief in seiner Schulter.

Alison kniete neben dem am Boden liegenden Max und beugte sich über ihn. „Hast du wirklich kein Bett oder irgendetwas Weicheres, auf das wir ihn legen könnten?", fragte sie.

„Ich habe dir doch gesagt, was passiert, wenn man sich hier

in ein Bett legt", gab Freya zurück, befestigte eine Fackel an der Wand und lief zu einem Braustand. „Versuche einfach, es ihm so bequem wie möglich zu machen."

Womit denn?, fragte sich Ali, sagte aber nichts mehr. In Gedanken zählte sie die Regeln bei Monsterangriffen auf, die sie in der Schule gelernt hatte.

„*Den Pfeil nicht entfernen, ehe man einen Heiltrank zur Hand hat",* zitierte sie laut und zerriss Max' Oberteil an der Stelle, wo ihn das Geschoss erwischt hatte.

„*Den Pfeil vorsichtig freilegen",* murmelte sie. Das war der nächste Schritt.

„*Einen Heiltrank brauen",* zählte sie weiter auf, aber darum kümmerte sich schon Freya. Sie stand am Braustand, wo rötliche Flüssigkeit in einer Glasflasche blubberte, während sie weitere Zutaten hinzufügte.

„*Die Augen nach anderen Gefahren offenhalten, denn gerade jetzt ist man besonders verwundbar."* Alison sah sich um. Hasenschreck rannte kreuz und quer durch den Raum, sammelte die Knochen der gefallenen Skelette ein und trug sie zu einem großen Haufen in der Ecke zusammen. Hier konnte sie zwar nicht graben, aber sie schien dennoch zufrieden mit ihrem Werk. *Zumindest hält sie Ordnung.* Die Wölfin war zwar nicht gerade wachsam, aber sie rannte immerzu hin und her – jegliche eventuelle Bedrohung wäre ihr also schnell aufgefallen.

„*Dem Verletzten mitteilen, dass er ein Idiot ist",* frotzelte sie. Diese Regel war natürlich erfunden, und dennoch passte sie, fand Alison. „Du bist ein Idiot", bekräftigte sie. „Ich hatte dir doch gesagt, du sollst dich von der Tür fernhalten."

„Was hältst du von Knochenfluch?", murmelte Max.

Ein wenig erschrocken lehnte Alison sich zurück. Sie war froh, dass er wach war, aber die Aussage irritierte sie. „Wovon redest du?"

„Mein … Schwert." Mit seinem unverletzten Arm machte er eine Geste zu seiner Hüfte, an der er die Waffe eigentlich trug. Im Sturz hatte er sie fallen gelassen, und nun lag sie ein Stück neben ihm. Hasenschreck beschnupperte sie neugierig. „Braucht einen Namen. Ist magisch."

„*Daran* denkst du jetzt?", empörte sich Alison. „Max, du wurdest *angeschossen*."

„Aber hast du das Schwert gesehen? Es ist … mit Rückstoß verzaubert!", rief Max aufgeregt und stöhnte im nächsten Atemzug vor Schmerzen auf.

„Du bist echt unmöglich", sagte Alison. Steif stand sie auf und gesellte sich zu Freya, die gerade dabei war, die rote Flüssigkeit zu schütteln.

„Wie geht es unserem Patienten?", fragte sie.

„Bestens. Redet unablässig von seinem blöden Schwert." Alison rollte mit den Augen. „Ist der Trank fertig?"

„Ja", antwortete Freya und überreichte ihr die Flasche. Da drängelte sich plötzlich Hasenschreck zwischen den beiden hindurch, das Heft von Max' Schwert zwischen den Zähnen, das sie umständlich rückwärts laufend hinter sich herzog.

Freya hielt Max' Kopf, während Alison ihm den Trank in den Mund kippte. Prompt verschluckte er sich, hustete und trank dann den Rest.

Seufzend lehnte er sich zurück.

Behutsam bettete Alison ihn ein wenig um, damit sein heilender Körper den Pfeil ohne Probleme abstoßen konnte.

Das Geschoss zitterte und bebte und fiel dann aus Max'
Schulter. Wieder seufzte er und schloss dann die Augen.

„Lass ihn schlafen", riet Freya, setzte sich und lehnte den
Rücken gegen die Wand. „Ich bin auch hundemüde." Sie schloss
die Augen.

Nun, da Max' Zustand sich gebessert hatte, sank Alisons
Adrenalinspiegel, und sie fing an zu zittern. Mühsam versuchte
sie, einigermaßen elegant von Max' Seite in eine sitzende Position neben Freya zu wechseln, doch dabei fiel sie fast um. Glücklicherweise fing die Wand sie auf.

Freya öffnete ein Auge. „Was ist los? Bist du auch verletzt?"

„Nein, ich bin einfach nicht an dieses viele Kämpfen ge-
wöhnt, und …" Sie klappte ihren Mund zu. Mehr wollte sie
nicht sagen.

„Und?"

Alison schloss ihre Augen, damit sie Freya nicht ansehen
musste. „Der Pfeil, der Max getroffen hat … war meiner", flüsterte sie.

Sie erwartete Empörung, Anschuldigungen oder wenigstens die Aufforderung, ihren Bogen zurückzugeben, aber Freya
sagte nur: „Und?" Sie klang sogar gelangweilt.

Alison hatte sich nicht verhört. Sie öffnete die Augen und
starrte die neue Freundin an, die den Kopf gegen die Wand gelehnt hatte. „Wie meinst du das, ‚und'? Ich habe meinen besten
Freund angeschossen! Ich bin ein Monstrum!"

„Wir waren mitten im Kampf. Du hast ihm gesagt, er soll
von der Tür wegbleiben. Du hast in die Menge geschossen. Er
wurde getroffen. So ein Beschuss durch eigene Truppen ist in
Gefechten völlig normal."

„Darüber habe ich nie wirklich nachgedacht", gab Alison zu. Gefechte bestanden offenbar aus mehr als nur „Töte das Monster und lass dich nicht umbringen".

„Du magst ihn ja angeschossen haben, aber danach hast du dich auch um ihn gekümmert. Und jetzt geht es ihm wieder gut." Sie beäugte den am Boden schlummernden Max. „Allerdings sollten wir ihm ein neues Oberteil besorgen."

Alison war beinahe eingeschlafen, als Freya plötzlich zu sprechen begann. Sie saß immer noch an die Wand gelehnt da, ihr Hinterteil fast taub und der Nacken steif, aber sie bewegte sich keinen Zentimeter, als Freyas Worte sie aus dem Halbschlaf rissen. Sie brauchte einen Moment, um zu verstehen, wovon sie sprach, doch dann verstand Alison, dass es um den Tod ihrer Eltern ging.

„Um ehrlich zu sein, wusste ich nicht, was ich tun soll, also tat ich einfach das, was gerade anstand", erzählte sie. Sie hatte sich am Boden ausgestreckt und lag auf dem Rücken, den Kopf weich auf Hasenschreck gebettet, die ihrerseits zufrieden auf einer Rippe kaute. Die nagenden Schlürfgeräusche waren seltsam beruhigend.

„In dem Moment ging es mir nur darum, das nächstbeste Problem zu lösen", fuhr Freya fort. „Vor den Monstern fliehen. Etwas zu essen jagen. Einen sicheren Ort zum Ausruhen finden. Ich hatte keine Zeit, nach dem Portal zu suchen. Jedes Mal, wenn ich erwog, es aufzuspüren, kam mir irgendetwas dazwischen. Meistens Lohen. Manchmal Hühner."

Alison verzog schmerzlich das Gesicht, was nichts mit ihrem steifen Nacken zu tun hatte. „Du hattest das große Ganze aus den Augen verloren. Wenn alles so übermächtig ist, dass du nicht mehr zwischen wichtig und unwichtig entscheiden kannst, kümmerst du dich automatisch um die kleineren Dinge."

„Weil du die kontrollieren kannst, genau", stimmte Freya zu und nickte.

„Ja", bekräftigte Alison. „Ich erinnere mich."

„Wie lange ist es her?", wollte Freya wissen.

Alison dachte nach. Sie hatte die Zeit irgendwie aus den Augen verloren, aber es war zumindest genug verstrichen, dass die Schafe inzwischen dreimal entkommen waren, Max und sie das Kürbisfeld seiner Mutter und Mr Hatchs Hof ruinieren konnten und Alisons Turm aufgebaut und wieder abgerissen worden war.

„Vielleicht ein paar Monate?", schätzte sie. „Ich bin mir nicht sicher."

„Bei mir ist es ungefähr sechs Monate her", sagte Freya. „Obwohl es schwer ist, hier die Zeit zu messen. So ganz ohne Sonne." Sie warf einen Blick in Richtung Netherdecke. „Sie gehört zu den Dingen, die ich besonders vermisse."

„Ich hätte eher auf Betten getippt", murmelte Alison.

„Hasenschreck ist ein annehmbares Kissen und obendrein ein guter Wachhund", erwiderte Freya. „Ich brauche nicht viel."

Alison wollte ihr sagen, dass ihr mehr zustand als ein Pilzbeet und ein Hundekissen, aber sie wollte keinen Streit provozieren. „Komisch, dass wir so unterschiedlich sind", sagte sie stattdessen.

Freya streichelte die Schulter der Wölfin. „Wie meinst du das?"

„Wir müssen mit ähnlich schrecklichen Situationen klarkommen", antwortete Alison. „Und trotzdem rennst du wie
eine furchtlose Abenteurerin durch den Nether, während ich in
das Nachbarhaus im Wald eingezogen bin und mir höchstens
darüber Gedanken gemacht habe, ob ich den Schafstall reparieren oder die Tiere freilassen soll." Sie machte eine kurze Pause
und seufzte, weil sie wusste, dass sie eigentlich nicht bereit war,
darüber zu sprechen. Doch sie ahnte, dass es herausmusste. „Ich
war so voller Angst und Trauer, aber verglichen mit dir hatte
ich keine Sorgen. Freya, du bist so stark. Ich meine, du lebst im
Nether."

„Keine Sorgen? Du hast doch selbst gesagt, dass Max' Familie im Wald wohnt", sagte Freya. „Müsst ihr euch nicht auch
ständig mit Creepern oder Skeletten herumschlagen? Oder
noch schlimmer – Spinnen?"

Alison dachte kurz nach, und ihr fielen die Lavahöhle und
die Skelette wieder ein. Dann erinnerte sie sich an den Creeper,
der explodiert war und ihr Portal deaktiviert hatte. „Schon, aber
darüber habe ich vorher nie nachgedacht. In gefährlichen Situationen hatte ich nur einen Gedanken, nämlich zu überleben.
Ich ließ mir gar keine Zeit, mir über meine … meine Lage Sorgen zu machen." Es war immer noch schwierig für sie, ihr zer-
störtes Zuhause und ihre verstorbenen Familienmitglieder zu
erwähnen.

„Kommt mir bekannt vor", meinte Freya.

Dann überkam Alison eine Erkenntnis: Freya hatte Angst
davor, sich ihren Problemen zu stellen. Deshalb lebte sie in dieser gefährlichen Welt. Wer grübelt schon über tote Eltern nach,
wenn hinter den meisten Türen deines eigenen Hauses Monster

lauern? Alison war hin- und hergerissen – einerseits tat Freya ihr leid, weil sie offenbar unfähig war, sich mit ihrem emotionalen Trauma auseinanderzusetzen. Andererseits war sie auch ein wenig neidisch, dass Freya sich all dem nicht stellen musste. Und trotzdem wollte Alison um keinen Preis im Nether leben, nur um nicht vor ihren Problemen davonlaufen zu müssen. Kein Problem konnte *so* schlimm sein.

„Ich habe noch nicht darüber nachgedacht, was passiert wäre, wenn mir das in der Oberwelt widerfahren wäre", sagte Freya. „Aber wir hatten ohnehin kein richtiges Zuhause, also würde ich wahrscheinlich dasselbe machen – nur mit besserem Essen und mehr Gesellschaft."

„Und einem Bett", fügte Alison hinzu. „Und ich weiß nicht, wie ich reagiert hätte, wäre mir all das im Nether passiert. So hat jeder seine eigene Geschichte, nicht wahr?"

„Du meinst, du wärst hier selbst mit guter Ausrüstung nicht klargekommen?", hakte Freya nach. „Nun, das werden wir wohl nie erfahren. Und ich hoffe, das bleibt auch so."

Alison lachte und war selbst überrascht, wie bitter es klang. „Na ja, ich habe meine Familie verloren und stecke im Nether fest, also habe ich wohl mehr mit dir gemeinsam, als ich dachte. Wir sind nur auf unterschiedliche Weise hergekommen."

„Da hast du wohl recht", stimmte Freya zu.

„Komm mit uns zurück", platzte es aus Alison heraus. „Wenn wir den Weg nach Hause finden, meine ich. Dort ist es viel sicherer, und es gibt Betten. Und Wasser. Und Farben! Ach, ich vermisse Grün", fügte sie etwas überrascht hinzu.

„Außerdem", sagte Max mit schlaftrunkener Stimme, „haben wir, verglichen mit dir, fast keine Lava." Er setzte sich auf, blinzelte und ließ seine vormals verletzte Schulter kreisen, die offenbar völlig verheilt war.

Freya schüttelte den Kopf. „Nein, ich habe entschieden, dass das hier jetzt mein Zuhause ist." Sie setzte sich ebenfalls auf und sah sich im Raum um, der eben noch von Skeletten gewimmelt hatte.

„Aber Zuhause ist kein Ort", wandte Alison zögerlich ein. „Es ist dort, wo du dich wohl genug zum Schlafen fühlst."

Max warf ihr einen Blick zu und sah dann vielsagend dorthin, wo die beiden es sich einigermaßen gemütlich gemacht hatten.

Stirnrunzelnd schüttelte Alison den Kopf. „Ich meine kein Nickerchen auf einem Steinboden, sondern richtigen Schlaf, bei dem man nicht ständig damit rechnen muss, dass einen irgendetwas meuchelt. Schlaf, der so erholsam ist, dass er die ganze Nacht dauert – an einem Ort, wo du den Menschen um dich herum vertraust, wo du glücklich aufwächst, gemeinsam frühstückst und dann den Garten wieder aufbaust, den du gestern versehentlich mit Lava zerstört hast." In diesem Moment vermisste sie Max' Mutter, die wahrscheinlich schon ganz krank vor Sorge war.

„Das war eine eigenartig präzise Beschreibung", kommentierte Freya und schloss wieder die Augen. „Und ich verstehe, was du damit sagen willst."

„Du kommst also mit uns zurück?", fragte Alison hoffnungsvoll.

„Nein", sagte die Abenteurerin und bettete den Kopf wieder auf Hasenschrecks weichen Bauch. „Und falls du dich immer noch fragst, warum, dann sieh dich in diesem Raum genau um und überlege noch einmal, ob du so eine Umgebung freiwillig verlassen würdest. Und jetzt sei ruhig. Ich will schlafen."

„Freya", sagte Alison. Die Angesprochene blinzelte. „Wir können unser Portal allein nicht wiederfinden. Du kennst dich mit den Monstern und der Umgebung aus. Ohne deine Hilfe sterben wir hier draußen. Und wir wollen nach Hause."

Freya seufzte und setzte sich wieder auf. Vorerst würde sie wohl keinen Schlaf bekommen. „Ich helfe euch bei der Suche nach eurem Portal oder irgendeinem anderen", versprach sie. „Danach kann ich euch nichts versprechen. Aber zuerst müssen wir ohnehin unsere Beute begutachten und euch beide anständig ausrüsten."

KAPITEL 12

DER NAMENLOSE VERZAUBERER

Einmal von Monstern befreit, war die Werkstatt im Keller ein wirklich schöner Ort, der den Werkraum des Verzauberers wie einen Geräteschuppen erscheinen ließ.

Nun, da es ihm besser ging und ihm keine mordlustigen Monster mehr auflauerten, hatte Max Zeit, sich ausführlich umzusehen. In Freyas Festung gab es vier Zaubertische, vier Braustände, fünf Öfen, und die Wände waren abwechselnd mit Truhen und Regalen voller Bücher ausgestattet, die fast alle magisch schimmerten. An einer anderen Wand stand eine ganze Reihe Werkbänke.

„Hast du all das gebaut?", fragte Max.

„Ein paar Sachen hatte ich dabei, als ich in den Nether kam, aber das meiste war schon hier", erwiderte Freya, die geschäftig mit einem Braustand hantierte.

„Aber wer hat sie dann gebaut?", hakte er nach.

Sie zuckte die Schultern. „Ich nehme an, dieselbe Person, die auch die Festung gebaut hat."

„Was meinst du, wo diese Person hingegangen ist? Warum hat sie im Nether gebaut?", bohrte er weiter.

„Ich weiß es nicht, Max", gab sie zurück. „Ich habe nicht darüber nachgedacht, als ich nach einem sicheren Ort zum Ausruhen gesucht habe, wo mich nicht alle naselang irgendetwas umbringen will."

„Ich hab ja nur gefragt", murrte er. „Ist schließlich eine berechtigte Frage."

Am anderen Ende des Raums standen zwölf Truhen, über denen jeweils eine Fackel loderte. Elf davon waren normal, aber eine leuchtete mithilfe von Redstone und gab ein düsteres Licht ab.

Hoch oben an den Wänden gab es weitere Reliefs, einige davon zeigten Lohen, andere Skelette, Endermen und – seltsamerweise – Hühner.

Freya lief an einer Wand entlang und zeigte nacheinander auf die Regale und Truhen. „Hier sind Nahrungsmittel drin … übrigens keine Pilzsuppe. Ich versuche, sie zu rationieren, also überfresst euch bitte nicht. Diese hier enthält alle möglichen Metalle, diese dort Edelsteine und diese unterschiedliche Holzsorten. In der letzten liegt all der Kram, der in keine der anderen passt."

Sie deutete auf eine der Truhen. „Die Bücher sind nicht ganz so gut sortiert. Ich weiß nicht, warum sie dort stehen, wo sie stehen, nur dass sie sich nicht umstellen lassen. Wenn man versucht, sie woanders einzuordnen, fallen sie von selbst wieder heraus. Und diese da …" – sie zeigte auf eine von einer Fackel beleuchtete Truhe auf der anderen Seite des Raums – „ist für fertige Gegenstände."

„Was ist in der roten?", wollte Max wissen. Es juckte ihn, jede einzelne dieser Truhen zu öffnen, aber er wusste, dass er nicht einfach in ihnen wühlen durfte. Schließlich hatte er das schon einmal gemacht und seine Lektion gründlich gelernt.

„Die habe ich mir noch nicht angesehen", gab Freya zu. „Ich dachte, die rote Fackel war bestimmt als Warnung gedacht." Dann grinste sie Max an. „Aber wenn du es versuchen willst, nur zu."

Max wollte sofort hineilen, doch Alison ließ den Helm fallen, den sie gerade begutachtet hatte, und hielt ihren Freund zurück. „Hast du sie noch alle?", zischte sie ihm ins Ohr. „Von allen Truhen in diesem Raum stürzt du dich zuerst auf die gefährlichste?"

„Das weißt du doch gar nicht", gab er zurück und befreite ruckartig den Arm aus ihrem Griff.

„Sagt mal, warum seid ihr eigentlich im Nether?", fragte Freya und trat zu einer Truhe in der Nähe eines Braustands, um sie zu inspizieren.

„Max will jemanden retten", antwortete Alison und lief mit dem Helm unterm Arm auf die Truhe zu, von der Freya gesagt hatte, darin wären Metalle. „*Ich* will einfach nur nach Hause."

„Dorthin können wir immer noch zurückgehen, wenn wir den Verzauberer gefunden haben", sagte Max und verschlang die zwölf Truhen geradezu mit seinen Blicken. „Das Portal läuft uns schon nicht weg." Er fragte sich, was wohl in den Truhen war, hielt jedoch inne. Was, wenn die letzte Truhe wirklich gefährlich war? Neugierig streckte er die Hand nach dem Riegel der rot leuchtenden Truhe aus, erstarrte jedoch, als Freya und Alison gleichzeitig sprachen:

„Habt ihr noch irgendetwas anderes gefunden, seit ihr hier angekommen seid?", fragte Freya zweifelnd, während Alison empört rief: „Was soll das heißen, das Portal läuft uns schon nicht weg? Willst du damit etwa sagen, du willst nicht danach suchen?"

„Nein, du?", antwortete er Freya, als hätte Alison nichts gesagt.

Freya schüttelte den Kopf. „Nicht wirklich. Ich bin noch niemandem außer euch, meinen Eltern und diesem alten Typ begegnet."

„Max ... was könnte wichtiger sein, als das Portal nach Hause zu finden? Du kennst diesen Verzauberer doch gar nicht!", rief Alison.

Max machte eine Geste, mit der er Freya zum Weiterreden auffordern wollte. „Was für ein alter Typ?"

„Er ist in derselben Schlucht gelandet wie ihr beide", erwiderte sie und fügte dem Braustand irgendetwas hinzu.

„Er war gerade dabei, ein Relief in die Schluchtwand zu hauen, als ihn eine Horde Lohen überfiel. Ich habe ihn gerettet, ihm ein Dach über dem Kopf angeboten und etwas zu essen gegeben, aber er hat abgelehnt und irgendetwas davon gefaselt, dass er es nicht verdient oder so."

Sie runzelte die Stirn. „Ein komischer Kauz. Und irgendwie traurig. Ich habe ihn gefragt, wer an einem Ort wie dem Nether *nicht* die Hilfe anderer verdient, aber er hat nicht geantwortet. Er hat ein wenig Nahrung angenommen und blieb eine Nacht hier, um seine Verletzungen zu verarzten. Dann war er wieder fort. Ich nehme an, er war verrückt oder irgendein Krimineller."

„Rede ich etwa mit mir selbst?", fragte Alison. „Hallo?"

„Wie sah das Symbol aus?", wollte Max wissen. „Das, was er gemeißelt hat? Hast du es entfernt?"

Freya sah ihn irritiert an. „Nein, ein Lavafall ist darüber geflossen und verdeckt es seitdem. Es war …"

Max zog das Tagebuch hervor und unterbrach sie. „Sah es so aus?", fragte er und hielt ihr das Buch hin. Das Symbol des Verzauberers war im Deckel eingebrannt.

Freya betrachtete es prüfend und widmete sich dann wieder ihrem Braustand. „Ja, genau so. Er war wegen irgendetwas ziemlich aufgewühlt und …"

Max ließ das Buch fallen, das dumpf auf dem Boden aufschlug. Hasenschreck blickte von ihrem Knochen hoch und winselte leise. „Wann war das? Wohin ist er gegangen?", fragte Max eindringlich.

„Vor ein paar Wochen, glaube ich", erwiderte Freya und bedachte ihn mit einem verwirrten Blick. „Hier unten ist es schwer, die Zeit einzuschätzen. Und wohin er gegangen ist, weiß ich nicht."

Alison starrte ihren Freund an. „Was ist nur los mit dir? Alles okay?"

„Nein, nichts ist okay!", rief er und fuhr sich nervös mit den Händen durch die Haare. Er war *so* nahe dran gewesen. Warum nur hatte er Freya nicht gleich nach dem Verzauberer gefragt? Sie hatten sich ablenken lassen, und nun wusste er nicht, wohin der Gesuchte gegangen war.

Max rieb sich übers Gesicht. Dann stand er plötzlich auf und verließ den Raum, um zum großen Saal zurückzukehren. Erst als er ganz oben war, fiel ihm auf, dass er keine Ahnung hatte, wo sein Schwert Knochenfluch war.

*

„Was bedeutet das alles?", fragte Freya Alison, deren Nase schon wieder in der Metalltruhe steckte.

„Seit er dieses Tagebuch gefunden hat, will er unbedingt den Verzauberer aufspüren. Ich weiß nicht einmal, warum, denn die Aufzeichnungen von ihm sind zumeist nutzlos. Der Kerl war ein ziemlich schlechter Verzauberer und Alchemist. Aber Max hält es jetzt für wichtiger, ihn zu finden, als nach Hause zurückzukehren. Ich kapier's nicht."

„Für mich klingt das, als nähme er die Sache persönlich", mutmaßte Freya. „Kannte er diesen Verzauberer vielleicht?"

„Nein, er kennt noch nicht einmal seinen Namen …" Alison hielt inne und legte die Hand über den Mund. „Oh. *Oh!*" Sie kaute einen Moment auf ihrer Lippe. „Hat dir der alte Typ, den du gerettet hast, seinen Namen genannt?"

„Nicholas", antwortete Freya.

Alison machte auf dem Absatz kehrt und rannte Max hinterher.

KAPITEL 13

LÜGEN UND SUPPE

„Kommt dieser Architekt *heute wieder vorbei?"* Die mürrische Stimme kam vom Dachboden.
Oma Dia spann dort in ihrem kleinen Schlafzimmer Wolle, wie immer nachmittags, denn dann war das Licht genau richtig, wie sie zu sagen pflegte.

„Alle Architekten kommen vorbei, Oma", erwiderte Alison. Sie neckte ihre Großmutter nur – wusste sie doch genau, von wem sie sprach: Max' wunderlicher Onkel Nicholas und Alisons Großeltern kannten sich schon ewig, aber Freunde waren sie nicht geworden. Immer wenn sie zusammen waren, stritten sie sich, aber worüber, wusste Alison nicht so genau.

„Wenn der kommt, komm ich nicht runter!"

„Doch, du kommst, Oma. Dad macht leckeren Hammelbraten. Und es gibt Kuchen."

Es war einen Moment still. „Kürbis?"

„Kürbis", bestätigte Alison.

„Also gut, also gut", sagte sie dann, wie sie es immer tat.

Später am Abend kam Alison noch einmal auf das Thema zurück. „Wann seid ihr euch eigentlich das erste Mal begegnet? Das muss noch vor Dads Geburt gewesen sein, oder?", fragte sie, als ihre Großmutter gerade ihr zweites Stück Kuchen verspeiste.

„Es ist unhöflich, eine Dame über ihre Vergangenheit auszufragen", gab Dia spröde zurück.

„Du immer und dein Damen-Gerede", kommentierte Onkel Nicholas. Dann wandte er sich grinsend an die Kinder. Sein Haar war lang und weiß und seine Hände vom jahrelangen Bauen schwielig. Er hatte freundliche blaue Augen, und Alison hatte ihn immer gemocht. „Du kannst sie fragen, was du willst – wenn sie nicht antworten will, sagt sie immer, es sei unhöflich, eine Dame das zu fragen. Jedes Mal."

Oma Dia sah aus, als würde sie ihn am liebsten ohrfeigen. „Das ist nicht wahr. Außerdem ist es unhöflich, Gerüchte über eine Dame zu verbreiten." Als alle lachten, errötete sie. Betulich tupfte sie ihr Gesicht mit einer Serviette ab.

„Dein Onkel und ich", sagte sie zu Max, als wäre Nicholas gar nicht da, „sind zusammen zur Schule gegangen. Wir hatten gemeinsame Freunde. Er hat mich deinem Opa vorgestellt", fügte sie an Alison gerichtet hinzu. „Ich gebe zu, das war etwas Gutes. Aber mein Lieblingsmensch wird er in diesem Leben trotzdem nicht mehr."

„Wir haben eine Vereinbarung", kommentierte Nicholas zwinkernd. „Manche Geheimnisse darf niemand erfahren."

„Was habe ich gerade über Gerüchte gesagt?", schimpfte Oma. „Setz den Kindern keine Flausen in den Kopf."

„Ich könnte ihnen die Wahrheit sagen", neckte er. „Dann müssten sie sich keine Gedanken mehr machen."

„Du hast es versprochen", sagte sie ernst. Dann erhob sie sich steif, drehte ihm den Rücken zu und verabschiedete sich freundlich von Max' restlicher Familie. Sie nahm ihren Gehstock, warf Nicholas einen letzten bedeutungsschwangeren Blick zu und verließ humpelnd den Raum. Sie lauschten ihren langsamen Schritten, als sie hinauf zum Dachboden kletterte.

„Deine Oma ist ziemlich nachtragend, weißt du", sagte Nicholas, den Blick noch immer auf die Tür geheftet, durch die sie gerade verschwunden war. Doch er lächelte, als er das sagte.

Natürlich spekulierten Max und Alison wild, welches Geheimnis die beiden wohl hüteten. Waren sie einmal ineinander verliebt gewesen? Hatte er sie am Altar stehen lassen? Waren sie miteinander verwandt? Die Kinder versuchten auszuknobeln, Cousins welchen Grades sie wären, wenn Max' Onkel und Alisons Großmutter verheiratet gewesen wären, aber das wurde schnell verwirrend.

„Vielleicht war es keine Romanze", meinte Max hoffnungsvoll. „Vielleicht hat er einfach in der Schule geschummelt, und sie hat ihn gedeckt. Oder sie hat einmal all seine Baupläne zerrissen, und er hat sich gerächt, indem er all ihre Schafe geschoren hat."

„Wir werden es wohl nie erfahren. Aber ich bin mir sicher, dass sie früher einmal beste Freunde waren", sagte Alison. Sie hatte auf Nicholas' Gesicht denselben Ausdruck diebischer Freude gesehen wie bei Max, wenn der sie aus Spaß aufzog.

Alison schüttelte den Kopf, als könne sie damit die Erinnerung verjagen. Sie war Max gefolgt und fand ihn auf der Brücke im Zentralraum. Missmutig ließ er die Beine über der Lava baumeln. Alison unterdrückte ihre Ungeduld und setzte sich zu ihm. Einen kurzen Moment fragte sie sich, ob sie wohl ihre Schuhe an die Lava verlieren könnten, aber das war im Moment nicht gerade ihr größtes Problem.

„Wann ist er verschwunden?", fragte sie.

„Ein paar Wochen, nachdem dein Baum in die Luft gegangen ist", gab er miesepetrig zurück.

„Ein paar Wochen", wiederholte sie nachdenklich. „Du meinst, etwa zu der Zeit, als du fast ertrunken wärst?"

Max zuckte zusammen. „Ja."

„Ich kann nicht glauben, dass du die ganze Zeit wusstest, nach wem wir suchen, und es mir nicht gesagt hast. Warum sind deine Eltern nicht hier, wenn er vermisst wird? Warum hast du diese Strapazen auf dich genommen?"

Er seufzte und ließ den Kopf hängen.

„Du hattest recht, weißt du. Er ist wirklich mies im Verzaubern. Aber es war sein Hobby. Er liebte es mehr als alles andere."

„Das hab ich nicht …", wollte sie protestieren, aber er redete einfach weiter.

„Ich wollte von ihm lernen, aber er lehnte ab, und meine Mom war auch dagegen. Sie meinte, ich sollte mich auf Baukunst konzentrieren."

„Also hast du dich rausgeschlichen, damit er dich doch unterrichtet", tippte Alison. Max war ziemlich berechenbar.

„Ja. Aber er wollte immer noch nicht. Also brach ich eines Nachts in seine Hütte ein, um einen seiner verzauberten Helme auszuprobieren."

„Und dann bist du beinahe ertrunken!", rief Alison.

Max nickte. „Ich dachte, der Helm wäre mit Atmung verzaubert. Stattessen zog er mich immer tiefer ins Wasser, und ich konnte ihn nicht abnehmen. Ich habe um Haaresbreite überlebt, aber erst dachten ja alle, ich sei tot. Als ich nach Hause kam, war Nicholas schon fort. Mom erzählte mir, er wäre … weggelaufen."

Max' Stimme stolperte, doch er sprach weiter. „Ich lief zur Hütte und fand sie so vor, wie sie jetzt ist. Ich wollte so viele seiner Tagebücher wie möglich retten, aber die meisten waren zerstört. Ich wollte ihn finden. Aber dann passierte das mit deiner Familie … Du weißt schon … Und Mom verbot mir, auch nur seinen Namen zu erwähnen, selbst als ich ihr von der Hütte erzählte."

„Warum hast du es mir nicht einfach gesagt?", fragte Alison.

„Was klingt denn deiner Meinung nach aufregender: *Ich habe das Tagebuch eines mysteriösen Verzauberers gefunden, lass uns dem auf den Grund gehen.* Oder: *Meine Mutter hat meinen Onkel verstoßen, nachdem ich seinen Helm genommen und beinahe daran krepiert wäre, lass uns seine anderen Verzauberungen ausprobieren?*"

Max ließ den Kopf hängen. „Außerdem hatte ich Angst, du würdest es meiner Mutter sagen."

„Natürlich, *das* hätte ich ihr verraten, aber nicht, dass wir den Plänen eines unbekannten Verfassers folgen, der verrückt nach Spinnenaugen ist." Alison seufzte. „Du hättest mir vertrauen können, Max."

„Ich weiß. Was ich nicht weiß, ist, ob er überhaupt mit zurückkommt, wenn wir ihn finden. Oder ob Mom es zulässt. Sie ist immer noch ziemlich sauer auf ihn."

„Weiß sie denn, dass er in den Nether gegangen ist?", fragte Alison. „Ich meine, falls ja, würde sie sich doch bestimmt Sorgen um ihn machen, oder?"

„Sie erwähnt nicht einmal mehr seinen Namen. Sie hasst ihn. Sie glaubt, dass ich wegen ihm fast draufgegangen bin. Außerdem musste Dad vorübergehend ins Dorf ziehen, um das große Bauprojekt zu übernehmen, das Nicholas im Stich gelassen hatte. Sie gibt ihm die Schuld an so ziemlich allem."

„Deshalb ist dein Dad also weggegangen. Und deshalb tun alle so geheimnisvoll", sinnierte Alison. Sie verstand die Gefühle von Max' Eltern, aber sie fand, niemand sollte aus seiner Familie verstoßen werden. Besonders wenn es hieß, dass dieser Jemand im Nether leben musste. „Wir könnten ihn ja hier rausholen und woanders unterbringen. Er könnte umziehen. Überall in der Oberwelt ist es besser als hier."

„Ich weiß aber nicht, wie wir ihn finden sollen", meinte Max niedergeschlagen. „Ich wusste ja nicht einmal, dass wir ihm schon so nahegekommen waren."

„Max, wir waren ihm überhaupt nicht *nahe*. Er kam Wochen vor uns hier an, und du hast höchstens ein paar Stunden verloren, seit wir Freya begegnet sind. Nichts hat sich geändert, außer dass ich jetzt die Wahrheit kenne."

Eine Weile saßen sie schweigend da, bis Alison die Hitze an ihrer Haut nicht mehr aushielt. Frustriert über ihre Lage und ihren Freund, der aussah, als wolle er sich noch eine bis zwei Stunden in Selbstmitleid ergehen, erhob sie sich vorsichtig. „Ich kann immer noch nicht glauben, dass du mich in den Nether geschleppt und nicht erwähnt hast, warum."

„Ich konnte nicht …", begann er, sah sie aber nicht an.

„Nein, Max!", widersprach sie und klatschte ihm mit der flachen Hand auf die Schulter, damit er sie ansah. „Du konntest sehr wohl. Weißt du, warum meine Eltern gestorben sind? Kennst du die ganze Geschichte?"

„Der Creeper …", sagte er zögerlich.

„Nein, es war nicht der Creeper", gab sie zurück. „Jedenfalls nicht allein. In der Nähe der Höfe und Farmen gibt es nicht viele Creeper – ist dir nie aufgefallen, dass sie vor allem im Wald spawnen? Mom und ich hatten Streit. Sie dachte, einige unserer Schafe wären irgendwo im Wald verloren gegangen. Aber sie wollte mich nicht mitnehmen, weil sie Angst vor den Creepern hatte. Ich versicherte ihr, dass ich damit klarkommen würde, aber sie lehnte ab. Sie sagte, ich sei zu jung. Ich bestand darauf zu helfen. Schließlich hatte ich die Schafe schon vor Wölfen und Zombies beschützt – wie gefährlich konnte schon ein Creeper sein? Ich war wütend und sagte ihr, dass ich sie ohnehin nicht brauchte, und zu dir ziehen würde. Ich lief weg, aber wanderte nur eine Weile durch den Wald und bemitleidete mich selbst. Als ich bei Sonnenuntergang zum Haus zurückkam, stand plötzlich ein Creeper vor mir. Ich geriet in Panik und rannte los. Und zwar zu meinem Haus. Als mir einfiel, wie dumm das war, lief ich schnell daran vorbei. Doch da hörte ich schon die Explosion hinter mir." Unfähig weiterzusprechen, hielt Alison einen Moment lang inne. Dann holte sie tief Luft. „Als ich zurückkehrte, war der Baum fast völlig zerstört, und meine Familie … war fort."

„Aber das war nicht deine Schuld", wandte Max ein.

„Ich war es, die den Creeper zum Haus geführt hat. Und das ist noch nicht alles", erwiderte Alison.

„Das Problem ist, meine Mutter hatte recht. Ich war nicht stark genug, um es mit einem Creeper aufzunehmen. Und seitdem frage ich mich, ob er explodiert ist, *weil* ich geflohen bin. Ich werde es nie erfahren. Mom hat gesagt, ich sei zu schwach, und sie hatte recht. Und das hasse ich am meisten an mir."

„Ich bin sicher, so hat sie das nicht gemeint …"

„Jedes Mal, wenn mir seitdem jemand gesagt hat, ich sei für irgendetwas nicht bereit, hatte ich Angst, dass er oder sie recht haben könnte. Aber von *dir* hätte ich erwartet, dass du mir traust. Wir stecken im Nether fest, und du hast mir nicht einmal gesagt, warum. Wenn nicht einmal du an mich glaubst, habe ich niemanden mehr, Max."

Sie ging davon. Eilig stand Max auf. „Ali, sag das nicht. Es tut mir leid."

Die Tür zum großen Saal knallte zu.

Da tauchte Freya hinter ihm auf. „Was ist hier los? Habt ihr euch vertragen?"

„Eher im Gegenteil", sagte er und starrte finster die Tür an. „Ich glaube, es ist noch schlimmer als vorher. Sie ist ziemlich wütend."

„Was hast du angestellt?"

Er dachte einen Moment nach. „Ich … ich glaube, diesmal ist es nicht meine Schuld. Wir sollten sie in Frieden lassen, bis sie sich beruhigt hat."

„Meinst du, sie geht in den Vorratsraum, um etwas zu essen zu besorgen?"

Alison war im großen Saal. Der grenzte an den Vorratsraum mit der Geheimtür, und dahinter lag der Nether.

„Nein, ich glaube nicht, dass ihr jetzt nach Suppe ist", erwiderte Max und wollte schon losrennen, als er seine Hüfte abtastete und nichts vorfand. „Oh nein, wo ist Knochenfluch?"

„Knochen… was?", hakte Freya nach.

„Mein Schwert, das goldene!", gab er ungeduldig zurück. „Beim Kampf mit den Skeletten hatte ich es noch! Aber als ich erwachte, war es fort. Was habt ihr damit gemacht?"

„Ach, richtig", sagte Freya und betrachtete seine Hüfte, als ob das Schwert noch da wäre. „Ich glaube, Hasenschreck hat es mitgeschleppt, als sie die Bibliothek aufgeräumt hat."

„Du *glaubst*?", fragte er. „Wie kannst du das nicht wissen?"

„Ich war damit beschäftigt, dir einen Heiltrank zu brauen", antwortete sie und hob vielsagend die Augenbrauen. „Entspann dich, ich weiß, wo sie ihre Knochen versteckt. Behalte du Alison im Blick." Damit machte sie kehrt und rannte zur Treppe. Max lief in die andere Richtung.

Bitte hab nur Hunger, flehte er Alison in Gedanken an. *Ich mach dir auch die beste Suppe, die du je gegessen hast.*

Im großen Saal war es heiß und grell wie immer, doch Max ließ sich nicht beirren. Flüchtig fragte er sich, wer um alles in der Welt seine Mahlzeiten freiwillig in einem solchen Ofen zu sich nahm.

Dann erreichte er die Tür des Vorratsraums und schloss die Augen. Er hoffte inständig, dass er Alison an einem Tisch vorfinden würde, wo sie einer Schüssel Pilzsuppe zuraunte, was für ein mieser Freund er war. Er würde Alison vorschlagen, es ihm lieber selbst zu sagen, und sie würden lachen. Das wäre eine schöne Erinnerung, von der sie seiner Mutter erzählen konnten, wenn sie hier wieder rauskamen.

Er öffnete die Tür und sah, womit er bereits gerechnet hatte: Der Raum war leer. Die Geheimtür stand offen, und die Fackeln flackerten im Luftzug.

„Alison, komm zurück!", brüllte er.

Keine Antwort. Ungeduldig hielt Max nach Freya Ausschau und eilte zum Fenster. Er wollte Alison hinterherrennen, aber er war unbewaffnet und wusste, ohne sein Schwert würde er ihr nichts nützen.

Durch das Fenster beobachtete er, wie sich ein Loch in der Schluchtwand auftat. Kurz darauf stürmte Alison hindurch. Max kam es vor, als wäre Nacht, aber das eigenartig finstere Licht von Lava und Glowstone war wie immer. Wenigstens waren keine dieser kreischenden Feuerkreaturen in der Nähe, dachte er.

Dann betrat ein Skelett die Schlucht. Sein Kopf drehte sich, und schon ruhte sein leerer Blick auf Alison. Mit erhobenem Schwert stakste es auf sie zu.

KAPITEL 14

NUR NICHTS ÜBERSTÜRZEN

Als Alison wütend davongestürmt war, hatte sie durch den Tränenschleier kaum etwas sehen können. Eigentlich wollte sie in den Vorratsraum, doch in ihrer Verzweiflung hatte sie die falsche Tür genommen. Ziellos öffnete sie mehrere Türen und eilte gedankenlos einen Flur entlang. Und plötzlich stand sie draußen.

Schon bevor das Skelett sie entdeckte, hatte sie beschlossen, wieder hineinzugehen. Die Ankunft des Monsters machte ihr die Entscheidung überaus leicht. Das Problem war, dass hinter ihr ein weiteres Skelett aufgetaucht war. Sie hatte es übersehen, als sie wütend nach draußen gestapft war, und nun kam es auf sie zu.

Warum passiert mir so was ständig? Alison stolperte rückwärts und wühlte in ihrer Tasche nach dem Bogen. Zuerst bekam sie den Helm zu fassen und setzte ihn eilig auf. So hatte sie wenigstens ein bisschen Schutz. Dann ergriff sie den Bogen, dessen splitternder Holzrahmen verriet, dass die Waffe repariert werden musste. Würde er lange genug durchhalten, um sie zu retten?

Das Skelett, das zwischen ihr und der Tür stand, hob sein Schwert und eilte auf sie zu.

Hastig richtete Alison den Bogen aus. Sie wusste, wenn ihr das Monster zu nahe kam, wäre sie verloren.

Dann vernahm sie hinter sich ein klapperndes Geräusch und erinnerte sich an das zweite Skelett. Sie warf einen Blick über die Schulter und sah weitere Knochenmonster, die dem ersten folgten.

Sie änderte ihre Position, damit sie beide Seiten im Blick hatte. Dann machte sie noch einen Schritt zurück und schoss einen Pfeil auf das Skelett ab, das ihr am nächsten war. Doch der Schuss ging daneben, und noch mehr Monster tauchten auf. „Ich hasse das", grollte sie.

Ein Pfeil sirrte an ihrer Wange vorbei. Und sie hatte so gehofft, die Monster trügen nur Schwerter.

Immer weiter wich sie in Richtung Schluchtwand zurück, verschoss weitere Pfeile, von denen einige sogar ihr Ziel fanden. Doch jegliche Freude darüber wurde durch immer neue Gegner gedämpft.

Im Moment war Überleben wichtiger als ihr Stolz. „Max? Freya? Hilfe?", rief sie schwach.

Die Skelette kamen mit erhobenen Schwertern näher. Sie waren bereits nahe genug, dass sie deren eckige Augenhöhlen sehen konnte. Alison legte einen weiteren Pfeil an und ließ ihn fliegen. Endlich fiel das Skelett, das ihr den Rückweg zur Tür versperrt hatte. Ohne zu zögern ließ sie den Bogen fallen und rannte los.

Doch sie war noch zu weit entfernt, und die Skelette liefen unbeirrt hinter ihr her.

Max, Freya und der diebische Wolf rannten so schnell sie konnten den Geheimtunnel entlang, immer den klappernden Geräuschen entgegen.

„Allein kommt sie gegen so viele nicht an!", rief Max, während er Hasenschrecks Sabber vom Heft seines kürzlich wiedererlangten Schwerts wischte.

„Das weiß ich auch", gab Freya zurück und sprang über ein Pilzbeet. „Deshalb rennen wir."

Von draußen hörten sie Alisons Stimme, die ihre Namen rief. Sie klang weit fort und voller Angst. Max rannte noch schneller. Im Vorbeilaufen schnappte er sich mit der Linken eine Fackel von der Wand und umklammerte Knochenfluch mit der Rechten. Sie mussten Alison retten – sie mussten einfach.

Genau in dem Moment, als Alison in einem klappernden Haufen aus Knochen und Schwertern unterging, schossen Max und Freya aus dem Tunnel. Max hob Knochenfluch und war gerade im Begriffe, sein bestes Kriegsgeheul anzustimmen, als aus der Mitte des Skelettmobs ein Licht aufflackerte und die Monster zurückwarf – einige blieben zuckend liegen, andere verpufften gleich. Alison saß wie gelähmt am Boden, um sie herum ein Kreis aus Knochen. Sie sah mitgenommen aus und war offenbar verletzt; aber wenigstens war sie bei Bewusstsein. Sie trug den Goldhelm, den sie für sich selbst gefertigt und den Max verzaubert hatte. Er glomm schwach.

Freya, Hasenschreck und Max stellten die restlichen Monster und machten kurzen Prozess mit ihnen. Es war beinahe leicht – Max hielt sie mit der Fackel auf Distanz, während er die anderen mit dem Rückstoß seines Schwerts erledigte. Freya kümmerte sich mit ihrem Bogen um den Rest. Einige der klügeren Skelette warfen nur einen Blick auf Hasenschreck und suchten lieber das Weite.

Zum Ende des Gefechts hatte sich auch Alison wieder aufgerappelt, ihren Bogen aufgehoben und ebenfalls einige Monster erledigt. Ihre meisten Schüsse gingen jedoch ins Leere, weil ihre Hände furchtbar zitterten.

Das letzte Skelett fiel klappernd zu Boden. Die drei Kinder standen wie versteinert da, während Hasenschreck ihre übliche Runde übers Schlachtfeld machte, um alle Knochen aufzusammeln und drinnen zu verstecken. Alison blinzelte Freya und Max an. „Deine Verzauberung hat funktioniert", sagte sie leise. „Ich erinnere mich noch, dass der Verzauberer sie in seinem Tagebuch ‚Dornen' nannte." Dann fiel sie um und blieb regungslos liegen.

Freya stemmte die Hände in die Hüften. „Ihr zwei verschleudert noch all meine Ressourcen. Komm, schaffen wir sie hinein." Zu zweit trugen sie die Bewusstlose den steilen Tunnel hinauf, während Hasenschreck fröhlich, das Maul voller Knochen, um sie herumsprang und gedämpft bellte.

Aus dem verschollenen Tagebuch von N

Die Händler im Dorf sind alle Betrüger. Die Frau hat mir gesagt, ich kriege von ihr fermentierte Spinnenaugen zum Spottpreis, aber nun stellt sich heraus, dass sie völlig nutzlos sind. Ich bin entschlossen, ihren Wert zu ergründen. Sie müssen einfach einen haben – warum sonst sollte sich jemand die Mühe machen, die ekligen Dinger zu fermentieren?

Bisher funktionieren folgende Tränke NICHT mit fermentierten Spinnenaugen:
- Trank der Heilung
  - Regeneration
- Nachtsicht
  - Schnelligkeit
- Stärke
  - Unterwasseratmung

Aber ich versuche es weiter.
Irgendwas muss es doch damit auf sich haben.

(Es wird etwas dauern, ehe ich weitermachen kann, weil der Trank der Schnelligkeit, kombiniert mit einem Spinnenauge, scheinbar genau das Gegenteil bewirkt. Ich schreibe schon einen ganzen Tag an diesem Satz.)

Schluss jetzt. <u>Ich gebe auf.</u>

Ich kenne meine wahre Bestimmung, und ich werde ihr folgen. Sollen doch die anderen die triviale Arbeit machen. Ich bin für Höheres bestimmt. Eines Tages werden sie mich um meine Tränke und Verzauberungen anbetteln. Und ich werde sie ihnen natürlich geben, denn ich bin ja kein Unmensch.

Aber sie werden es wissen. Und ich auch.

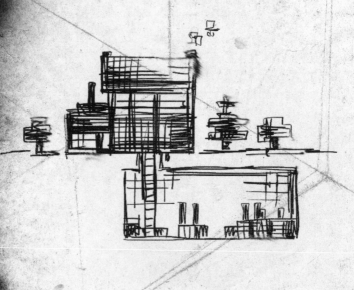

TEIL ZWEI

KAPITEL 15

GESCHEITER ARCHITEKT,
GESCHEITERTER VERZAUBERER

Endlich öffnete Alison die Augen, schmatzte ein wenig und schnitt ob des Geschmacks des Heiltranks eine Grimasse. „Das schmeckt schlimmer als Pilzsuppe."

So übel war es nun auch nicht, fand Max. Es war zwar nicht gerade der Durstlöscher seiner Wahl, aber der Geschmack war schon okay.

Alison hingegen sah aus, als hätte sie am Bauch eines Esels geleckt.

„Was ist passiert?", fragte sie und setzte sich auf. Dann weiteten sich ihre Augen, bevor sie sich mit Tränen füllten. Mit bebenden Lippen fixierte sie Max und versuchte, die Worte herauszubekommen. „Sie sind tot. Und es gibt nichts, das ich tun kann, um sie zurückzubringen."

Max war darauf vorbereitet gewesen, sich wieder verteidigen zu müssen, und nun das. Er hatte keine Ahnung, wie er reagieren sollte.

„Äh …“, machte er und warf Freya einen fragenden Blick zu. Doch die stand nur mit verschränkten Armen da und beobachtete die beiden.

„Es tut mir leid, dass ich dich angeschrien habe, Max. Es war nicht deine Schuld. Es ist nur … plötzlich war alles so klar. Ich wünschte, ich könnte nur einmal im Leben eine richtige Entscheidung treffen. Stattdessen *reagiere* ich bloß. Mom hatte recht. Ich bin nicht bereit.“ Alison zog die Knie an die Brust und umschlang sie mit den Armen. Dann legte sie den Kopf auf die Knie und fing an, still zu weinen.

„Hey, ist schon gut. Nicht weinen“, tröstete Max unbeholfen und tätschelte ihren Rücken. „Ich bin dir nicht böse.“

„Mach Platz“, kommandierte Freya und drängelte sich dazwischen. Dann umarmte sie Alison und hielt sie, bis ihre Tränen versiegt waren. Max kam es vor wie Jahre, aber vielleicht vergingen auch nur ein paar Tage.

Endlich hob Alison den Kopf und schniefte. Ihr Gesicht war völlig verquollen. „Danke. Jetzt geht's mir besser.“

„Gut“, beschied Freya und stand auf. Dann ging sie zu einem Braustand und warf Alison ein sauberes Handtuch zu. „Trockne deine Tränen. Und dann sollten wir über deinen Helm reden.“

„Ja, genau, Ali“, stimmte Max zu, froh, endlich wieder etwas beitragen zu können. „Es sieht so aus, als hätte ich ihn wirklich verzaubert!“

Freya drehte und wendete das goldene Rüstungsteil. „Du hattest recht, Alison. Es ist mit Dornen verzaubert. Dadurch konntest du den Monstern schaden, als sie dich berührten, obwohl du deinen Bogen fallen gelassen hattest. Und dann haben wir dir die Haut gerettet." Sie warf Max einen Seitenblick zu. „Das fasst es in etwa zusammen, richtig?"

Max zuckte die Achseln. „So ziemlich." Er hätte gern noch damit geprahlt, wie gut er sich mit Knochenfluch geschlagen hatte, aber er wusste, dass er seiner Freundin viel mehr als diese Rettungsaktion schuldig war.

Alison versuchte angestrengt, sich zu erinnern. „Danke, dass ihr mir gefolgt seid", sagte sie. „Das hättet ihr nicht tun müssen."

„Kein Problem", erwiderte Max.

„Natürlich mussten wir", widersprach Freya.

„Eines verstehe ich nicht", sagte Alison und wischte sich mit dem Handtuch übers Gesicht. „Bei deinem Onkel, meine ich. Er ist Architekt – sogar ein richtig guter. Was also soll die Zauberei? Er ist so schlecht darin."

Max seufzte, setzte sich auf den Boden und lehnte sich mit dem Rücken gegen die Wand. Gedankenverloren wischte er Hundesabber von Knochenfluch. Hasenschreck hatte bei ihrem Versuch, die Klinge zu stehlen, tatsächlich Zahnabdrücke darauf hinterlassen.

„Na ja, du kennst ja Onkel Nicholas", sagte er. „Der beste Architekt der Familie – hat sogar ein paar Preise für die Eisschlösser abgeräumt, die er im Norden errichtet hat." Er wandte sich an Freya. „Jeder in meiner Familie ist ganz verrückt nach Architektur und Baukunst, weißt du. Alle tun es. Von mir wird es auch erwartet. Schließlich hat jemand aus meiner Familie einige der größten Häuser unseres Dorfes gebaut."

Er sah wieder zu Alison. „Wusstest du, dass Onkel Nicholas auch das Baumhaus deiner Familie entworfen hat?"

Alison war überrascht. „Nein, ich hatte keine Ahnung. Vielleicht hat sich Oma deswegen immer darüber aufgeregt."

Lächelnd dachte Max an das Gezanke zwischen den alten Leuten zurück. „Jedenfalls besuchten wir euch eines Tages zum Abendessen. Ich erinnere mich, dass er gerade von einem Ausflug in seiner Jugend erzählte, als ihn deine Großmutter unterbrach und anfing, vom Stricken und von Schafen zu reden. Er war böse auf sie. Später am Abend, als wir nach Hause zurückgingen, erzählte mir Onkel Nicholas, dass ihn die Baukunst nicht wirklich erfüllte. Und dass er in jüngeren Jahren viel mehr Spaß mit anderen Dingen gehabt hatte. Er sagte, er war damals oft mit einer Archivarin namens Botte unterwegs. Sie reisten umher, und Botte kümmerte sich ums Brauen und Verzaubern, während er Dinge herstellte und baute. Sie führte sogar Buch darüber. Er erzählte mir, dass er damals wirklich glücklich gewesen war. Und als er Botte nicht mehr an seiner Seite hatte, wollte er die gute alte Zeit wiederaufleben lassen, indem er selbst braute und zauberte."

Max begutachtete sein Schwert und befand, dass es nun sauber genug war. Vorsichtig legte er es vor seinen Füßen auf den Boden, lehnte sich wieder an und sah zur Decke. „Mom hatte irgendwann genug von seinen ständigen Ablenkungen. Sie fand, er erfüllte nicht seinen Anteil der Aufgaben innerhalb der Familie. Sie und Dad mussten ständig seine Arbeiten übernehmen. Und als sie herausfanden, dass er dem Dorf nur ferngeblieben war, um sich eine Hütte im Wald zu bauen, in der er ungestört zaubern konnte, waren sie ihm furchtbar böse. Sie wollten ihm nicht zuhören, wenn er davon schwärmte, dass er endlich zaubern lernte."

Max lächelte traurig. „Dabei war er so stolz. Er behauptete immerzu, verzauberte Gegenstände zu besitzen, aber die meisten waren Blindgänger. Seine Brauversuche waren noch schlimmer – meist kamen dabei explosive Tränke oder Gifte heraus. Mich störte all das nicht. Ich liebte seine Arbeit. Es war aufregend!"

Er lehnte sich vor und sah die beiden Mädchen an. „Niemand findet Architektur aufregend. Ich fand es schön, ihn so glücklich zu sehen, und fing an, mich mehr für Verzauberungen als für Baukunst zu interessieren. Aber meine Eltern ließen mich nicht mehr zu ihm, nachdem er aus dem Dorf in seine Hütte im Wald gezogen war. Also besuchte ich ihn, wenn ich wusste, dass Mom und Dad nichts davon ahnten. Er erzählte mir, er hätte ein Schwert und sonst nichts verzaubert. Manchmal beobachtete ich ihn auch heimlich. Ich wusste, dass er an einem Helm mit Atmung arbeitete, und sah zu, als er ihn verzauberte."

„Deshalb dachtest du auch, er würde funktionieren", warf Alison ein. Sie sah zu Freya. „Wegen dieses ‚verzauberten' Helms seines Onkels ist er beinahe ertrunken." Sie ergänzte ihre Aussage, indem sie Anführungszeichen in die Luft malte.

Max nickte. „Eines Nachts brach ich in sein Haus ein, nahm den Helm und ging zum Fluss, um ihn auszuprobieren. Ich wurde zum Grund gezogen, konnte nicht mehr atmen und verlor das Bewusstsein. Meine Leute dachten, ich sei tot. Die Strömung trug mich flussabwärts, wo mich irgendjemand herauszog und das Wasser aus meinen Lungen presste. Danach erinnere ich mich an nicht viel, aber irgendwann stolperte ich nach Hause. Mom und Dad waren außer sich vor Freude, mich wiederzuhaben, und regten sich fast im selben Atemzug über Onkel Nicholas auf und dass er sich im Haus und im Dorf bloß nicht mehr blicken lassen sollte." Max runzelte die Stirn, als er daran zurückdachte. „Danach ließ mich meine Mutter nicht mehr aus dem Haus. Ich musste das Bett hüten und mich erholen und hatte keine Ahnung, wohin er verschwand."

Alison sah nachdenklich aus. „Das muss ungefähr zur selben Zeit wie der Creeperangriff gewesen sein", sagte sie. „Ich erinnere mich an kaum etwas außer, dass sie mir irgendwann sagten, es gehe dir gut."

Er nickte. „Das Unglück mit dem Creeper brachte meine Mom dazu, sich auf jemand anderen zu konzentrieren, und ich fand das toll." Max stieg die Schamesröte ins Gesicht, als ihm aufging, was er gesagt hatte. Verlegen senkte er den Blick. „Ich finde es natürlich *überhaupt nicht* toll, dass sie gestorben sind, ich meine nur …"

Alison lächelte traurig. „Ich weiß, ist schon gut."

Er entspannte sich. „Jedenfalls sagte sie mir, er habe die Stadt verlassen. Sobald ich konnte, lief ich zu seiner zerstörten Hütte und fand sein Tagebuch und die Briefe. Er hatte Nachrichten an meine Familie hinterlassen, in denen stand, wie leid es ihm tue, dass er schuld an meinem Tod war, und dass er ihnen nicht mehr unter die Augen treten konnte. Dann entdeckte ich das Portal."

„Er hält dich für *tot?*", hakte Alison nach.

Max nickte. „Ich war ja stundenlang verschwunden. Alle dachten das. Als ich endlich zurückkam, kümmerten sie sich bloß um mich und waren unendlich erleichtert. Niemand dachte daran, zu ihm zu gehen und es ihm zu sagen. Außerdem wollte Mom ihn nicht mehr um sich haben. Etwa zu der Zeit muss er das Portal gebaut haben, und kurz danach wurde seine Hütte zerstört."

„Woraus du geschlossen hast, dass er hier ist", stellte Alison fest.

„Und nicht wieder zurückkommen würde, genau", fügte Max hinzu. „Ich dachte, wenn ich ihm zeige, dass ich noch am Leben bin, kommt er vielleicht zurück. Und inzwischen haben wir ja herausgefunden, dass er vielleicht zurückkehren wollte, aber das Portal nicht mehr findet – so wie wir."

Alison hob eine Augenbraue. „Und du hast geglaubt, ausgerechnet wir könnten ihn zurückholen? Du, der Junge, der beinahe wegen eines Helms ertrunken wäre, und ich, das Mädchen, das Monster anzieht wie die Fledermäuse die Finsternis?"

Er biss die Zähne zusammen. „Niemand sonst wollte es tun. Ich durchsuchte seine anderen Tagebücher nach den gelungenen Experimenten und denen, die fehlgeschlagen waren. Ich habe auch versucht herauszufinden, wer Botte war, aber ich glaube, die beiden sind vor Ewigkeiten getrennte Wege gegangen. Dann kamst du zu uns, und ich dachte mir, ich könnte deine Hilfe gebrauchen und du etwas Ablenkung." Schweigend saßen sie einen Moment da, dann fügte Max leise hinzu: „Er braucht uns. Er glaubt, er hat einen Fluch über unsere Familie gebracht. Er hat sonst niemanden."

Alison seufzte. „Okay, dann finden wir ihn eben und bringen ihn nach Hause."

„Er mag ja kein Fluch sein, aber all das klingt so, als hätte er zumindest ein paar Gegenstände *ver*flucht", kommentierte Freya, die am Zaubertisch stand.

„Das ist nicht sehr hilfreich", schalt Alison.

„Immerhin habe ich euch geholfen, oder nicht?", erwiderte Freya. „Ohne mich wärt ihr inzwischen beide gestorben. Zweimal."

„Auch wieder wahr." Alison setzte sich auf und rieb ihren Arm, wo sie vor einer Stunde ein Schwert erwischt hatte. „Also, was nun?"

„Was nun?", echote Freya ärgerlich. „Was wohl? Ich statte euch beide endlich mit einer guten Rüstung und Waffen aus, damit ihr nicht ständig in leichter Sommerbekleidung nach draußen rennt! Ich will nicht meine ganze Zeit damit verschwenden, euch andauernd zu Hilfe zu eilen."

KAPITEL 16

EIN NAMENLOSER HELM

Schon wieder Pilzsuppe. Trotzdem schlang Alison sie hinunter. Dem Tod so nahe gekommen zu sein, hatte ihren Appetit angeregt.

„Also, dein Haus wurde von seinem Onkel gebaut und dann von Creepern hochgejagt, richtig?", fragte Freya und zeigte mit dem Bogen in der Hand erst auf Max und dann auf Alison. Sie standen im Herstellungsraum, wo Freya sich die vorhandene Ausrüstung ansah, während die anderen beiden aßen.

„So ungefähr", antwortete Alison. „Meine Familie hatte eine Schafzucht und ein paar Schweine. Mom konnte unglaublich gut stricken. Dad stellte Bücher her, die er an Verzauberer verkaufte. Dann kam der Creeper und … na ja, du weißt schon." Sie zuckte mit den Schultern.

„Ja, ich weiß schon: Rumms. So sind Creeper halt." Freya hatte die Ausrüstung fertig begutachtet. „Also, wir haben hier ein Goldschwert, das mit Rückstoß verzaubert ist", stellte sie fest.

„Knochenfluch", beharrte Max.

„Weißt du, wie lange ein Goldschwert hält? Das Metall ist sehr weich." Freya fuhr mit dem Finger über Hasenschrecks Bissspuren auf der Klinge.

„Es ist magisch. Es wird ewig halten. Und sein Name ist Knochenfluch", sagte Max gepresst.

Freya rollte mit den Augen. Sie hielt Alison den verzauberten Helm hin. „Der ist auch aus Gold. Was habt ihr eigentlich gegen Eisen und Diamanten? Willst du ihm auch einen Namen geben? Dorni oder Rosi oder so?"

„Nein danke", erwiderte Alison und nahm das schimmernde Rüstungsteil entgegen, das ihr Leben gerettet hatte. Sie wusste, dass die meisten Zauber Gegenstände nicht haltbarer machten. Max sollte lieber eine Ersatzwaffe mitnehmen. Und sie einen zweiten Helm.

„Komm, wir müssen ein paar Dinge herstellen", forderte Freya Alison auf und bedachte Max mit einem fragenden Blick. „Wenn du ein paar deiner eigenen Sachen verzaubern willst, kannst du das gern tun. Mein Zeug kriegst du aber nicht. Zu schade für irgendwelche Experimente."

„Hey, ich habe immerhin den Helm verzaubert", verteidigte sich Max.

Alison schnaubte. „Frag ihn mal, wie viele Versuche er gebraucht hat", forderte sie Freya auf.

„Das muss ich gar nicht", sagte Freya. „Hol dir etwas Metall aus einer der linken Truhen. Vielleicht reichen sogar die Diamanten für uns alle."

Max holte das Tagebuch seines Onkels aus der Tasche. „Ich muss sowieso noch einiges ausknobeln", meinte er. Dann nahm er an einem Tisch neben einer Fackel Platz, hielt das Tage-

buch stirnrunzelnd ins Licht und starrte auf die wütend hinge-
schmierten Entwürfe.

Alison wurde langsam geübter im Herstellen – es fiel ihr
sogar leicht, solange sie alle nötigen seltenen Materialien hatte. Doch von der Zauberei hielt sie sich lieber fern. Sie war ja
nicht dumm. Sie hatte keine Ahnung, was Max dazu brachte,
sich immer wieder daran zu versuchen. Es war so viel gefährlicher als Fertigung.

Max hingegen verstand nicht, was Alison am langweiligen Herstellen fand, wo das Verzaubern doch so viel interessanter war.
Er besaß weder die Geduld noch das Interesse, immer genau die
richtige Menge Metall oder Edelstein abzuwiegen, um nützliche
Dinge herzustellen. Ihm bereitete es viel mehr Vergnügen, fertige Ausrüstung mit fermentierten Spinnenaugen zu verzaubern.

Sie waren ein gutes Team, das musste er zugeben. Sie sollten
bloß ehrlicher zueinander zu sein.

Er blätterte durch das Buch und fuhr mit dem Finger über
die Rezepte, von denen er bereits wusste, dass sie nicht funktionierten. Dann betrachtete er diejenigen, die er inzwischen verstanden hatte. Er war sich nicht sicher, wonach er suchte, wusste
aber tief drinnen, dass die letzten Seiten mit den unübersicht-
lichsten Aufzeichnungen irgendetwas verbargen, das er brauchte.

Hinter ihm arbeitete Alison begeistert an einer Werkbank.
Freya hatte ihr eine Riesenmenge Diamanten überlassen – so
viele hatte Alison noch nie zuvor gesehen, geschweige denn ver-

arbeitet. Im Moment war sie glücklicher als ihre Schafe in der Bucht. Vorübergehend schien sie sogar vergessen zu haben, dass sie im Nether feststeckten und so bald nicht nach Hause zurück-konnten.

Max blätterte um und entdeckte etwas, das ihn an diesem Ta-gebuch schon seit Langem störte: eine ganz und gar geschwärz-te Seite. Frustriert runzelte er die Stirn. Bisher war es ihm nicht gelungen, das dort Gezeichnete oder Geschriebene zu ent-ziffern. Was sollte er damit anstellen? Was verbarg Nicholas? Max wollte sich die Seite gerade näher ansehen, als er plötzlich ein „Huch!" vernahm.

Als er fragend aufblickte, landete auf seiner Wange ein hei-ßer Funke. Erschrocken schrie er auf und sprang hoch. Ein Stück heißes Metall von Alisons Werkbank verfehlte ihn nur um Haaresbreite. Es landete auf seinem Buch, das sofort zu rau-chen anfing.

„Hey, pass gefälligst auf!", schimpfte er. Den Schmerz an sei-ner Wange hatte er schon wieder vergessen. Er hob das Buch hoch und schüttelte das Metallstück ab, aber der Schaden war angerichtet. Einige Seiten hatten sich vom Buchrücken gelöst, fielen heraus und schwebten zu Boden.

„Nein!", rief Max und langte nach den losen Seiten. Glückli-cherweise war es im Nether völlig windstill, und sie glitten nur ruhig zu Boden. Eilig klaubte er sie auf und hielt sie den Mäd-chen vorwurfsvoll entgegen. „Seid nächstes Mal vorsich…" Er brach ab, denn ihm war etwas aufgefallen. Die Seiten gaben plötzlich mehr von ihrem Inhalt preis, wenn man sie einzeln ge-gen das Licht hielt. Er legte alle außer einer auf den Tisch, trat zu einer Fackel und hielt das Papier so nah wie möglich davor.

„Was machst du da?", wollte Alison wissen.

„Ich dachte, ich hätte etwas gesehen", erwiderte Max, das Papier so dicht vor seinem Gesicht, dass er es fast mit der Nase berührte. Unter dem dunklen Gekritzel entdeckte er Zeichen, die früher und mit einem feineren Stift gemacht worden waren. „Ich dachte, das hier wäre eine Seite mit fehlerhaften Rezepturen, aber es sieht aus wie …"

Es war eine Karte.

Alison war nicht bewusst gewesen, wie verloren sie sich gefühlt hatte, weil die nächsten Schritte so vollkommen unklar waren.

Die fehlende Rüstung und die ständigen Verletzungen waren auch nicht gerade hilfreich, aber das waren überwindbare Hürden. Doch nicht zu wissen, wie es weitergehen sollte, hatte wie eine Last auf ihren Schultern gelegen, das wurde ihr jetzt klar.

Wobei der Weg, der nun vor ihnen lag, alles andere als eindeutig war. Das Gekritzel verbarg immer noch viele Details, aber Max hatte zumindest die Hauptlinien einer Karte ausmachen können und Freyas Festung darauf gefunden. So kannten sie zumindest die vage Richtung.

Doch der erste Schritt war der nach draußen durch die Tür, und davon hatte sie bis jetzt vor allem eins abgehalten: Max' Verzauberungsversuche.

Freya lehnte mit verschränkten Armen an einer Wand in der Nähe der Kellertür. Max und Alison standen an einem Zaubertisch, zwischen sich Max' neue Diamantrüstung.

Alison griff nach dem Diamanthelm und hielt ihn Max demonstrativ vors Gesicht. „Wir sind im Nether, suchen nach einem Vermissten, und du hast endlich eine starke, brandneue und obendrein seltene Rüstung. Glaubst du wirklich, jetzt ist der richtige Zeitpunkt, dich im Verzaubern zu üben? Du könntest die Rüstung ruinieren!"

Max äffte ihre fuchtelnde Armbewegung nach. „Ja, ich glaube, es ist sogar der perfekte Zeitpunkt. Werden wir jemals dringender Verzauberungen brauchen als jetzt?"

„Wie ich uns kenne, wahrscheinlich schon", gab Alison trocken zurück. „Wer weiß, in welchen Schlamassel du uns als Nächstes bringst?"

An den Fingern zählte sie Max' fehlgeschlagene Verzauberungsversuche auf, bis seine Wangen sich röteten.

„Und was ist mit deinem Helm?", fragte er und zeigte auf das schimmernde Rüstungsteil, das neben ihrem neuen Diamanthelm, der Rüstung und den Stiefeln lag. „Der ist mir gelungen."

„Stimmt", räumte Alison ein. „Aber das kann ein Zufallstreffer gewesen sein. Deine Liste misslungener Experimente ist viel länger als die mit den gelungenen."

Max ließ seine Stiefel fallen, die scheppernd zu Boden fielen, und trat vom Tisch zurück. Wütend starrte er die Wandreliefs an.

Freya streckte sich, und Alison wurde das Gefühl nicht los, dass ihr Streit sie amüsierte.

„Nehmen wir die Ausrüstung, die wir haben", schlug Alison vor. „Max kann einen Zaubertisch, Bücher und alles, was er sonst so braucht, einpacken und mitnehmen."

„Ich kann aber nicht mal eben nebenbei zaubern!", protestierte er.

„Du kannst überhaupt nicht zaubern", stellte Freya klar.

„Das ist nicht fair!", schimpfte Max.

„Hör zu, Max, wir wollen dich nicht ärgern. Wir versuchen doch nur, so schnell wie möglich deinen Onkel zu befreien und hier irgendwie zu überleben", erklärte Alison. „Wir sind nicht mehr oben im Wald. Das hier ist bitterer Ernst."

Widerstrebend gab Max nach und packte seine Zauberutensilien ein, während Alison und Freya Heiltränke, Nahrung und andere wichtige Dinge verstauten.

Schlecht gelaunt verließ das Trio die Festung.

Der Nether war eigenartig ruhig, als sie durch die Geheimtür traten. „Wollen wir wirklich diesen Weg nehmen?", fragte Max. „Die Schlucht hat uns bisher kein Glück gebracht."

Freya sah sich zu ihm um. „Vor der Festung patrouillieren ständig Lohen. Hast du schon mal gegen eine gekämpft?"

Max schüttelte den Kopf.

„Dann sollten wir definitiv diesen Weg nehmen", entschied Freya. „Außerdem sind wir zusammen stärker. Es wäre schön, wenn zur Abwechslung mal niemand eingeschnappt losstürmt, um sich allein den wartenden Monstern zu stellen."

„Du tust so, als würde uns nichts und niemand angreifen, solange wir zusammenbleiben", sagte Alison gereizt, während sie in das finstere Zwielicht des Nether hinaustrat.

„Nur zusammen ist man stark", wiederholte Freya und sah sich um. Sie hatte einen Pfeil angelegt, bereit, sich und ihre Freunde zu verteidigen, falls irgendetwas angriff. Doch die Schlucht war ruhig. Hier und da lagen noch einige Knochen herum, die Hasenschreck beim letzten Mal entgangen waren. Begeistert rannte die Wölfin umher, um sie einzusammeln. Dann warf sie Freya einen erwartungsvollen Blick zu, damit die ihr die Tür zur Festung öffnete.

„Diesmal nicht, meine Liebe", sagte Freya. „Such dir deinen Lieblingsknochen aus, und dann gehen wir."

Die Wölfin blinzelte verwirrt. Winselnd lief sie zu dem Mädchen, immer noch alle Knochen im Maul. Sie weigerte sich offenbar, sie aufzugeben.

Als sie endlich die Schlucht verließen, konnte Max zum ersten Mal den Nether in Ruhe betrachten, ohne dass irgendwelche Monstermobs dazwischenfunkten.

Die Landschaft vor ihm war weit und bräunlich, hier und dort schossen Flammen durch Bodenspalten. In der Ferne schimmerte rötlicher Nebel, der auf Onkel Nicholas' Karte wie ein See aussah. Dahinter erstreckte sich eine scheinbar unendliche Welt, und Max fühlte sich mit einem Mal winzig. Er dachte an die Wüste, durch die er einst mit seiner Familie gereist war. Die Dünen hatten sich endlos in alle Richtungen erstreckt und vermittelten in ihrer Eintönigkeit ein falsches Gefühl von Sicherheit. Er hatte damals nicht darüber nachgedacht, dass es noch andere Gefahren als Monster gab. Sorglos hatte er sich von seinen Eltern entfernt, um die Gegend auf eigene Faust zu erkunden. Doch ohne Pflanzen und Flüsse gingen ihm in der trockenen Hitze schnell Nahrung und Wasser aus.

Er hatte die scheinbar freundliche und leere Landschaft unterschätzt. Ein Fehler, den er jetzt nicht wiederholen wollte – selbst wenn ihnen kein einziges Furcht einflößendes Nethermonster mehr begegnen sollte.

Hinter einer Kurve hatten sie freie Sicht auf die Vorderseite von Freyas Festung. Die Abenteurerin hatte natürlich recht gehabt: Hier patrouillierten überall Lohen, die sich gegenseitig mit Feuerbällen beschossen. Vielleicht zielten sie auch auf irgendwelche Feinde, die Max nicht sehen konnte. Oder eingebildete Gegner. So oder so waren sie gefährlich, und Max war dafür, auf Distanz zu bleiben.

Freya warf einen Blick auf die Karte, die sie auf ein leeres Stück Papier kopiert hatten. Einige Gebiete waren nicht zu erkennen gewesen, also hatte Max vorgeschlagen, sie einfach mit irgendetwas zu füllen. Doch Freya hatte abgelehnt. „Wir zeichnen die leeren Flecken ein, wenn wir dort ankommen", entschied sie. „Sonst verlaufen wir uns nur."

„Wir suchen also nach einem See aus Feuer?", schaltete Alison sich ein. „An diesem Ort nicht gerade eine Seltenheit, oder?"

Max zeigte auf ein rotes Schimmern, das einen fernen Hügel beleuchtete. „Ich wette, er ist dort", sagte er.

Hinter Freyas Festung befand sich das Lava-Reservoir, das Max und Alison bereits gesehen hatten. Und dahinter lag, nun ja, *noch* ein See aus Feuer. Auf der Karte gab es aber nur einen, also fügte Freya den zweiten hinzu und schätzte die Anzahl der Blöcke, die er in etwa bedeckte.

Ungeduldig hüpfte Max auf der Stelle, sodass seine Diamantrüstung schepperte. Obwohl von seiner Ausrüstung nur das Schwert verzaubert war, musste er zugeben, dass ihm der Schutzpanzer gefiel.

Freya kniete auf dem warmen Boden und breitete vor sich die zwei Karten aus. „Okay, basierend auf meinen eigenen Aufzeichnungen ist das Land links von meiner Festung mit Ausnahme einiger Monster kahl. Nach rechts bin ich nicht sehr weit vorgedrungen, weil in dieser Richtung vor allem Lava ist." Sie zeigte auf ähnliche Markierungen auf beiden Karten. „Laut den Aufzeichnungen deines Onkels ist er geradewegs ins Lavameer gelaufen."

Max machte ein würgendes Geräusch. „Wer macht denn so was?"

Freya warf ihm einen ungeduldigen Blick zu. „Ich meinte das ja nicht wortwörtlich. Er ist einfach geradewegs Richtung Meer gegangen. Wer weiß, was dann passierte. Vielleicht hat er sich ein Unterlava-Fahrzeug gebaut."

Alison legte Max beruhigend eine Hand auf die Schulter. „Wenn er selbstzerstörerisch veranlagt wäre, hätte er nicht so akribisch daran gearbeitet, in den Nether zu kommen. Er war ein Meisterarchitekt, Max. Bestimmt geht es ihm gut." Sie wandte den Blick nach rechts. „Lasst uns dorthin gehen."

Freya rollte die Karten zusammen und nickte. Dann liefen sie los. Schon jetzt waren sie schweißnass. Die Hitze, die von den Felsen und der Lava aufstieg, war so unangenehm wie eh und je. Wenn sie nicht aufpassten, würden sie noch an Dehydrierung sterben, überlegte Alison. Hier draußen, fern von der Festung, fühlte es sich gleichzeitig sicherer und gefährlicher an. Sie waren diesem Ort ausgeliefert, aber alle anderen Kreaturen waren das auch. Nichts würde sich heimlich anschleichen können, und zu den patrouillierenden Mobs hielten sie sorgfältig Abstand.

„Welchen Monstern musstest du dich hier schon stellen, außer den Skeletten?", wollte Max wissen.

„Vergiss nicht die Hühnerreiter", ergänzte Freya. „Gegen Lohen habe ich noch nicht wirklich gekämpft – denen bin ich bisher lieber ausgewichen oder habe sie aus der Ferne beschossen. Aber natürlich gibt es hier noch viel schrecklichere Wesen als die."

„Ja, *natürlich*", grollte Alison. „Feuerkreaturen sind ja noch nicht schrecklich genug."

„Zum einen gibt es die Ghasts – eigenartige Dinger. Sie werfen ebenfalls mit Feuer um sich. Das scheint im Nether besonders angesagt zu sein. Sie sind grau und viel größer als Lohen. Vier mal vier mal vier Blöcke, soweit ich das einschätzen kann. Zum Glück sind sie so dumm, dass du sie dazu bringen kannst, sich gegenseitig abzuschießen, denn obwohl sie Feuer verschießen, sind sie nicht immun gegen Explosionen. Wenn man sie dazu bringt, aufeinander zu schießen, bleibt am Ende nur einer übrig, und mit dem wird man leicht fertig."

„Vier mal vier … mal vier?", wiederholte Max und blickte sich besorgt nach einem der riesigen Feuerbiester um.

„In der Festungsbibliothek hatten wir noch Glück, dass uns nur Skelette begegnet sind", fuhr Freya fort und legte einen Pfeil an, während sie einen kleinen Hügel aus Netherrack erklommen. „Es gibt da nämlich noch diese Würfel, die sich gern in und rund um Festungen aufhalten. Ratet mal, woraus sie bestehen."

„Kürbis?", tippte Max, doch seine Stimme verriet, dass er nur einen Witz machte.

„Flauschige Wolle?", fügte Alison hinzu.

Freya warf ihr einen strengen Blick zu.

„Okay, okay, sie bestehen wie alles hier aus Feuer, richtig?"

„So ist es! Aus Magma, um genau zu sein. Sie haben eine harte Haut, die schwer zu durchdringen ist, und die großen Exemplare springen einfach hoch und zerquetschen alles unter sich. Aus der Entfernung sehen sie fast niedlich aus, wenn sie so ziellos umherhopsen … Skelette und Hühnerreiter kann man töten und Ghasts austricksen, aber Magmawürfeln sollte man aus dem Weg gehen. Vertraut mir."

„Schon erledigt", sagte Alison. „Ich glaube dir und hoffe, wir finden nie heraus, ob du uns angelogen hast oder nicht."

„Bisher hattet ihr aber noch Glück, denn die Schlimmsten der Schlimmen habt ihr noch gar nicht …"

Max und Alison unterbrachen sie gleichzeitig.

„Glück?", rief Max.

„Die Schlimmsten?", ergänzte Alison. „Von den Schlimmsten hast du uns noch nicht erzählt?"

„Ja", sagte Freya. Den Bogen in der Hand, hielt sie kurz inne, um sich vom Hügelgipfel aus umzusehen. Doch sie entdeckte nichts Bedrohliches. „Am schlimmsten sind die Witherskelette, denn sie verpassen euch eine auszehrende Krankheit, wenn sie euch berühren. Sie tauchen meist in Gesellschaft normaler Skelette auf, aber in letzter Zeit habe ich keine gesehen." Sie kniff die Augen zu Schlitzen zusammen, senkte den Bogen und zeigte den Hügel hinab. „Wahrscheinlich deshalb."

Vor ihnen erstreckte sich ein riesiges Lavameer – wahrscheinlich das, von dem Freya vorhin gesprochen hatte. Die aufsteigende Hitze war unerträglich, aber je länger sie durch den rötlichen Nebel starrten, desto besser konnten sie in einiger Entfernung eine Insel aus Netherrack erkennen. Aus dem Gestein erhob sich ein riesiger Baum aus Netherquarz, und inmitten der glatten weißen Äste befand sich ein Haus, das zum Teil aus Oberwelt-Materialien bestand. Rechts davon war eine Pilzfarm erkennbar, und links wuchsen ein paar Riesenpilze. Unter den Schirmen der großen Exemplare hatten sich Schwärme von Monstern versammelt. Da waren Skelette und einige Schweinezombies, aber vor allem wimmelte es von schwarzen, spindeldürren Dingern, die aussahen wie zu groß geratene Skelette, die ein Bad in Lava genommen hatten.

„*Das* sind Witherskelette", erklärte Freya. „Sie haben sich alle hier versammelt ... Kein Wunder, dass sie mich in letzter Zeit in Ruhe lassen."

„Onkel Nicholas", wisperte Max.

Alison schwieg. Sie war zu beschäftigt damit, ihre Pfeile durchzuzählen.

KAPITEL 17

BÜCHERREGALE IN DER HOSENTASCHE

Freya saß am Hang des Hügels und suchte seelenruhig das Baumhaus nach Anzeichen von menschlichen oder feindlichen Bewegungen ab. Alison lief nervös hin und her. Ihr Blick klebte förmlich an der Insel.

„Okay, wir haben also die patrouillierenden Monster, die wohl zu den gefährlichsten im ganzen Nether gehören", zählte Alison auf. „Dann wäre da der riesige Lavasee, den wir nicht überqueren können, und die Tatsache, dass wir nicht einmal wissen, ob dein Onkel überhaupt dort ist. Habe ich damit sämtliche Furcht einflößenden Fakten zusammengefasst?"

„Ich denke schon", meinte Freya. „Obwohl du noch nicht erwähnt hast, dass wir hier ein leichtes Ziel für Feinde sind. Und je länger wir uns auf die Insel konzentrieren, desto verwundbarer sind wir für Kreaturen, die uns hier entdecken."

Abrupt drehte Alison den Kopf, um nachzusehen, ob Freya von irgendeinem bestimmten Monster sprach, doch bisher war keins nähergekommen. Jedenfalls nicht *zu* nahe. „Großartig.

Wir müssen also einen Weg hinüber finden, nicht in die Lava fallen, die Skelette davon abhalten, uns umzubringen, und hoffen, dass Max' Onkel uns nicht als Bedrohung ansieht."

Freya lachte, doch ihre Stimme klang in der Netherhitze dumpf. „Das wäre doch mal eine tolle Geschichte: Wir schaffen es bis dort drüben, erledigen für ihn alle Witherskelette, und dann erschießt er uns, weil wir sein Grundstück betreten haben."

„Ja ... wenn du anstatt ‚tolle Geschichte‘ eigentlich ‚schrecklich und tragisch und noch mal schrecklich‘ meintest", grollte Alison. Dann sah sie sich um. „Wo steckt eigentlich Max?"

Der saß über etwas gebeugt weiter unten am Hang. Alison sprang einige Blöcke nach unten, um nachzusehen, was er da tat.

Er hatte die Rüstung ausgezogen, murmelte vor sich hin und nahm die Diamantstiefel in die Hand, nur um sie gleich wieder abzulegen.

„Max?", fragte sie, aber er antwortete nicht und beugte sich noch weiter vor. „Max!", rief sie erschrocken.

Endlich sah er mit trotzigem Blick zu ihr. Er sprang auf und versuchte, das Ding hinter sich mit dem Körper zu verbergen, doch es war nicht schwer zu erkennen, was dort stand. Er hatte den Zaubertisch hervorgeholt. „Ich fand, es war an der Zeit."

„Du könntest uns alle umbringen", sagte Alison und rieb sich resigniert übers Gesicht. Sie hatte es so satt, sich mit ihm zu streiten.

„Sagst du eigentlich jemals etwas anderes? Ich könnte uns auch retten, wie wär's damit?", erwiderte er und verschränkte die Arme.

„Zaubert er wieder?", fragte Freya von oben.

„Ja", antwortete Alison.

„Weiß er von den Bücherregalen?"

Alison hob eine Augenbraue. „Na? *Weißt* du von den Bücher-regalen?" Sie wusste nicht einmal, wovon Freya redete.

Dann fiel ihr ein, dass sie bisher in der Nähe von Zauber-tischen immer Bücherregale gesehen hatte. Sie hatte geglaubt, dass es praktische Gründe hatte, denn fürs Verzaubern brauch-te man schließlich manchmal Bücher. Doch womöglich steckte noch mehr dahinter.

„Ich bin dir so weit voraus, dass ich Onkel Nicholas bereits gerettet habe und wir alle bei Kürbiskuchen zu Hause sitzen", behauptete Max, nahm zwei Bücherregale aus der Tasche und stellte sie neben den Zaubertisch.

Alison seufzte. Sie brauchte zum Glücklichsein nichts als Werkbank und Ofen. Verzauberung war ihr suspekt. Sie beob-achtete ihn dabei, wie er seine Stiefel auf den Tisch legte und ein Buch aus dem Regal nahm.

„Ich kann nicht hinsehen", sagte sie und ging zu Freya zu-rück.

„Noch hat er den Hügel nicht in die Luft gejagt", meinte Freya.

„Er hat ja auch gerade erst angefangen", konterte Alison. „Hast du eigentlich irgendeine Meinung zu …" Sie wedelte mit der Hand in Richtung Insel. „… all dem?"

„Es wird dich kaum überraschen, dass ich seit meiner An-kunft vieles über Lava gelernt habe", antwortete Freya. „Wenn Max es schafft, die Rüstungen mit Schutz zu verzaubern, könn-ten wir es schaffen."

„Du schlägst doch nicht etwa vor, dass wir hinüber*schwim-men,* oder?"

„Doch, genau das", sagte Freya und stand auf. „Ich habe ein paar Tränke der Feuerresistenz, und Max kann unsere Rüstung verzaubern." Alison hob eine Augenbraue. „Okay, er kann es *versuchen*", ergänzte Freya. „Aber mit diesen beiden Voraussetzungen könnten wir die Lava wirklich durchschwimmen."

„Wann hast du die Tränke gebraut?", fragte Alison.

„Ein paar, während du geschlafen hast, aber ich hatte schon lange vor eurem kleinen Ferienausflug einen Brauvorrat angesammelt. Wieso fragst du?", wollte Freya wissen.

Alison wusste selbst nicht, warum sie so frustriert war. Stirnrunzelnd kehrte sie Freya den Rücken zu, die sich zu Max gesellt hatte, um ihm über die Schulter zu schauen. „Es sieht nicht so aus, als würde er diesmal irgendwas in die Luft jagen", rief sie, aber Alison wollte es nicht hören. Bedrückt starrte sie zum rötlich schimmernden Horizont und beobachtete die schwebenden Netherkreaturen.

Sie wollte auch etwas beitragen. Sie wollte nützliche Dinge tun wie Strategien und Pläne entwickeln und etwas verzaubern (es zumindest versuchen) und einen Wolf aufs Schlachtgewühl loslassen.

Natürlich hatte sie sämtliche Rüstungen gefertigt und Freya und sich selbst mit verbesserten Waffen ausgestattet, was definitiv nützlich war. Aber nun, da sie hier draußen waren, fand sie ständig etwas an den beiden anderen auszusetzen – andauernd sagte sie ihnen, dass etwas zu gefährlich oder falsch war. Warum verhielt sie sich wie eine ängstliche Mutter?

Sie dachte daran, was ihre eigene Mutter immer getan hatte, wenn sie gerade keine Lust aufs Muttersein verspürte: Sie lieh sich ein Pferd vom Nachbarhof aus, ritt nach Norden in die

Tundra und brachte von ihrer Reise immer weiße Kaninchenpelze und Schnee mit, sodass sie sich mitten im Sommer Schneeballschlachten liefern konnten.

Sie sagte, dass sie sich dadurch lebendig fühlte und wie jemand, der nicht einfach nur Mutter war.

Wenn Oma Dia keine Lust darauf hatte, die Autoritätsperson zu spielen, warf sie immer die Hände in die Luft und rief: „Macht doch, was ihr wollt. Ich bin ja nicht eure Mutter!", ehe sie sich auf ihren Dachboden verzog.

Nun fiel Alison die Mutterrolle zu, ob sie es nun gut fand oder nicht. Aber sie wollte nicht die Mutter sein, sondern die Heldin.

„Alison, wir sind bereit, die Rüstung zu testen", rief Max ihr zu. „Ich glaube, ich habe sie mit Feuerschutz verzaubert, aber sicher wissen wir es erst, wenn wir damit in die Lava gehen."

„Ein anderer Weg, sie zu testen, fällt dir nicht ein?", fragte Freya und verpasste ihm einen Klaps auf die Schulter. „Hier ist überall Feuer, und du willst einfach in die Lava springen?"

Ehe er antworten konnte, befand Alison, dass es Zeit war zu handeln. Eilig streifte sie ihre eigenen Diamantstiefel ab und warf sie Max zu, der sie überrascht auffing. „Gib mir deine", forderte sie ihren Freund auf. „Ich teste sie."

Er machte große Augen. „Ist das dein Ernst?"

„Ja, uns läuft die Zeit davon", bekräftigte sie und forderte ihn mit einer Geste auf, ihr die Stiefel zuzuwerfen.

„Meine kannst du ja verzaubern, während ich deine ausprobiere. Ich habe die Nase voll davon, hier tatenlos herumzusitzen. Lasst uns endlich etwas tun!"

Stirnrunzelnd betrachtete er ihre Stiefel, aber da war sie schon den Hügel hinabgelaufen.

Freya folgte ihr. „Woher der plötzliche Sinneswandel?", fragte sie.

„Wie gesagt, ich habe genug von der Warterei. Und davon, mir ständig Sorgen zu machen. Das Schlimmste ist mir doch schon passiert. Ich habe meine Eltern und mein Zuhause verloren, und dann bin ich im Nether gelandet. Wovor sollte ich mich noch fürchten?"

Freya blickte sich vielsagend um. „Wie wär's mit all dem hier? Dem Nether, den Monstern und davor, für immer hier festzusitzen."

„Und?", fragte Alison und zog Max' Stiefel an.

„Und ... genau das eben. Brauchst du wirklich noch mehr Gründe?"

„Die Monster bleiben Monster, ob ich mich nun vor ihnen fürchte oder nicht. Meine Angst schadet nur mir selbst, und ich bin es leid. Ich habe keine Lust mehr darauf, Freya."

„So habe ich das noch gar nicht betrachtet", meinte die Angesprochene nachdenklich. „Du hast recht. Was bringt es schon, Angst zu haben?"

„Nicht, dass man sie einfach abschalten könnte", wandte Alison ein und spürte ihr Herz in der Brust hämmern, als sie sich der Lava näherte. Die Luft war warm, aber nicht mehr so unerträglich heiß wie bisher. „Aber es ist gut, wenn einem klar wird, dass man eigentlich nur seine Zeit verschwendet."

Alison hielt kurz inne, einen Fuß bereits in der Luft. Sie sah Freya an, die ihr die Hand hinhielt. Dankbar ergriff sie sie und versuchte, sich zu beruhigen.

Freya hielt sie fest, während Alison ihren Fuß über der Lava schweben ließ und dann vorsichtig absenkte, immer darauf vorbereitet, dass er Feuer fangen könnte. Aber nichts dergleichen geschah. Näher und näher kam sie dem Magma, in dem sich sogar eine kleine Delle bildete, als wolle es dem Stiefel um jeden Preis entkommen.

„Tu es", ermutigte sie Freya, und Alison tauchte den Fuß ein, das Gesicht ob des zu erwartenden Schmerzes zu einer Grimasse verzogen.

Aber sie spürte nichts. Nur den Widerstand der Lava. Es würde schwerer sein, als durch Luft oder auch Wasser zu gehen, aber es *war* möglich. Jedenfalls vorübergehend.

Sie zog den Fuß heraus und schüttelte ihn, um den daran hängenden Rest rauchender Lava loszuwerden.

„Du hast es geschafft, Max!", rief sie. „Es funktioniert!"

„Im Ernst?", antwortete ihr Freund, ehrlich überrascht. „Wer hätte gedacht, dass ich das hinkriege?"

„Du!", gab Alison zurück. „Mit deiner Zauberkunst und Freyas Tränken sollten wir kein Problem haben, dort hinüberzukommen." Triumphierend deutete sie zum gegenüberliegenden Seeufer.

„Na ja, da wären immer noch die Monster", erinnerte Freya sie.

Alison schüttelte entschieden den Kopf. „Eins nach dem anderen. Meine Oma hat immer gesagt, dass man ein Schaf nicht scheren kann, während man den Zaun repariert. Dabei kommen nur ein repariertes Schaf und ein geschorener Zaunpfahl heraus." Sie hatte nie so richtig verstanden, was ein „repariertes Schaf" sein sollte, aber es brachte die Erwachsenen immer zum

Lachen. Außerdem erinnerte sie der Spruch daran, sich nicht ablenken zu lassen und sich immer auf die vor ihr liegende Aufgabe zu konzentrieren. „Im Moment müssen wir nur irgendwie über den See kommen."

Max und Freya traten zu ihr ans Ufer. „Hat es wirklich funktioniert?", fragte Max zweifelnd.

„Sag du es mir, schließlich hast du die Stiefel verzaubert", erwiderte Freya.

Er zuckte die Schultern. „Schon, aber wer weiß, womit?"

Freya hielt den beiden je ein Fläschchen hin. „Trinkt das, kurz bevor ihr hineingeht. Es reicht ein Weilchen, aber nicht lange."

„Genauer kannst du das nicht sagen?", fragte Alison ungläubig.

„Hier unten gibt es keine Uhren", erklärte Freya. „Wir müssen mit dem auskommen, was wir haben."

„Okay, dann trinken wir es also und waten so schnell wir können auf die andere Seite", entschied Alison. „Irgendwelche Einwände?"

„Eine Menge, aber mir fällt auch nichts Besseres ein", gab Freya fröhlich zurück. Sie befahl Hasenschreck, sich hinzusetzen, und stürzte den Inhalt ihrer Glasflasche hinunter. Ein Zwinkern, und schon stand sie in der Lava.

„Los geht's", sagte Alison und ging nach ihr hinein.

Voranzukommen war schwerer, als sie gedacht hatten – Lava war eben viel dickflüssiger als Wasser. Dennoch, es ging, und mehr wollten sie gar nicht.

„Haltet immer ein Auge auf die Hütte", riet Alison den beiden, während sie immer tiefer sank und gleichzeitig versuchte, so schnell wie möglich voranzukommen. Hin und wieder sprang sie, damit ihre Rüstung nicht mehr als nötig beschädigt wurde. Die Lava reichte ihr zuerst bis zur Hüfte und kurz darauf schon bis zur Brust. Schließlich blieb ihr nichts anderes übrig als zu schwimmen. Um sie herum war es eigenartig warm, und kleine Rauchwolken stiegen von ihren Körpern auf. Aber Schmerzen verspürte Alison nicht.

Die Küste kam immer näher, und Alison dachte bereits darüber nach, wie sie am besten gegen die Witherskelette vorgehen sollten, als Max hinter ihr plötzlich zu schreien anfing.

Im Nachhinein betrachtet war es sicher nicht die beste Idee, Max zu fragen, was er falsch gemacht hatte, während er noch in der Lava steckte und vor Schmerzen schrie, weil er brannte. Aber Alison konnte nicht aus ihrer Haut.

„Max, was hast du getan?", rief sie und drehte sich zu ihm um.

Max sprang auf und ab, und Rauch stieg in immer dickeren Wolken von ihm auf. „Es brennt, es brennt!"

„Die Trankwirkung sollte eigentlich nicht so schnell nachlassen", warf Freya ein. „Wahrscheinlich funktioniert seine Verzauberung nicht auf jedem Rüstungsteil."

„Wir haben nicht alle Teile getestet!", rief Alison erschrocken. „Was machen wir jetzt?" Ihr Blick wanderte von Freyas gelassenem Gesichtsausdruck zu Max' panischem. Flammen zuckten von seiner Rüstung hoch, und Alison wusste, dass er immer mehr Schaden nehmen würde, je länger sie untätig blieben.

„Pack ihn bei den Schultern", ordnete Freya an, und ehe Alison ungläubig nachfragen konnte, was sie vorhatte, war die Freundin schon untergetaucht.

Plötzlich erhob sich Max aus dem Magma – Freya hatte seine Beine gepackt, erkannte Alison. Eilig ergriff sie seine Schultern und hielt ihn hoch über die Lava, woraufhin Freya, Max' Knöchel umklammert, wieder auftauchte.

Er war schwer, aber zu zweit konnten sie ihn tragen. So schnell wie möglich brachten sie den immer noch brennenden Max ans andere Ufer.

Freya ließ seine Beine los, und Alison zog ihn an Land. Schnell befreite sie ihn aus der noch immer rauchenden Rüstung und erkannte mit Schrecken, dass sein ganzer Körper mit Verbrennungen bedeckt war. Leider gelang es ihr nicht, ihm Stiefel und Helm auszuziehen, so sehr sie auch daran zerrte.

Freya eilte zu ihnen, ein neues Fläschchen in der Hand. Diesmal war es ein Heiltrank.

„Ich glaube, diesmal ist mein Zauber misslungen", sagte Max schwach und würgte den Trank hinunter.

„Du hast den Feuerschutztrank nicht getrunken, oder?", fragte Freya und nahm ihm die leere Ampulle ab.

Ein wenig entspannter legte er sich auf den felsigen Boden und schloss die Augen. „Ich dachte, die Verzauberungen würden ausreichen, und wollte den Trank aufsparen."

„Du hast also den Zauber verbockt *und* den Trank nicht genommen?", hakte Alison ungläubig nach.

Freya drehte den beiden den Rücken zu und hob ihren Bogen, falls die Monster sie entdeckten. „Er leidet schon genug", schalt sie.

Alison verbiss sich weitere Schimpftiraden. Freya hatte recht. Behutsam untersuchte sie seine Verbrennungen. „Das wird schon wieder. Ich denke, ein Heiltrank sollte ausreichen." Sie warf einen Blick auf die verbliebenen Tränke. „Die restlichen heben wir auf."

Max hob den Kopf. „Hey! Wie wär's, wenn ihr mich retten würdet?"

„Die Tatsache, dass du dich bei uns beschweren kannst, bedeutet wahrscheinlich, dass es dir nicht so schlecht geht, Max", konterte Freya, ohne ihn anzusehen. „Außerdem brauchen wir dich jetzt."

„Wofür?", murrte er und setzte sich auf. Seine Kleidung rauchte nicht mehr, und auch die unerträgliche Hitze hatte sich verzogen, die Freya bemerkt hatte, nachdem ihr Feuerschutztrank seine Wirkung verlor.

„Dafür", gab Freya zurück und hob wieder ihren Bogen. Sie waren am nächstmöglichen Uferpunkt angelandet, wo leider auch die Riesenpilze mit den Monstern lauerten. Die Kreaturen hatten natürlich bemerkt, was da am Ufer vor sich ging, und kamen langsam näher. Doch dann hielten sie plötzlich inne.

„Warum stehen die nur so herum?", fragte Max.

Freya machte einen Schritt nach vorn und blinzelte, um im Zwielicht besser sehen zu können. „Dein Onkel sollte bei der Architektur bleiben", sagte sie und lächelte.

„Wieso?", fragte Alison, ehe Max protestieren konnte.

„Weil er die Biester in einer Art Glaskasten eingeschlossen hat."

Sie hatte recht. Die Monster waren vollständig von Glas umschlossen, sodass sie die Kinder sehen, aber nicht zu ihnen gelangen konnten. Die Schweinezombies liefen grunzend durch ihr Glasgefängnis, während die anderen Monster regungslos dastanden und starrten.

„Sie können das Glas nicht zerbrechen, oder?", fragte Alison.

„Wenn wir ihnen nicht zu nahe kommen, ist alles okay."

„Mir würde es trotzdem besser gehen, wenn sie alle tot wären", wandte Freya ein. „Dann gibt es keine bösen Überraschungen."

„Wir können sie nicht alle erledigen!", protestierte Max und kam mühsam auf die Beine. „Hier gäbe es keine Fluchtmöglichkeit. Wenn sie uns nichts tun können, warum sollten wir das Risiko eingehen?" Er zog an seinem Helm und schnitt eine Grimasse. „Der ist verflucht", grollte er und warf Alison einen finsteren Blick zu.

Was konnte *sie* dafür? Das war doch nicht ihre Schuld! Dann erkannte sie, dass er nur auf ihr *Ich hab's dir ja gesagt* wartete. Sie lächelte traurig und wandte den Blick ab. Sie musste daran denken, dass ihre Mutter immer die Vernünftigere ihrer beiden Eltern gewesen war. Sie hätte es niemals jemandem unter die Nase gerieben, wenn er unrecht hatte.

„Es gefällt mir aber nicht, wenn sie hier herumlaufen", wand Freya stirnrunzelnd ein. „Das sind extrem gefährliche Monster." Dann dachte sie an die Schweinezombies. „Na ja, die meisten von ihnen."

„Ein Grund mehr, sich von ihnen fernzuhalten", entschied Alison und nickte Max zu. Ihr fiel auf, dass diese Sache die erste seit Ewigkeiten war, in der sie sich einig waren. Das fühlte sich gut an.

Plötzlich ertönte ein ersticktes Bellen von der anderen Seite des Lavasees. Hasenschreck saß zitternd da, erpicht darauf, ihrer Herrin zu Hilfe zu eilen. Doch Freya hatte ihr befohlen dortzubleiben, und Hasenschreck war ein gehorsames Tier. Das hielt die Wölfin aber nicht davon ab, herumzuzappeln und laut zu bellen. Ihr gefiel es offenbar überhaupt nicht, dass man sie zurückgelassen hatte.

„Oh, dieser Hund!", rief Freya und seufzte. „Ich hab dir gesagt, bleib sitzen!"

Die Wölfin bellte noch einmal und heulte auf.

Die Witherskelette wurden noch unruhiger, sodass sogar die Schweinezombies lieber Abstand nahmen. Alison versuchte zu ergründen, wie sicher dieses Glasgefängnis sein mochte.

„Ihr geht anklopfen", beschied Freya. „Ich bleibe hier und passe auf den albernen Wolf auf, damit sie nichts Dummes tut, und behalte für euch die Monster im Auge."

Alison und Max tauschten einen entschlossenen Blick. Endlich hatten sie einen gemeinsamen Plan. Max zog den Rest seiner Rüstung wieder an, zerrte noch einmal prüfend an den beiden verfluchten Teilen und seufzte resigniert. Mit gebührendem Abstand zu den immer noch starrenden Monstern liefen die beiden über das Pilzfeld.

Das Baumhaus war wunderschön gearbeitet. Alison bedauerte, dass es an einem solchen Ort stand. Dieses Haus gebührte einem König. Eine Leiter im Obsidianstamm führte hinauf zur Veranda und der Vordertür. Das eigentliche Haus erstreckte sich über die gesamte Länge des Quarzes, der in alle Richtungen zu wuchern schien. Überall verbargen sich kleine Räume, die mittels weiß schimmernder Korridore miteinander verbunden waren. Alison hätte am liebsten jeden einzelnen davon erkundet.

„Das ist wundervoll", hauchte sie Max zu, als er gerade auf die Leiter stieg. „Meinst du, dein Onkel Nicholas zeigt uns alles, ehe wir ihn nach Hause zurückbringen?"

„Darüber denkst du gerade nach?", kommentierte Max und sah zu ihr hinunter. „Unglaublich."

„Hey, es ist ein schönes Haus!", verteidigte sie sich und folgte ihm die Säule hinauf. „Willst du mir weismachen, du bist nicht neugierig auf all das?" Sie erreichten die Veranda, von der aus sie einen guten Blick hinaus in die rötlich schimmernde Weite des Nether hatten. Am Horizont waren umherwandernde Monster und weit entfernte Lavaseen zu sehen. Hasenschreck bellte immer noch, empört, dass sie den ganzen Spaß verpasste.

„Schicken Häusern kann ich nichts abgewinnen, weißt du noch?", sagte Max. „Ich habe genug davon gesehen. Obwohl das hier tatsächlich nach Onkel Nicholas aussieht. Es ist ganz anders als die Festungen, die wir bisher gesehen haben."

Sie gingen zur Tür. „Bist du bereit?", fragte Alison.

Er zuckte die Achseln. „Bereit wofür? Ich werde ihm einfach zeigen, dass ich noch lebe, und sagen, dass es Zeit ist, nach Hause zu kommen."

Er wandte sich von ihr ab, und sie ließ ihm sein Selbstbewusstsein, so zerbrechlich es auch sein mochte. Er stellte sich vor die Tür, die Faust bereits zum Klopfen erhoben, und erstarrte.

Alison trat an seine Seite, um zu sehen, was er anstarrte. An der Tür klebte ein gefalteter Zettel, auf dem nur ein Wort stand:

VERSCHWINDE

KAPITEL 18

NÜTZLICHER ALS GEDACHT

„Sieht aus, als wollte er nicht gefunden werden", meinte Alison. In Max kochte plötzlich die Wut hoch.

„Was du nicht sagst!", rief er hitzig und riss die Notiz von der Tür. Er wusste, sie konnte nichts dafür, aber irgendwem musste er die Schuld dafür geben, sonst würde er auf der Stelle durchdrehen. Hastig blickte er sich um. „Spioniert er uns etwa nach? Warum zeigt er sich nicht einfach?"

Mit dem Zettel in der Hand stapfte er zum Rand der Veranda. Hoffnungsvoll spähte er in die Ferne und suchte sogar die Monsterhorde ab. Wo steckte sein Onkel?

„Willst du einen Blick ins Haus werfen?", fragte Alison, die immer noch neben der Tür stand.

„Eine Wohnungsbesichtigung? Jetzt? Wir müssen ihm nach!", fauchte Max.

„Aber vielleicht finden wir drinnen irgendwelche Hinweise. Zumindest unsere Vorräte könnten wir hier auffüllen. Denk daran, wir müssen auch irgendwie wieder zurück über die Lava", erwiderte Alison ruhig. „Es könnte natürlich gefährlich sein. Wir wissen ja nicht, wie lange er schon fort ist."

„Na und?", gab Max zurück.

„Wer weiß, was da drin in der Zwischenzeit gespawnt ist."

„Ich bin mir sicher, er hat sämtliche Spawnbereiche unter die Pilze gelegt. Deshalb sind da auch so viele Monster." Max gestikulierte in Richtung der Riesenpilze. „Solche Dinge hat er immer bedacht."

„Das heißt aber nicht, dass da drinnen nichts ist", konterte Alison.

„Oh Mann, muss ich hier eigentlich alles allein machen?", schimpfte Max, rauschte an ihr vorbei und drückte die Tür auf.

Hinter ihnen ertönte ein Krachen, aber Max war unfähig, sich umzudrehen. Vor Angst wie gelähmt starrte er einem Enderman direkt in die leeren, lilafarbenen Augen.

„Lauf!", brüllte Alison, wandte sich blitzschnell um und packte Max bei der Hand. Sie riss ihn genau in dem Moment mit sich, als die große, schmale Kreatur zu kreischen begann. Drei weitere hatten sich hinter dem Monster versammelt, und natürlich starrte Max in seiner Panik alle drei an, ehe er sich fortziehen ließ.

Sie rannten zum Rand der Veranda. Max schoss der Gedanke durch den Kopf, die Abkürzung von hier nach unten zu nehmen, doch dann fiel ihm gerade noch rechtzeitig ein, dass ihm entweder der Sturz oder die Lava den Rest geben würde. Also wirbelte er herum, um die Leiter hinunterzurutschen. Alison war vor ihm unten und sprang aus dem Weg, damit er sie nicht unter sich begrub.

Doch die Endermen warteten bereits auf sie. Max hatte völlig vergessen, dass sie sich teleportieren konnten.

„Freya!", brüllte Alison. „Wir brauchen deine Tränke!"

„Und Hilfe!", ergänzte Max, während er dem ersten Endermen einen Schlag mit seinem Goldschwert verpasste. Doch das Monster teleportierte sich einfach weg, tauchte neben ihm wieder auf und schlug ihn mit seinem langen Arm. Max' Rüstung fing den Hieb ab, aber er warf ihn trotzdem zurück. Stolpernd stand er wieder auf und versuchte, zu Alison zu gelangen.

„Freya!", rief er verzweifelt, doch die war gerade anderweitig beschäftigt. Eine Horde Witherskelette und die vormals friedlichen Schweinezombies verfolgten sie. Die Monster drangen aus einem Loch im Glasgefängnis ins Freie.

„Freya, was hast du getan?", brüllte Max. „Sie waren doch eingesperrt!"

„Ich habe ein paar Blöcke abgebaut und dabei versehentlich einen Enderman angesehen", keuchte Freya. „Der hat mich gegen das Glas geschleudert, was zerbrach, als ich es mit der Spitzhacke traf. Dabei muss ich auch einen Schweinezombie erwischt haben, denn die waren plötzlich alle sauer auf mich. Also habe ich die Beine in die Hand genommen."

Als Freya die Freunde erreicht hatte, änderte sie die Laufrichtung und führte Max und Alison zum Ufer des Lavasees. „Hasenschreck, bei Fuß!", brüllte sie, und schon stand die Wölfin fröhlich bellend an ihrer Seite. Max dachte noch, wie schön es wäre, wenn sie alle so leicht durch die Lava kämen, da begann

Freya, am Ufer Netherrack aufzustapeln. „Max, hast du irgendwelche Blöcke dabei?", wollte sie wissen.

Er versuchte sich daran zu erinnern, was er in seiner Tasche hatte. „Ja, ein paar, wieso?"

Alison wusste es bereits. „Du willst eine Brücke bauen? Warum gehen wir nicht so zurück wie wir gekommen sind?"

„Max' Rüstung ist verflucht, wir haben nicht genug Feuerresistenztränke übrig, in der Lava können wir nicht kämpfen, und wir müssen sofort handeln", zählte Freya auf. Dann sah sie zu Max. „Alison meinte, du wärst gut im fliegenden Bauen?"

Er nickte und verstand. „Ja, das kriege ich hin!", antwortete Max und holte Granitblöcke aus seiner Tasche. Er legte einen auf den Boden, sprang dann von dort aus in die Luft und platzierte einen weiteren unter seinen Füßen.

„Bau waagerecht!", rief Alison ihm zu und zeigte aufs andere Ufer. „Eine Brücke, Dummerchen!"

Max fluchte über sich selbst und wechselte die Baurichtung. Waagerecht zu bauen war deutlich schwieriger als senkrechte Säulen aufeinanderzustapeln, aber die nahende Bedrohung machte ihm Beine. Er positionierte sich so exakt er konnte, platzierte einen Block und lief weiter. Hinter ihm folgten die Mädchen und deckten ihn, während er in drei Block Höhe über der Lava eine Behelfsbrücke baute.

„Alison, hierher!", kommandierte Freya. Die Mädchen gingen hinter Max in Stellung. Max platzierte Blöcke, so schnell er konnte, und arbeitete sich über den Lavasee vor.

„Alison, ziel auf das Loch in der Glaswand und erledige die, die dort durchkommen. Ich übernehme die, die frei herumlaufen", ordnete Freya an.

„Alles klar", sagte Alison grimmig.

Max drehte sich zu Freya um, die gerade einen Pfeil auf den Enderman abfeuerte, der ihnen am nächsten war. Natürlich teleportierte er sich rechtzeitig weg, doch als er verschwand, traf ihr Pfeil den dahinter stehenden Artgenossen. Er bekam die volle Wucht des Geschosses ab und stolperte rückwärts.

„So kann man es auch machen", kommentierte Alison beeindruckt.

Während Max über der Lava schwebte, überfiel ihn plötzlich die Erinnerung daran, wie er vorhin ohne Schutz darin herumgeschwommen war. Er verlangsamte seinen Schritt und platzierte die nächsten Blöcke vorsichtiger. Als ihm der Granit ausging, wechselte er zu Erdblöcken. Er wagte es nicht, einen genaueren Blick in seine Tasche zu werfen. Wie viele Blöcke hatte er wohl noch übrig?

Da teleportierte sich ein Enderman neben Max. Vor Schreck hätte er beinahe einen Satz nach hinten gemacht, was sowohl für ihn als auch für Freya katastrophale Folgen gehabt hätte. Doch dann fiel ihm wieder ein, wo er war und was sie umgab, und er riss sich zusammen. Er ging in Kampfposition und hieb mit dem Schwert auf den Enderman ein, der zurückgeworfen wurde und in der Lava landete. Heftig zuckend teleportierte er sich weg.

„Das wird er nicht noch einmal versuchen", meinte Max schwer atmend, doch gleich darauf wartete der nächste Schreck auf ihn. Sein wundervolles Schwert Knochenfluch brach entzwei, fiel scheppernd zu Boden und rutschte bis zum Rand der Brücke. Verzweifelt griff er danach, doch musste erkennen, dass es unbrauchbar geworden war. *Es war wohl doch nicht so stark, wie ich dachte.*

Er wagte einen Blick nach hinten. Die Schweinezombies liefen nun wieder ziellos umher und waren keine Gefahr mehr, doch weitere Witherskelette drängten sich an ihnen vorbei und verfolgten die Kinder. Schon waren einige von ihnen auf der Brücke.

„Ich glaube, ich könnte jetzt dein Schwert gebrauchen, Max!", rief Alison, die in einem Mordstempo Pfeile von der Bogensehne schnellen ließ. Doch die Skelette kamen unaufhörlich näher.

„Ich auch!", gab er zurück. „Aber es ist futsch."

„Futsch? Was soll das heißen?"

„Hinüber! Kaputt! Vergangenheit!", erwiderte er und durchwühlte seine Tasche nach einer Ersatzwaffe. Doch die einzigen Dinge, die er dort fand, waren eine Spitzhacke und die Notiz von der Tür. Es gab keine Ersatzwaffe. Und auch keine weiteren Blöcke, um die Brücke weiterzubauen.

Sein Verstand raste. Von hier aus waren es nur noch wenige Meter bis zum anderen Ufer. Aber selbst ein paar Sekunden in der Lava würden ihm den Rest geben. „Freya, nicht erschrecken, ich komme jetzt geduckt zu dir."

„Alles klar", sagte sie, immer noch mit seelenruhiger Stimme, obwohl hinter ihnen der Tod und unter ihnen die Lava war. Sie passte ihre Position an, während er auf allen vieren zu ihr kroch. Die Monster waren nur noch etwa ein Dutzend Blöcke entfernt und kamen schnell näher, obwohl die Mädchen unaufhörlich schossen.

„Ich brauche mehr Blöcke", erklärte Max hastig und begann, ein paar der Blöcke wieder abzubauen. „Ich fürchte, ich muss die Brücke schmaler machen."

„Dann hoffe ich, dass du gut balancieren kannst", meinte Freya nur und trat nach rechts, damit Max den Block zu ihrer Linken entfernen konnte.

„Sehr gut sogar", gab er zurück. „Nur habe ich es noch nie über Lava probiert." Zischend fiel der eben abgebaute Erdblock in die Lava und verbrannte.

Freya verstaute ihren Bogen und holte ein Diamantschwert hervor, das sie Alison reichte. „Er braucht Hilfe", sagte sie und griff nach ihrer Spitzhacke, um mit dem nächsten Granitblock kurzen Prozess zu machen. Sie warf ihn Max zu, der ihn peinlich berührt auffing. „Ich grabe, du baust", schlug sie vor, und er stimmte mit hochroten Wangen zu.

Grimmig schwang Alison das Diamantschwert und dachte wehmütig an ihren Bogen. Aber Freya hatte recht – für den Nahkampf war so ein Schwert viel besser geeignet. Mit der Klinge hielt Alison die Monster auf Abstand, auch wenn sie ihnen damit kaum Schaden zufügte.

Einige Schweinezombies und Witherskelette landeten in der Lava. Die Schweinezombies gingen quiekend unter, während die Skelette weiterhin vor sich hin starrten.

Es war eine klassische Pattsituation – von dort unten konnten sie den Kindern nicht schaden, aber Alison kam auch nicht an sie heran.

Die Endermen hielt sie mit wilden Schwerthieben auf Distanz. Treffer würde sie ohnehin nicht landen, aber wenigstens kamen sie so nicht näher.

Hinter ihr hatten Freya und Max die Brücke auf einen Block verengt und reihten nun die zurückgewonnenen Blöcke aneinander, um der Küste näher zu kommen. Doch es reichte nicht. „Was jetzt?", fragte Freya, die direkt hinter Alison stand.

„Wir bauen die Brücke ab, damit sie uns nicht weiter folgen können", schlug Max vor.

Alison hieb erneut auf ein Witherskelett ein, machte einen Satz nach hinten und griff im Sprung nach ihrem Bogen. Pfeil um Pfeil verließ die Sehne, während Freya den Block entfernte, den Alison gerade verlassen hatte. Auf diese Weise machten sie weiter – Alison schoss und lief rückwärts in Max' Richtung, während Freya Block für Block abbaute und Max zuwarf, der sie hinten anfügte.

„Werden uns die Endermen folgen?", fragte Alison.

„Ich glaube nicht. Sie sind von der Lava und den anderen Monstern zu sehr abgelenkt", erwiderte Freya. „Und Hasenschreck gefällt ihnen sicher auch nicht."

Zwei Meter vor dem Ufer platzierte Max den letzten Block und sprang dann an Land. Er rollte über den Boden und blieb erschöpft liegen. Die Mädchen landeten neben ihm, und auch Hasenschreck teleportierte sich von irgendwoher zu ihnen, ein Steinschwert zwischen den Zähnen und offenbar äußerst zufrieden mit sich.

„Lasst uns das bitte nicht widerholen", keuchte Alison und starrte den roten Himmel an, während sie sich das Handgelenk rieb. „Das hat wirklich keinen Spaß gemacht."

Die meisten Monster waren dank des Pfeilregens verschwunden oder in die Lava gestürzt. Der Rest war wieder auf die Insel zurückgekehrt.

„Und? Wie lief der Besuch bei deinem Onkel so?“, fragte Freya.

⁂

Als Max erkannte, dass die Notiz eigentlich für Freya gedacht war, verzog er schmerzlich das Gesicht. Er tat Alison leid. Andererseits, was hatte er erwartet? Nicholas hielt ihn immer noch für tot. Finster starrte Max auf Freyas Namen ganz oben auf dem Zettel und hielt ihr dann wortlos das Papier hin.

Laut las das Mädchen vor:

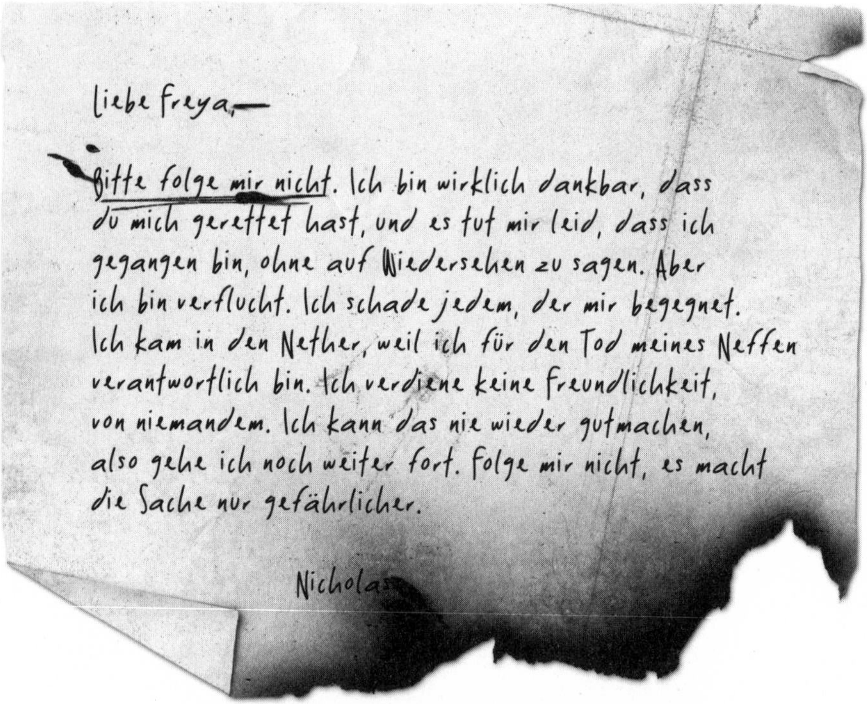

Liebe Freya,

Bitte folge mir nicht. Ich bin wirklich dankbar, dass du mich gerettet hast, und es tut mir leid, dass ich gegangen bin, ohne auf Wiedersehen zu sagen. Aber ich bin verflucht. Ich schade jedem, der mir begegnet. Ich kam in den Nether, weil ich für den Tod meines Neffen verantwortlich bin. Ich verdiene keine Freundlichkeit, von niemandem. Ich kann das nie wieder gutmachen, also gehe ich noch weiter fort. Folge mir nicht, es macht die Sache nur gefährlicher.

Nicholas

„Klingt, als würde er nicht mit uns kommen, selbst wenn wir ihn aufspüren", stellte Alison fest und nahm Freya die Notiz aus der Hand. „Hey, du hast da etwas übersehen. Es gibt noch ein PS."

PS: Ich habe ziemlich viel Arbeit in dieses Haus gesteckt, musste aber schon bald schmerzlich feststellen, dass ständig Monster darin spawnen. Geh nicht hinein, da drin sind wahrscheinlich Endermen und Skelette.

„Oh", machte Max. „Schätze, wir hätten zuerst den Brief lesen sollen."

Alison lachte laut – sie konnte nicht anders. Dann verzog sie das Gesicht. „Ich glaube, du solltest dir etwas ansehen", sagte sie zu Freya. „Ich dachte, es wäre keine große Sache, aber ..."

Sie streckte ihren Arm aus und zeigte der Freundin ihr Handgelenk. Dort war eine Wunde – nicht besonders tief, aber der Schnitt hatte einen gezackten schwarzen Rand.

„Hat dich eines der Witherskelette erwischt?", fragte Freya alarmiert und zog Alison den Brustpanzer aus, um die Wunde besser betrachten zu können.

„Ja, aber der Schnitt ist nicht tief, ich habe ihn kaum gespürt. Es war gleich nachdem ich Max den letzten Block gegeben hatte. Ich dachte, es wäre keine ..."

„... große Sache, ich weiß", beendete Freya den Satz und runzelte die Stirn. „Das war ein *Witherskelett,* Alison. Weißt du nicht, was das bedeutet?"

„So langsam ahne ich es", gab Alison zurück und widerstand der Versuchung, sich erneut die Wunde zu reiben.

Es schmerzte bis tief in den Knochen, und plötzlich überkam sie eine bleierne Schwäche.

Freya wühlte in ihrer Tasche. „Ein Trank der Feuerresistenz, zwei Heiltränke und noch ein paar andere ... Mist, ich habe keine dabei."

„Keine was? Gib ihr doch einfach einen Heiltrank", schlug Max vor.

„Der wäre verschwendet. Er würde zwar bewirken, dass sie sich besser fühlt, aber nicht die Ursache bekämpfen. Schon bald würde es ihr wieder schlecht gehen, und wir müssten von vorn anfangen", erklärte Freya ungeduldig.

„Milch", keuchte Alison schwach.

Freya nickte.

„Genau. Milch neutralisiert den Effekt, aber ich habe keine dabei, und hier unten wimmelt es nicht gerade von Kühen. Es gibt nicht einmal Mooshrooms. Vielleicht habe ich ja noch Milch in der Festung."

Max sah zum Baumhaus seines Onkels hinüber. „Ich schätze, zurückzugehen, um in Onkel Nicholas' Haus nachzusehen, wäre Selbstmord, was?"

Freya bedachte ihn nur mit einem finsteren Blick. „Wir könnten zu meiner Festung zurückgehen, aber dann machen wir unseren bisherigen Fortschritt zunichte. Oder wir gehen weiter und hoffen, dass Nicholas eine Lösung hat, wenn wir ihn finden."

Alison betrachtete ihren Arm. „Wie lange habe ich noch?" Ihre Augenlider wurden schwer.

Freya begutachtete noch einmal die Wunde. „Ich schätze, etwa einen halben Tag", erwiderte sie.

„Ich muss mich ausruhen", flüsterte Alison. Sie bettete den Kopf auf ihre Tasche und schloss die Augen.

„Nein, Ali, du musst aufstehen. Wir haben nur einen halben Tag, hast du Freya nicht gehört?" Max fasste sie unter den Achseln und zerrte sie auf die Beine. Alison grunzte.

„Komm schon, Ali, du schaffst das", ermutigte er sie. Freya nahm ihren rechten Arm, während Max seine Freundin auf der anderen Seite stützte. Doch Alison schüttelte die beiden ab. Max hatte recht. Sie würde das schon schaffen.

Nach einigen Stunden Weg machten sie eine Pause. Alison schlief sofort ein, während Max und Freya den Brief nach weiteren Hinweisen untersuchten.

„Was meint er wohl damit, dass er noch weiter fortgehen will?", fragte Max und bettete Alisons Kopf auf seine Tasche, um es ihr ein wenig bequemer zu machen. „Was ist weiter weg als der Nether?"

Freya beäugte Max, als wolle sie abwägen, ob er die Wahrheit vertrug oder nicht. „Es gibt tatsächlich einen noch weiter entfernten Ort", sagte sie dann. „Er liegt hinter dem Nether, man nennt ihn das Ende. Dort kommen die Endermen her, und es ist die Heimat des Enderdrachen. Es ist sehr schwer, ins Ende zu gelangen, und noch schwerer, es wieder zu verlassen."

Max wühlte in Alisons Tasche, während er auf einem Pilzstängel herumkaute. Er holte weitere Pilze heraus, damit Alison etwas zu essen hatte, wenn sie erwachte. Sie hatte eine Stärkung nötig. Noch nötiger brauchte sie Milch, aber fürs Erste musste etwas Nahrung reichen. Traurigkeit überkam ihn, so als wäre er plötzlich nicht mehr Teil dieses Abenteuers. Es war ihm über den Kopf gewachsen.

„Onkel Nicholas hat nie halbe Sachen gemacht", erinnerte sich Max. „Er baute immer die größten Häuser. Er lernte alle möglichen Brau- und Verzauberungsrezepturen, obwohl er mit der Architektur mehr als genug zu tun hatte. Er ließ sein ganzes Leben zurück, als er glaubte, an meinem Tod schuld zu sein. Es würde mich nicht überraschen, wenn er so weit wie nur möglich geflohen wäre."

„Wir finden ihn schon", meinte Freya. „Am besten bevor er noch ein Portal baut. Ins Ende kriegen mich nämlich keine zehn Pferde. Ich kann dich zu deinem Onkel bringen, aber wenn er bereits dorthin gegangen ist, bist du auf dich allein gestellt."

„Und ich dachte, du würdest uns überallhin begleiten", murrte Max.

„Um aus dem Ende zu entkommen, muss man den Drachen töten. Du hast ja gesehen, wie sehr uns ein paar Endermen und Skelette zugesetzt haben. Wie sollen wir es mit einem Drachen aufnehmen?"

Max starrte sie an.

Freya schüttelte erneut den Kopf. „Wenn du ihn findest, helfe ich dir. Aber wenn wir auf ein aktives Endportal stoßen, gehe ich wieder nach Hause."

Max setzte sich mit den Pilzen in der Hand neben Alison. So konnte er sie ihr gleich geben, wenn sie aufwachte.

Aus dem verschollenen Tagebuch von

Ich glaube, man kann mit Endermen kommunizieren.
Sie wollen dasselbe wie wir: in Frieden gelassen und
nicht angestarrt werden und sich teleportieren, wohin
sie wollen. (Anmerkung: Sie können sich tatsächlich
teleportieren, während Menschen sich diese Fähigkeit
bis dato nur wünschen.)

Ich habe versucht, mit ihnen zu kommunizieren, ohne sie
anzusehen. Ich bot ihnen Nahrung, Blöcke oder nützliches
Werkzeug an. Ich sprach, grunzte, schrie, aber sie
beachteten mich nicht – bis ich sie ansah. Dann wurden sie
sofort aggressiv.

Für eine Weile habe ich die Endermen als Gruppe
beobachtet, um herauszufinden, wie sie miteinander
umgehen. Aber sie scheinen Einzelgänger zu sein, auch
wenn sie oft mit ihren Kameraden auftauchen.

Ich habe gehört, die Endermen stammen aus einem Ort
namens Ende und dass man dort noch schwerer hingelangt
als in den Nether. Irgendwann werde ich es mir ansehen,
aber zuerst muss ich meine Exkursionen in den Nether
abschließen. Botte hat mir immer gepredigt, ich solle
gründlich vorgehen.

Habe heute noch ein Bücherregal aufgestellt und gemerkt, dass Verzaubern leichter wird, je mehr Regale in der Nähe des Zaubertisches stehen. So als würden die Bücher irgendwie magisch davon angezogen. Das ergibt ja auch Sinn, schließlich braucht man Bücher zum Verzaubern.

Wahllos aufgestellte Bücher hingegen erschweren das Verzaubern. Ich habe es mit dem beliebten Liebesroman Mein Herz ist quadratisch ausprobiert und einen Eisenhelm verzaubert – mit dem Resultat, dass ich ihn jetzt nicht mehr abnehmen kann. Im Wald ist das nicht schlimm, aber im Dorf falle ich damit ziemlich auf.

Das Buch hat mir trotzdem gefallen.

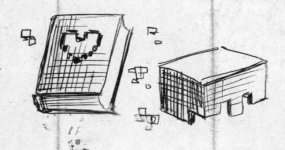

TEIL DREI

KAPITEL 19

DER FALSCHE WEG

Freya weckte Alison, indem sie ihren gesunden Arm berührte. Die Verletzte zuckte zusammen. Ihr anderer Arm fühlte sich an wie totes Fleisch, das an ihrem Körper hing. Nacheinander zwickte Alison sich ins Handgelenk, den Ellbogen und den Oberarm. Der Schmerz fehlte ihr, denn er hatte wenigstens gezeigt, dass sie noch lebte. Dieses taube Gefühl war schlimmer.

„Einfacher, als ich dachte, dich wach zu bekommen", stellte Freya fest. „Wie fühlst du dich?"

Alison wollte mit den Schultern zucken, aber nur eine reagierte.

Freya beugte sich hinunter, um Alisons Arm zu untersuchen, und konnte ihre Sorge kaum verbergen. Sanft säuberte sie die Wunde mit einem Tuch. „Das sieht nicht gut aus", meinte Freya. „Wir müssen Milch für dich besorgen."

„Aber was ist mit Nicholas?", protestierte Alison und zwang sich aufzustehen. Dann sah sie sich um. „Moment mal, wo steckt Max?"

„Ich schätze, er ist auf der Suche nach Milch", erwiderte Freya, die gerade Alisons Tasche durchging, um die schwersten Gegenstände in ihre eigene umzupacken. „Wir haben ebenfalls geschlafen, aber als ich erwachte, war er weg." Nachdenklich sah sie hoch. „Vielleicht findet er auch, dass wir ihm ein Klotz am Bein sind. Vielleicht ist er schon allein vorausgegangen. Oder irgendetwas hat ihn in der Nacht gefressen. Keine Ahnung."

Alison blinzelte verwirrt, doch dann erkannte sie, dass Freya wahrscheinlich nur wütend auf sich war, dass sie ihn hatte davonkommen lassen. Sie betrachtete die unbekannte Umgebung. Der Lavasee mit Max' Behelfsbrücke lag weit hinter ihnen. „Ich weiß nicht einmal, wohin wir jetzt gehen sollen", sagte sie. „Hat er etwa auch deinen Hund mitgenommen?"

Freya seufzte. „Keine Ahnung. Manchmal zieht Hasenschreck allein los, aber bisher ist sie immer zurückgekehrt. Ich glaube nicht, dass sie mit Max mitgegangen wäre, aber vielleicht wollte sie ihn auch beschützen. Ich weiß es nicht." Sie kräuselte die Lippen, als hasste sie es, diese vier Worte auszusprechen.

Alison hievte ihre eigene, inzwischen deutlich leichtere Tasche über die gesunde Schulter und zeigte in die Ferne. „Lass uns in diese Richtung weitergehen", schlug sie vor. „Vielleicht begegnen wir ja Nicholas oder Max oder deiner Wölfin oder einem freundlichen Fremden, der zufällig Milch dabeihat. Hier untätig herumzusitzen, bringt jedenfalls nichts."

Endlich schien Freya sie wirklich wahrzunehmen. „Ich hätte ehrlich gesagt gedacht, du wärst besorgter."

Alison lächelte traurig. „Ich habe kaum noch etwas zu verlieren. Wenn wir abwarten, erreichen wir gar nichts, aber wenn wir weitergehen, besteht wenigstens eine kleine Chance auf etwas Positives. Halte einfach deinen Bogen bereit. Ich tauge nicht mehr zum Kämpfen." Wieder zuckte sie zusammen und war schon fast dankbar, dass in ihrer Schulter offenbar noch genug Nerven vorhanden waren, um Schmerzen zu verursachen. „Gehen wir."

Freya warf einen letzten Blick auf den Horizont, dann zogen sie los in Richtung des nächsten Ziels, das auf der Karte verzeichnet war.

Max hatte jegliches Zeitgefühl verloren. Er war zwar fest entschlossen gewesen, Milch für Alison zu finden, hatte sich jedoch ablenken lassen.

Er hatte überlegt, dass er zu Nicholas' Haus zurückkehren könnte, solange er es vermied, die Endermen anzusehen, und gleichzeitig einen großen Bogen um die Witherskelette machte. Es waren nur noch wenige Monster übrig, denn die Mädchen hatten die meisten erledigt. Den Blick starr zu Boden gerichtet, überquerte er die Lavabrücke und füllte die Lücken mit Netherrack, den er am Hügel abgebaut hatte.

Er hörte die Skelette in ihrem schattigen Versteck in der Nähe des ehemaligen Glasgefängnisses klappern, aber er kam ihnen nicht nahe genug, um ihr Interesse zu wecken. Hier und dort entdeckte er aus dem Augenwinkel lange, schmale Gestalten, sah sie aber nicht an. Den Blick immer noch nach unten gerichtet, erklomm er die Leiter, betrat den Vorraum und öffnete die Tür.

Nichts geschah.

Er ging ins Haus und suchte es möglichst unauffällig nach lauernden Monstern ab, doch die Luft schien rein zu sein. Das obere Stockwerk sah aus wie der Wohnbereich. Hier gab es einen Tisch mit Stuhl, Bücher und mehrere Regale sowie einige Truhen, in denen sich außer Holz und Kohle nichts Brauchbares befand. Max machte sich ein paar Fackeln und stieg dann die hintere Treppe hinab in den Arbeitsbereich, der sich im unteren Teil des Hauses befand.

Nicholas mochte offenbar Kellerräume. Diesen hatte er genauso bestückt wie den unter seiner Hütte im Wald. Max entdeckte Werkbänke, einen Braustand und einen Zaubertisch. Reihenweise Bücherregale schmückten die Wände, hier und dort ergänzt durch Truhen. Er ging zu einer der Truhen und öffnete sie. Sie enthielt wunderschöne Waffen – diamantene und goldene, die er am liebsten alle mitgenommen hätte. Das musste er unbedingt Alison und Freya sagen. Es war fast zu schön, um wahr zu sein.

Neben den Waffen enthielt die Truhe einen Satz einfacher, fein säuberlich gefalteter Lederrüstungsteile, die aussahen, als hätte ihr Besitzer sie versehentlich hier abgelegt und würde gleich vorbeikommen, um sie wieder herauszuholen.

Die waren bestimmt verzaubert! Bei all den Vorräten, die sein Onkel hier hortete, hätte er sicherlich keine Zeit auf das Verzaubern einer einfachen Lederrüstung verschwendet – es sei denn, er hatte einen ganz speziellen Zauber im Sinn, den keiner kannte.

Max zog die Diamantrüstung aus, die Alison für ihn gemacht hatte, und ersetzte sie durch die Lederrüstungsteile seines Onkels. Dann wühlte er weiter. Doch er fand nichts Interessantes mehr. Als er den Raum gerade verlassen wollte, fielen ihm aus dem Augenwinkel zwei Bücher hinter einem Zaubertisch auf. Er angelte sie hervor und erkannte sofort, dass es sich um weitere Tagebücher handelte. Auch sie waren in Leder gebunden, fühlten sich jedoch neuer und weniger zerfleddert an als das erste. Möglicherweise hatte Nicholas sie aus Versehen zurückgelassen, weil er das Haus überstürzt verlassen hatte.

Max fuhr mit den Fingern über die Titelseite eines der Bücher. Dort war der gleiche Kreis mit den zwei Punkten wie auf dem ersten Buch abgebildet. Er schlug es auf.

Ich weiß, dass er mich beobachtet, während ich Gegenstände verzaubere, und ich weiß auch, dass seine Mutter davon nichts ahnt. Ich merke es, wenn mir der Junge folgt – und das, obwohl er sich so sicher ist, dass ich ihn nicht sehe! Ich würde ihn ja gern damit aufziehen, aber dann würde er wissen, dass sein Geheimnis längst keins mehr ist.

Wenn ich ihn am Fenster weiß, habe ich gemischte Gefühle. Einerseits springt mein Herz vor Stolz, wenn ich daran denke, dass er womöglich in meine Fußstapfen treten und Verzauberer werden will, anstatt der Familientradition zu folgen. Andererseits sieht er mich einen Fehler nach dem anderen machen, und langsam frage ich mich, was er von mir denkt!

Was seine Eltern von mir halten, weiß ich ja bereits. Rose hat mir mehr als einmal nahegelegt, unter keinen Umständen sein Interesse an meinen „Hobbys", wie sie es nennt, zu unterstützen. Sie wollen nur, dass ich ihm meine Fertigkeiten als Architekt vermittle und ihn zu einem Leben voller Langeweile verdamme. Aber sie haben noch nicht gesehen, wie der Junge baut; er hat einfach kein Talent. Natürlich ist er sehr wohl in der Lage, eine stabile Wand, einen Boden oder eine solide Brücke zu errichten, aber von wahrer Architektur hat er keine Ahnung – ihm fehlt die Vision. Seine Häuser werden ihre Bewohner warm halten, aber sie werden nichts Besonderes sein.

Aber Verzauberung! Seine Augen leuchten, wenn er glaubt, einen magischen Gegenstand vor sich zu haben – man sieht förmlich, wie es ihm dabei in den Händen kribbelt. Ich habe ihn beobachtet, wenn er die Nase in Bücher steckt, deren Inhalt er kaum versteht – er ist wie bezaubert.

Nächste Woche werde ich ihm verraten, dass ich weiß, dass er mir hinterherspioniert. Und ich werde ihm anbieten, mit ihm zu üben. Bei seiner Begeisterung und mit meiner Führung könnte er der beste Verzauberer werden, den die Welt je gesehen hat!

Wenn wir vorsichtig sind, wird Rose nie davon erfahren.

Ich ertrage es nicht, meine bisherigen Einträge zu lesen – Sie triefen geradezu vor überzogenem Stolz und Selbstbewusstsein. Der Fehler, den ich begangen habe – dieses Streben nach einem derart gefährlichen Beruf, hat meinen Neffen umgebracht. Dass ich die ganze Zeit wusste, dass er mir zusieht, und dass ich ihn nicht aufgehalten habe, macht alles nur noch schlimmer. Warum habe ich ihm nicht gleich gesagt, dass wir es gemeinsam versuchen? So hätte ich ihn bei seinen Bemühungen im Auge behalten und ihn über die Gefahren des Verzauberns aufklären können. Er ist in meine Hütte eingebrochen und hat einen Helm gestohlen, den ich mit Atmung hatte verzaubern wollen. Aber der Versuch schlug fehl. Der tiefe Glaube an seinen Onkel hat meinen Neffen umgebracht. Als ich davon erfuhr, rannte ich davon, weil ich die schmerzvollen Schreie meiner Schwester – dass ich ihn auf dem Gewissen habe – nicht ertragen konnte. Ich hatte so wundervolle Träume für ihn. Weil ich keine eigenen Kinder habe, wollte ich meinem Neffen meine Welt, mein Vermächtnis und mein Wissen vermitteln. Ich hatte gehofft, ihn irgendwann mit in den Nether nehmen zu können, um ihm zu zeigen, dass es keineswegs die Hölle ist von der die Legenden berichten. Sondern ein faszinierender Ort für Forscher. Und jetzt schicke ich mich genau dorthin ins Exil, mit nichts im Herzen als Schmerz.

Max konnte nicht weiterlesen, ein Tränenschleier nahm ihm die Sicht. Nichts von alldem hatte er geahnt. Nicholas wusste sehr wohl, dass er ein schlechter Verzauberer war, und ihm war die ganze Zeit klar gewesen, dass Max ihn beobachtete. Er hatte Max ausbilden wollen!

Max war schamrot angelaufen, als er von seinem durchschnittlichen Bautalent las. Er hatte immer wieder versucht, innovativer zu sein, aber die Erwartungen seiner Eltern nie erfüllen können. Doch Nicholas hatte das nicht gekümmert.

Max schüttelte den Kopf und holte tief Luft. Er steckte das Tagebuch in die Tasche und öffnete das zweite. Es enthielt weniger persönliche Einträge und mehr Rezepturen. Er verlor sich in den Seiten, auf denen Nicholas seine Pläne für weitere Verzauberungen notiert hatte. Sein Onkel glaubte, feuerabweisende Kleidung herstellen zu können, damit jeder sicher in den Nether reisen könnte. Er wollte die Endermen besänftigen, damit Menschen in deren Siedlungen im Ende reisen und Frieden mit ihnen schließen konnten. Max hatte er zum Geburtstag einen Sattel schenken wollen, der es seinem Neffen ermöglicht hätte, Reittiere zu zähmen. Nicholas' Vorschläge für neue Zauber nahmen kein Ende – es war einfach alles dabei: von banalen, aber nützlichen Ideen wie einem Fenster, das auf einer Seite schwarz und auf der anderen durchsichtig war, damit Monster einen von draußen nicht beobachten konnten, bis hin zu unerhörten Gedanken, wie die Oberwelt im Flug zu besichtigen, Fallschaden vollständig auszumerzen, niemals einem Monster zu begegnen oder zuverlässig genau Erze aufzuspüren. Glucksend wischte Max sich die Lachtränen aus dem Gesicht. Nicholas hatte schon immer eine blühende Fantasie gehabt.

Ich bin im Exil.

Hier im Nether habe ich mich häuslich eingerichtet.

Bin einem jungen Mädchen begegnet, das mich als Vorbild ansehen könnte, also habe ich sie lieber wieder verlassen. Ich will nicht für den Tod noch eines Kindes verantwortlich sein. Sie hat mich so sehr an Max erinnert, dass ich gehen musste.

Ich habe es hier mit dem Bauen versucht und ein großes Baumhaus wie das in der Oberwelt errichtet. Kaum war es fertig, wurde es schon von Monstern überrannt. Ich kann förmlich hören, wie Botte mich auslacht. Und dann sagt sie mir, dass sie glücklich und in Sicherheit ist und ich ein Narr war, hierherzukommen.

Ich will das neue Haus verlassen und mir eine Festung suchen, in die ich einziehen kann. Eines Tages lasse ich mich vielleicht im Ende nieder, aber vorerst reicht mir ein halbwegs sicherer Ort im Nether, an dem ich in Frieden schlafen kann. Im Baumhaus kann ich es jedenfalls nicht

„Er geht nicht ins Ende", sagte Max leise. „Er sucht sich hier ein Zuhause." Er setzte sich auf den Boden. Die Rüstung drückte unangenehm an seinem Rücken, aber er las trotzdem weiter. Alison hatte er inzwischen vergessen.

KAPITEL 20

HALS ÜBER KOPF

Max' Augen waren trocken und brannten. Ärgerlich blinzelte er ein paarmal. Zu seiner Überraschung klang es nicht, als würde jemand mit Sandpapier über Quarz schubbern. Wie lange war er schon hier?

Er sprang auf. *Ali.* Er war hergekommen, um ihr zu helfen, und hatte sich von den Tagebüchern seines Onkels ablenken lassen. Inzwischen glaubte Max zu wissen, wo er Nicholas finden würde – zumindest kannte er die ungefähre Richtung. Doch was war mit Alison?

Max stand auf, reckte sich und verfluchte das ewige Zwielicht sowie die Tatsache, dass er nicht wusste, wie viel Zeit verstrichen war. Ohne die Rüstung würde er sich bestimmt besser fühlen – wenn er nur den Brustpanzer und die Hose los wäre … doch sie bewegten sich keinen Zentimeter.

Laut fluchend zerrte und zog er daran und erkannte panisch, dass sein Onkel diese Stücke genauso verflucht hatte wie Max den Helm und die Stiefel. Nun trug er zwei Lederteile, die er nicht ausziehen konnte, während seine weit überlegene Diamantrüstung nutzlos am Boden lag.

Verblüfft über seine eigene Dummheit sammelte er vorsichtig die Diamantteile ein, um sie in der Tasche zu verstauen. Dann durchsuchte er die restlichen Truhen, nahm sämtliche Tränke heraus, die ihm nützlich erschienen, und hielt vor allem nach Milch Ausschau. Endlich fand er welche in Nicholas' Küche und nahm so viel davon mit, wie er tragen konnte.

Mit der alten Rüstung sowie den neuen Tränken und Tagebüchern verließ er das Haus, mied sorgfältig den Blick der Endermen (einen rannte er allerdings um, wofür er sich sogleich entschuldigte), lief den Skeletten und Schweinezombies davon und hastete über die kürzlich geflickte Brücke, ohne die aufsteigende Lavahitze wirklich wahrzunehmen.

Er umrundete den Hügel und lief auf der Suche nach ihrem Lager weiter. Doch er hielt an, als er merkte, dass seine Freundinnen verschwunden waren. Hatten sie das Lager abgebrochen und waren ohne ihn weitergezogen? Hastig sah er sich in alle Richtungen um und fragte sich, wie sie ihm das antun konnten. So lange war er nun wirklich nicht fort gewesen. Oder doch?

Dann fiel ihm ein, dass er ihnen gar nicht gesagt hatte, wohin er ging … Vielleicht suchten sie sogar nach ihm. So oder so war sein schöner Plan, den heldenhaften Retter in glänzender Rüstung zu spielen, dahin, und das verstimmte ihn. Er lief zum Hügel zurück, um einen besseren Überblick über die Umgebung zu gewinnen.

Da entdeckte er Alison. Jemand hatte Netherrack abgebaut und eine kleine Unterkunft errichtet, in der eine schmale Person lag. Das musste einfach Alison sein. Schnurstracks rannte Max den Hügel hinab; seine verfluchten Stiefel schepperten mit jedem Schritt, und die Tasche wog schwer.

Aus der umliegenden Landschaft schossen Lavafontänen, denen er immer wieder ausweichen musste. Es war, als hätte der Nether etwas dagegen, dass Max seine beste Freundin wiedersah. Kurz fragte er sich, ob er versuchen sollte, sich die Rüstung mit Lava vom Körper zu brennen, aber verwarf die Idee gleich wieder. Da könnte man sich auch gleich den ganzen Arm abschneiden, weil man einen blauen Fleck an der Hand hat.

Obwohl er Alison vom Hügel aus hatte sehen können, wurde sie nun, da Max wieder unten war, von Pilzen und kleineren Hügeln verdeckt. Besorgt, sie schon wieder verloren zu haben, machte er einen Bogen um die Steinhaufen. Doch als die Unterkunft wieder in Sicht kam, sah er erneut die bekannte Gestalt, die sich darin aufhielt. Mit neuem Elan rannte er noch schneller.

Je näher er kam, desto deutlicher erkannte er, dass die Gestalt tatsächlich Alison war. Sie schlief, und ihre Rüstung lag neben ihr. Dann bemerkte er aus dem Augenwinkel eine Bewegung: Freya rannte zu seiner Rechten, Hasenschreck auf den Fersen, ebenfalls auf Alison zu.

Zur gleichen Zeit erreichten sie das Zelt, und sofort fingen beide an, atemlos zu sprechen.

Max sagte: „Ich war in Nicholas' Haus, um nachzusehen, was er dort aufbewahrt, und habe ein paar Waffen und Rüstungen gefunden – außerdem noch zwei Tagebücher, und jetzt glaube ich, dass ich weiß, wohin er wollte! Er sucht nach einer Festung wie deiner, um dort zu wohnen, und ich glaube, ich weiß auch, in welche Richtung wir gehen müssen. Dann habe ich die Zeit vergessen, aber ich habe mehr Tränke und Milch entdeckt!"

Gleichzeitig sprudelte Freya los: „Ich habe die Festung gefunden, die du auf der Karte gesehen hast, und ich glaube, dort will Nicholas hin, aber sie wird von Skeletten bewacht. Außerdem habe ich eine Lohe und friedliche Schweinezombies gesehen – und einen Lavafall, aber dann tauchte Hasenschreck auf, und wir konnten durchbrechen, aber die Einzelheiten erspare ich dir lieber. Jedenfalls müssen wir sie jetzt ein paar Tage nicht füttern. Und dann haben wir noch ein Vorratslager mit Milch entdeckt!"

Sie sagten „Milch entdeckt" gleichzeitig und starrten sich dann erschrocken und ein wenig ärgerlich an.

Zwei Sekunden später warfen sie sich gegenseitig vor, den jeweils anderen im Stich gelassen zu haben, und wollten wissen, wo er eigentlich hingegangen war, denn natürlich hatte in dem Stimmengewirr keiner etwas verstanden. Endlich erinnerten sie sich an Alison.

Sie war sehr blass, hatte dunkle Augenringe und sah aus, als hätte sie an Gewicht verloren. Sie wirkte ausgezehrt. „Milch?", fragte sie nur.

„Ach, richtig", sagte Max und wühlte in seiner Tasche. Fast gleichzeitig hielten er und Freya der Kranken einen Behälter hin.

Freya hielt Alisons Kopf hoch, während Max ihr die Milch einflößte. Sie hustete, spuckte und trank noch etwas mehr. Dann legte sie sich wieder hin, und die beiden Freunde warteten beklommen.

„Woran erkennen wir, dass es funktioniert hat?", fragte Max mit Blick auf Freya, deren Gelassenheit verschwunden war. Besorgt furchte sie die Brauen.

„Ich weiß nicht. Diese Seuche musste ich noch nie heilen", erwiderte sie. „Sie wird es uns schon sagen."

„Können wir ihr nicht zusätzlich einen Heiltrank geben und beobachten, ob sie sich dann besser fühlt?"

Freya schüttelte den Kopf, und Alison antwortete: „Sollte die Milch nicht funktionieren, wäre das Verschwendung. Warte einfach ab …" Seufzend schloss sie die Augen und fügte kurz darauf an: „Und hört auf, mich anzustarren."

Max und Freya tauschten Blicke und standen auf, um sich ein paar Schritte von der Unterkunft zu entfernen und Alison ruhen zu lassen.

„Warum bist du weggegangen?", wollten sie gleichzeitig vom jeweils anderen wissen.

„Ich wollte Hilfe suchen!", gaben beide hitzig zurück.

„Ja, aber *ich* wollte *wirklich* Hilfe suchen!", riefen sie.

Dann schwiegen sie betroffen. Max fürchtete, wenn er noch etwas sagte, würde sie es ebenfalls erraten. Schließlich sagte er: „Es tut mir leid, ich habe die Zeit vergessen."

„Und mir tut es leid, dass wir dir keine Nachricht hinterlassen haben", gab Freya zu. „Ich war nur so …"

„… besorgt wegen Ali. Ich auch", ergänzte Max.

„Ich hoffe, wir waren nicht zu spät", sagten sie wieder gleichzeitig und lächelten schwach.

„Wir haben also beide herausgefunden, wo Onkel Nicholas sich vielleicht aufhält?", fragte Max.

„Wenn es dieselbe Festung ist, ja, aber ich weiß nicht, ob er wirklich da drin ist. Die Chancen stehen allerdings gut." Freya sah in die Richtung, aus der sie gekommen war. „Ich verstehe nur nicht, warum er das Baumhaus verlassen hat."

„Die Monster haben ihn vergrault", erklärte Max und hielt ihr eins der neu entdeckten Tagebücher hin. „Aber in Festungen spawnen noch viel mehr Monster. Dort wird er das Gleiche vorfinden, auch wenn er sie nicht gebaut hat."

„Eine Sache gibt es aber in Festungen, die in einem selbst gebauten Haus nicht vorkommt", rief Freya triumphierend.

„Und zwar?", fragte Max, der ihren Köder ungern schluckte, aber zu neugierig auf das war, was sie zu sagen hatte.

„Ich habe gehört, dass in manchen Portale in die Oberwelt existieren. „Vielleicht sucht er nach einem."

„Du glaubst, er will nach Hause?", fragte Max. Er hatte es bisher nicht ausgesprochen, aber er war sehr besorgt, dass er seinen Onkel nicht würde überzeugen können, in die Oberwelt zurückzukehren, wenn er ihn erst gefunden hatte.

„Das wissen wir erst, wenn wir ihn aufgespürt haben", beschied Freya. „Außerdem wird es helfen, wenn er sieht, dass du noch lebst."

„Dann lasst ihn uns finden", sprach eine Stimme hinter ihnen. Sie drehten sich um. Es war Alison. Sie sah immer noch mitgenommen aus, aber es ging ihr eindeutig besser. Jubelnd warf Freya ihr einen Heiltrank zu, den Alison prompt fallen ließ.

„Gebt mir nur eine Minute", fügte sie hinzu, hob den Trank auf und entfernte den Korken. „Wenn ich wieder gesund bin, gehen wir Nicholas suchen."

KAPITEL 21

EINBRUCH UNVERMEIDBAR

Alison hatte gedacht, dass Freya in der großartigsten und aufwendigsten Festung wohnte, die sie je gesehen hatte, aber gegen diese hier war es eine schäbige Hütte. Die Festung, von der sie glaubten, dass sie Nicholas' neues Zuhause war, ruhte auf dreizehn Netherziegelsäulen über einem Lavasee. Das Fundament der eigentlichen Festung war breit und mit einem Obsidianwall verstärkt, aber man konnte die oberen Stockwerke dahinter erkennen. Sie war weit verzweigt wie eine Pflanze aus der Oberwelt, mit riesigen Türmen, die aus flachen Dächern emporragten, über der Lava hängenden Balkons sowie einer Art Treibhaus zur Linken, was angesichts der fehlenden Sonne überflüssig erschien. Andererseits war das Gebäude dank des Lavafalls, der links von einer Klippe hinabstürzte, gut beleuchtet.

Wenn einen die am Ufer patrouillierenden Skelette und umherspringenden Magmawürfel in Ruhe ließen, konnte man zudem erkennen, dass die Brücke hinüber zur Festung ebenfalls aus Obsidian gefertigt war. Die „Stufen" bestanden aus massiven Blöcken, und es gab weder ein Geländer noch Treppen, die den Aufstieg erleichterten. Die drei jungen Abenteurer würden wohl oder übel von Block zu Block springen müssen und konnten nur hoffen, dass sie nicht in die Lava stürzten.

Noch befanden sie sich in einigem Abstand zur Festung, damit die dortigen Monster sie nicht sehen konnten. Alison starrte die behelfsmäßige Brücke an. Sie fühlte sich zwar inzwischen deutlich besser, war aber immer noch etwas wacklig auf den Beinen. „Ich habe die Nase gestrichen voll von Lava und Feuer", kommentierte sie. „Gibt es an diesem Ort überhaupt etwas anderes? Wie wär's mit einem hübschen Garten? Oder meinetwegen auch einem hässlichen. Ich würde jetzt alles für einen Wald voller Spinnen geben."

„Das ist der Nether, nicht die Oberwelt", belehrte Freya sie. „Hier gibt es nur zwei Landschaftsarten – Lava und keine Lava."

„Es gibt auch Pilze", warf Max ein und polierte sein unverzaubertes, aber deutlich stärkeres Diamantschwert. „Und Seelensand."

Nun, da es Alison besser ging, fiel ihr auf, dass Max verändert aussah. „Wieso trägst du diese Rüstung, Max? Ist die diamantene etwa schon kaputt?"

Er drehte sich zu ihr um, mied jedoch ihren Blick. „Die habe ich in Onkel Nicholas' Haus gefunden. Ich dachte, sie wäre verzaubert. Und, na ja … das war sie auch, aber leider mit einem Fluch."

Alisons Kiefer klappte nach unten. „Soll das heißen, dass jetzt *jedes einzelne* Rüstungsteil, das du trägst, verflucht ist? Und dass du eine gute Diamantrüstung ausgezogen hast, um eine lederne anzuprobieren, die du jetzt nicht mehr loswirst?"

Er errötete. „Ja, ich weiß. Das war ziemlich blöd. Ich hätte mir einfach die Milch schnappen und zu euch zurücklaufen sollen. Glaub mir, alles, was du mir vorwerfen könntest, bin ich im Kopf bereits hundertfach durchgegangen. Aber jetzt ist es zu spät. Vielleicht bin ich nun auf ewig verflucht, die Sachen zu tragen." Unbehaglich zuckte er die Schultern.

Alison lächelte traurig. „Du bist nicht blöd. Die Rüstung ist wie eine Verbindung zu deinem Onkel. Hätte ich eine zu meiner Familie, würde ich mich auch daran klammern – selbst an eins dieser schrecklichen grellen Banner meiner Mutter. Wir werden dich schon irgendwie da rauskriegen. Sei einfach vorsichtig damit."

„Das wäre doch ein toller erster Begrüßungssatz für deinen Onkel, wenn wir ihn finden", witzelte Freya. „*Hey, Onkelchen, sieh nur, ich lebe noch, aber, hey, was sagt man dazu, ich stecke in dieser furchtbaren Rüstung fest, die du gemacht hast – wie wär's mit etwas Hilfe?*"

Max war selbst überrascht, als er in Alisons und Freyas Gelächter einstimmte. Es wäre wirklich lustig, Nicholas endlich zu begegnen, um ihm mitzuteilen, dass er ihn von hier wegbringen würde, aber da noch ein klitzekleines Rüstungsproblem war.

Alison wurde wieder ernst. „Ich glaube nicht, dass wir oder dein Onkel da irgendetwas tun können. Es heißt nicht umsonst *verflucht*. Sie wird an dir kleben, bis sie kaputtgeht."

Max zog eine Grimasse. „Und was auch immer die Rüstung zerstört, wird wahrscheinlich gleich danach mich zerstören, richtig?"

„Wahrscheinlich", erwiderte Freya. „Wir könnten dich auch in Lava halten, bis die Rüstung verbrannt ist, und dich dann ganz schnell wieder herausziehen. Wie wäre es damit?"

Alison stellte sich vor, wie sie Max bei den Füßen über die Lava hielt, um den verfluchten Diamanthelm von seinem Kopf zu brennen, und erschauderte. Es musste einen besseren Weg geben.

Freya verschränkte die Arme und beobachtete die Skelette. „Ich habe mit Hasenschreck eine neue Strategie entwickelt", berichtete sie. „Die könnte uns wirklich weiterhelfen." Sie tätschelte der Wölfin den Rücken, um sie aufzuwecken. Das Tier war seit dem Abenteuer mit den Schweinezombies und der Lohe ziemlich schwerfällig und müde gewesen, und Alison vermutete, es war pappsatt. Mit einem neugierigen Winseln hob die Wölfin den Kopf.

„Hasenschreck!", kommandierte Freya, und das Tier sprang gehorsam auf die Füße. „Sic tibia!"

Hasenschreck rauschte davon, schnurstracks auf die Skelette zu. „Sie werden sie in Stücke reißen! Gegen so viele kommt sie allein nicht an!", protestierte Alison.

„Entspann dich. Wenn es schiefgeht, können wir ihr immer noch zu Hilfe eilen", beschwichtigte Freya. Fahrig kramte Alison nach ihrem Bogen. Eine kleine Vorwarnung, dass ein Kampf bevorstand, wäre ihr lieb gewesen. Außerdem wollte sie darüber nachdenken, wie man Max aus der verfluchten Rüstung bekommen könnte. Sie legte einen Pfeil an und zielte auf die Monster.

Die weiße Wölfin rannte mit Höchsttempo auf die Kreaturen zu und stürzte sich auf das am nächsten stehende Skelett. Es bemerkte sie und versuchte sich zurückzuziehen, doch die Wölfin war schnell. Dann bemerkten auch die anderen Skelette den Aufruhr und liefen eilig vor Hasenschreck davon.

„Freya, das war keine gute Idee", sagte Max und hob sein Schwert, doch Freya legte ihm eine Hand auf die Schulter.

„Gib ihr nur eine Minute", sagte sie, den Blick gebannt auf ihre Wölfin gerichtet.

Hasenschreck erreichte ihre Beute, doch ging nicht zum Angriff über. Stattdessen schoss sie dicht am Boden entlang, schnappte nach dem unteren Beinknochen des Skeletts und zog daran. Die erschrockene Kreatur ruderte wild mit den Armen, fiel auf den Rücken und riss ein weiteres Skelett mit sich. Hasenschreck schüttelte den Kopf, brach den Unterschenkel samt Fuß ab und rannte damit davon. Die anderen Skelette verfolgten die eigenartige neue Bedrohung in gebührendem Abstand und schossen den einen oder anderen Pfeil auf Hasenschreck ab, während das beinlose Monster verzweifelt versuchte aufzustehen. Fast beiläufig schoss Freya einige Pfeile auf das Skelett ab, bis es verschwand. Übrig blieben nur ein Knochen und ein Bogen.

„Kriegt sie das hin?", fragte Alison und sah der Wölfin hinterher, die erfolgreich sämtliche Skelette von der Festung weggelockt hatte.

„Sie ist schneller als die Knochengerüste. Falls sie sich verletzt, kann sie einfach das Bein fressen, das sie im Maul trägt. Sie schafft das schon", versicherte Freya. „Kommt jetzt." Sie und Alison liefen los.

Da hörte Max ein Pfeifen am Himmel und griff die Mädchen an den Armen, um sie zurückzureißen.

PLUMPS. Ein riesiger schwarzer Würfel mit roten Augen, der eine enorme Hitze ausstrahlte, landete, wo sie eben noch gestanden hatten.

✽

„Verteilt euch!", brüllte Freya und lief in Richtung Lavasee. Max und Alison folgten ihr.

„Was ist das?", rief Alison.

Freya sah sich um, die Augen erschrocken geweitet. „Ein Magmawürfel. Rennt mir nicht hinterher, *verteilt euch!*" Ohne Vorwarnung schlug sie einen Haken nach rechts und lief in diese Richtung weiter. Alison warf einen Blick nach hinten, konnte den schrecklichen Würfel aber nicht mehr sehen.

Sie wurde langsamer, und das rettete wahrscheinlich ihr Leben, denn gleich darauf landete der Würfel genau vor ihr. Der Aufprall ließ die Erde erbeben und fegte Alison von den Füßen.

Sie schlug hart auf den Boden auf und rollte sich sofort von der schrecklichen Hitze des Monsters weg. Sie wollte auf keinen Fall, dass es sie berührte.

„Warum kann uns nicht mal ein freundliches Wesen begegnen?", brüllte sie frustriert und rappelte sich auf. Wieder sprang der Würfel hoch in die Luft. Diesmal beobachtete Alison seine Flugbahn und schlüpfte schnell unter ihm hindurch, ehe es hinter ihr landen konnte.

Plötzlich war Max mit dem Schwert in der Hand an ihrer Seite. „Alles okay bei dir?", rief er atemlos, die Augen auf den Würfel gerichtet.

„Wir müssen uns aufteilen", erwiderte Alison. „Das Ding macht ohne gute Rüstung Kartoffelpüree aus dir!" Sie rannte in irgendeine Richtung davon, zückte im Laufen ihren Bogen und hoffte, dass Max auf sie hörte.

„Diese Dinger sehen aus wie Schleime", befand Max, der soeben ihren Weg kreuzte, um in eine andere Richtung weiterzulaufen. Über die Schulter hinweg redete er weiter: „Besser gesagt, Feuerschleime. Ich wette, die teilen sich genau wie Schleime in kleinere Versionen von sich selbst auf!"

Alison rannte noch ein bisschen weiter, als Max hinter ihr plötzlich in Jubel ausbrach. Sie verlangsamte ihre Schritte und sah sich nach ihm um.

Der große Würfel war fort, stattdessen hüpften jetzt vier kleinere um Max herum. Sie sahen ebenfalls Furcht einflößend, aber besser bezwingbar aus, obwohl jetzt mehr von ihnen da waren.

„Es hat geklappt!", rief Max, als sich der Würfeltrupp aufteilte. Zwei hielten auf Alison zu. Einer entdeckte Freya auf einem Hügel, von dem aus sie eine bessere Schussbahn hatte, und sprang in ihre Richtung davon. Der letzte konzentrierte sich auf Max, der sich ihm mit dem Schwert stellte.

„Macht weiter, sie werden in immer kleinere zerfallen", rief Freya und hob den Bogen. „Seid wachsam."

„Einschlafen werde ich schon nicht", rief Max, schwang sein Schwert und erwischte den Würfel mitten im Sprung. Diese Klinge besaß zwar keinen Rückstoß, war aber eindeutig schärfer als Knochenfluch. Mit Leichtigkeit schnitt sie durch den Würfel und warf ihn zur Seite. Doch das Monster war immer noch ganz und hielt erneut auf Max zu.

Alisons Bogen war nichts Besonderes – Diamanten brachten bei diesen Waffen einfach nichts. Also schoss sie auf den nächstbesten Würfel, doch der Pfeil prallte an der harten Kruste der Kreatur ab. Wenn Geschosse die Biester nicht durchdringen konnten, wie sollte sie sie dann bekämpfen?

Freya war offenbar stärker als sie, denn der Würfel, den sie auf den Fersen hatte, war bereits mit mehreren Pfeilen gespickt. Als es ein weiterer traf, erschauderte es und teilte sich in vier winzige Würfelchen auf.

Alison blieb keine Zeit zu überlegen, wie man am besten mit den kleinsten verfuhr, doch Freyas Gesichtsausdruck war um einiges entspannter als vorher. Max wollte Alison zu Hilfe eilen, doch die beiden Magmawürfel, die sie verfolgten, hatten einen ordentlichen Vorsprung.

Sie fasste einen schnellen Entschluss und holte ihre Spitzhacke hervor. Dann grub sie ein Loch, das nur wenige Blöcke breit und zwei hoch war, und postierte sich direkt davor.

„Kommt schon, schluckt den Köder, seht nur, ich stehe hier, ganz allein und hilflos und flehe euch förmlich an, mich zu zerquetschen", murmelte sie. Wieder hüpften die Würfel in die Luft und segelten auf sie zu. Im letzten Moment sprang Alison aus dem Weg.

Der Trick funktionierte – jedenfalls teilweise. Ein Würfel stürzte in die Grube hinter ihr. Der andere hatte Glück und landete auf der Kante neben Alison. Zitternd starrte er sie an. Alison erkannte, dass er erneut zum Sprung ansetzte, also verpasste sie ihm einen Tritt. Das Monster fiel rückwärts in die Grube und landete auf seinem Kameraden. Alison machte einen Satz nach vorn, den Netherrack bereits in der Hand.

Eilig schloss sie das Loch und sperrte die beiden Kreaturen ein, ehe die hinausspringen konnten. Schmatzende Geräusche ließen erahnen, dass die Monster in ihrem Gefängnis verzweifelt auf und ab hüpften.

Zur Sicherheit schichtete Alison noch etwas Netherrack obenauf, dann trat sie einen Schritt zurück und seufzte erleichtert.

Freya trampelte auf „ihren" winzigen Magmawürfeln herum, während Max die von ihm erschaffenen ignorierte.

Alison hob eine Augenbraue und zeigte auf die springenden Würfelchen, die verzweifelt versuchten, Max zu folgen. „Willst du nicht hinter dir aufräumen?"

„Ich dachte, ich bitte jemanden um Hilfe, der keine verfluchten Stiefel anhat", erklärte er. „Ich hielt es für keine gute Idee, auf *Magma* herumzutrampeln, weißt du."

Oh. Alison lief zu den Monstern, um sie zu erledigen. In ihren verzauberten Diamantstiefeln nahm sie die Hitze, auf der sie herumtrampelte, nicht einmal wahr.

Wieder sorgte Alison sich um Max, der in seiner verfluchten Rüstung kämpfen musste. Wie lange würde er sie tragen müssen? Und würde er es überleben, wenn sie ihm mitten im Kampf vom Leib fiel?

Freya trat zu den beiden und sah sich um. Der Bereich um die Festung war vorerst ruhig.

„Die Luft ist rein. Lasst uns gehen."

In allen anderen Gebäuden, in denen sie bereits gewesen waren, hatten Max und Alison sämtliche Fertigungs- und Verzauberungsapparate in Kellern oder unbedeutenden Räumen vorgefunden – so als wollten Nicholas und wer auch immer früher in Freyas Festung gewohnt hatte die Fertigungs- und Verzauberungsprozesse geheim halten. Diese Festung hingegen war ein einziger Präsentierteller.

Ein großer Raum, der in anderen Festungen als Ball- oder Speisesaal gedient hätte, war voll und ganz der Fertigung gewidmet – mit Öfen, Werkbänken und der üblichen Ansammlung von Blöcken, mit denen Max und Alison inzwischen vertraut waren. Sie öffneten einige Truhen, die zu ihrer Enttäuschung deutlich weniger Material als die bisher entdeckten enthielten. In einer fanden sie allerdings Obsidianblöcke.

„Das reicht nicht für ein Portal", stellte Max fest. „Vielleicht ist er unterwegs, um mehr zu suchen, damit er es fertigstellen kann?"

„Wir wissen noch nicht mit Sicherheit, dass dies die Festung deines Onkels ist", erinnerte ihn Freya und sah sich um. „Sie könnte auch jemand anderem gehören. Oder dein Onkel hält sich irgendwo im Gebäude auf. Wir haben noch nicht alles durchsucht. Er könnte in der Küche sitzen und an ein paar Endersteaks knabbern."

„Gibt … gibt's die wirklich?", fragte Alison.

Freya setzte einen entschlossenen Blick auf. „Das sollte es jedenfalls", beschied sie.

Alison verließ den Raum und murmelte etwas davon, den Rest dieses Flügels erkunden zu wollen. Kurz darauf kehrte sie zurück und berichtete, dass sich niemand in der Küche aufhielt, aber dort einige Kessel mit frischem Wasser standen. Sie sah viel besser und irgendwie erfrischt aus.

Gemeinsam durchsuchten sie die restlichen Truhen. Vorsorglich legte keiner von ihnen die Rüstungsteile an, die sie fanden – so verlockend die Beute auch sein mochte. Max' Beispiel zeigte nachhaltige Wirkung. In zwei Truhen befanden sich besonders außergewöhnliche Dinge, die Max und Alison noch nie zuvor gesehen hatten. Da waren kochende Tränen, kleine lebende Flammen und das gruseligste Ding, das Max je gesehen hatte.

Alison öffnete eine Truhe, erschrak und machte einen Satz nach hinten. Dann näherte sie sich vorsichtig und wagte einen zweiten Blick. Max und Freya traten zu ihr.

Aus der Truhe starrte sie ein riesiges grünes Auge an, sah sich im Raum um, betrachtete dann Alison und wandte sich wieder dem Raum zu. „Was ist das?", flüsterte sie.

Freya warf einen Blick in die Truhe. „Ein ... Auge?", erwiderte sie langsam.

Alison warf ihr einen finsteren Blick zu. „Lass mich die Frage anders formulieren: Was macht ein riesiges grünes Auge ... Nein, warte ..." Freya würde ihr nur antworten, dass es sich umsah. „Warum befindet sich das Auge in der Truhe, und wofür braucht man es?"

Freya grinste schelmisch. Am liebsten hätte sie das alberne Spiel den ganzen Tag mit Alison getrieben, aber so viel Zeit hatten sie nicht, also antwortete Max an ihrer Stelle: „Ich habe von magischen Augen gehört, die in der Lage sind, Festungen in der Oberwelt aufzuspüren. Ich weiß aber nicht, ob es sich hierbei um so eins handelt und ob es hier unten überhaupt funktioniert."

„Na ja, da wir mitten in einer Festung stehen, würde es wohl genau diese finden. Aufgabe erledigt, richtig?", frotzelte Freya und lugte über Alisons Schulter. „Ist da noch mehr drin?"

„Nur drei solche Augen, das war's", antwortete Alison und verzog angeekelt das Gesicht. „Lasst uns in den anderen Truhen nachsehen. Mit diesen Dingern will ich nichts zu tun haben."

Sie fanden mehrere Bücher und Zaubertische. Freya und Alison beäugten Max und dann ihre eigene bisher unverzauberte Ausrüstung. Max wurde ganz hibbelig. „Ich würde es versuchen, wenn ihr wollt!", sagte er.

Doch Freya schüttelte den Kopf. „Wir haben schon genug verfluchte Rüstungen. Jetzt herumzuexperimentieren, bringt nur mehr Schmerzen und Leid."

„Ich muss aber üben, wenn ich besser werden will", grollte Max. Schmollend lief er durch die Regalreihen und fuhr mit dem Finger über die Buchrücken.

„Also gut, die Festung haben wir, fehlt nur noch der vermisste Onkel und ein Portal. Oder mehr Obsidian. Wer errät, wo sich der Onkel aufhält?", witzelte Freya und trat ans Fenster eines Turmraumes, in dem drei verlockend aussehende Betten standen. Oder Todesfallen, wie Freya sie nannte. Das Schlafen auf dem harten Netherboden machte allen dreien zu schaffen, und diese gemütlichen Betten zu sehen, war eine Beleidigung für ihre schmerzenden Rücken.

Max durchfuhr der Gedanke, dass er jede Bestrafung, die sich seine Mutter für ihn ausdachte, ohne Murren hingenommen hätte, wenn er nur wieder in seinem eigenen Bett schlafen durfte. Plötzlich überkam ihn furchtbares Heimweh, und er fragte sich, wie es wohl seiner Mutter ging. Wie lange waren sie überhaupt schon fort? Sie musste sich furchtbare Sorgen machen. *Sie wird mich nie wieder aus dem Haus lassen.* Er seufzte. Sie mussten nach Hause zurückkehren.

Alison betrachtete die Betten ähnlich sehnsüchtig wie Max. Widerstrebend riss sie den Blick von dem trügerischen Willkommensgruß los und trat zu Freya ans Fenster. „Wir könnten hier auf ihn warten. Oder vielleicht wartet *er* ja auch auf irgendwen ...“

„Irgend*wolf*“, korrigierte Freya.

„... Wolf, meinetwegen. Trotzdem hat er wahrscheinlich darauf gewartet, dass die Monster verschwinden“, beharrte Alison. „Apropos, wo steckt eigentlich Hasenschreck?“

„Irgendwann wird sie wiederkommen“, sagte Freya, doch ihr suchender Blick über die weite Landschaft verriet, dass sie besorgt war.

„Wir sollten hinausgehen und Ausschau nach Nicholas halten“, schlug Max vor. „Ich kann hier drin nicht Däumchen drehen und auf ihn warten.“

„Da ist etwas Wahres dran“, meinte Alison. „Andererseits bist du da draußen mit deiner verfluchten Rüstung nicht gerade gut geschützt.“

„Ich sehe mich schon vor“, versicherte er. „Du bist auch noch nicht komplett wiederhergestellt. Es ergibt keinen Sinn, wenn du gehst und ich bleibe. Aber wenn wir alle gehen, kommt er bei unserem Glück nach Hause, wenn wir gerade meilenweit weg sind. Oder wir bleiben alle hier, während er da draußen ist und an einer Witherverletzung stirbt oder in Lava verbrennt.“

„Dann sollten wir uns aufteilen“, schlug Freya vor. „Alison bleibt hier und wartet, du und ich gehen hinaus und sichern den Weg zur Festung.“ Ihre Augen glänzten im düsteren Licht.

„Ich bleibe gern. Wie kannst du nur schon wieder nach da draußen wollen?“, fragte Alison erschöpft.

Freya zuckte mit den Schultern. „Das ist mein Leben. Monster jagen. Nahrung finden. Ehrlich gesagt hat mir euer Auftauchen die größte Abwechslung seit Monaten beschert. Und trotzdem machen auch wir drei immer nur Jagd auf Monster."

Max klopfte seine verfluchte Rüstung ab. „Dann mal los", sagte er. „Bei der Gelegenheit können wir auch gleich nach deiner Wölfin suchen."

„Ein echter Pluspunkt", bekräftigte Freya, doch Max ahnte, dass sie erleichtert war, endlich auf die Suche nach Hasenschreck zu gehen.

Um Monster fernzuhalten, halfen sie Alison dabei, Fackeln in den Fluren und Hallen aufzustellen, die sie aufsuchen wollte, während die Freunde fort waren. Dann prüften die beiden Abenteurer ihre Ausrüstung und Vorräte.

„Du hast bei deinem Onkel ziemlich gute Sachen gefunden", stellte Freya fest, als sie Max' Inventar betrachtete. „Heiltränke, Schutztränke und Milch. Ich frage mich, warum er die nicht selbst mitgenommen hat."

„Vielleicht, weil er überstürzt aufgebrochen ist", mutmaßte Max. „Er hat ja auch ein paar Tagebücher zurückgelassen. Ich hoffe, wir können ihn fragen, wenn wir ihn finden. Komm jetzt, der Tag wird nicht länger."

„Eigentlich ist es hier immer Tag", wandte Freya ein. „Also wird er auch nicht kürzer. Jedenfalls bin ich bereit." Sie warf sich ihre Tasche über die Schulter.

Alison winkte ihnen von ihrem Platz in der Nähe einer Werkbank aus zu, wo sie saß und in einem Buch las. „Seid vorsichtig da draußen. Hier steht, dort erwarten euch ziemlich fiese Monster."

„Was liest du da?" Max beugte sich über sie und versuchte, einen Blick auf den Buchdeckel zu erhaschen. „Ein Tagebuch von Leocadia? Was ist das denn für ein Name?", fragte Max. „Außerdem willst du doch nicht etwa behaupten, dass es da draußen fiesere Dinge gibt als die, die uns schon begegnet sind, oder?" Alison zuckte mit den Schultern und sah nicht hoch. „Na ja, verbrenn die Hütte nicht, während wir weg sind, hörst du?", fügte er hinzu.

Sie grinste nur. Max und Freya schlossen die Festungstür hinter sich und ließen den Blick über die rote Landschaft schweifen. Max hatte die Nase voll von dem ewig gedimmten Licht, dem ewigen Rot und der ewigen Hitze. Am Horizont verfolgten ein paar Skelette irgendetwas mit erhobenen Waffen. Max zeigte in die Richtung. „Ich glaube, dort können wir anfangen."

Freya prüfte ihren Pfeilvorrat. „Okay, gehen wir."

Aufzeichnungen zu 1000 Kreaturen und warum sie unter keinen Umständen gefunden werden dürfen

Von Leocadia Stiefel

1. Eintrag

Ich weiß nicht, was es bringen soll, Notizen über einen furchtbaren Ort niederzuschreiben, den niemand jemals aufsuchen sollte. Andererseits wollen Kinder es ja nicht hören, wenn man ihnen sagt, geh da nicht hin. Sie müssen wissen, warum niemand diesen furchtbaren Ort betreten sollte. Deshalb habe ich mich hingesetzt und sämtliche Gründe zusammengetragen, warum sich weder meine Kinder noch sonst irgendwer in diesen „Nether" wagen sollte. Außerdem will ich meinen Gefährten beschützen – und das, obwohl er mir ständig mit schlechten Witzen auf die Nerven geht und mir obendrein einen lächerlichen Spitznamen verpasst hat. Aber er hat mich darum gebeten, ihm beizustehen, also tue ich es. Schließlich sollte eine Dame auch immer eine verlässliche Freundin sein.

Soweit ich das einschätzen kann, sind wir gestern hier angekommen und sofort drei Gründen begegnet, gleich wieder nach Hause zurückzukehren: Feuer, Lava und Ghasts.

Ghast (sprich: stummes H, langes A): Das Kreischen eines Säuglings ist das Geräusch, das dich auf seine Anwesenheit aufmerksam macht. Diese Bestien mit den Maßen vier mal vier mal vier fliegen mit baumelnden Tentakeln umher und suchen permanent die Gegend nach Opfern ab, die sie mit ihren Feuerbällen traktieren. Ghasts sind träge Kreaturen, die nichts mehr lieben, als auf dem Sofa zu sitzen und darauf zu warten, dass ihre Frauen ihnen Abendessen machen.

Ich scherze nur. Das war mein erster Ehemann. Dennoch erinnern sie mich irgendwie an ihn. Ghasts schweben immer nur vor sich hin und nutzen die bemerkenswerte Reichweite ihrer Feuerbälle, um aus der Distanz anzugreifen. Sie legen selten große Strecken zurück, um anzugreifen, aber es kommt durchaus vor, also sollte man niemals träge herumsitzen und sich in Sicherheit wiegen, bloß weil sie sich in weiter Ferne aufhalten. Ich hasse Trägheit. Wenn man es schafft, ihren Feuerbällen auszuweichen, kann man sie allerdings leicht erledigen. Ihre Körper sind schwach und anfällig für Pfeile oder sogar Angelhaken.

Drops: Ich weiß wirklich nicht, warum jemand Interesse an den Tränen dieser Kreaturen haben sollte, aber sie lassen sie fallen, wenn sie sterben. Ich bin sicher, das ist ein Trick. Sie wollen, dass ich Mitleid mit ihnen habe, aber da haben sie sich gehörig geschnitten.

Ach, richtig, die Tränen können für Tränke verwendet werden.

Ich schätze, irgendwie sind sie also doch nützlich.

TEIL VIER

KAPITEL 22

GROSSMUTTERS TAGEBUCH

Alison markierte die Stelle im Tagebuch und sah ihren Freunden nach. Sie fragte sich, ob ihr Plan aufgehen würde oder sie womöglich herausfanden, dass Nicholas längst für immer fort war. Langsam verlor sie jegliche Hoffnung. Max gegenüber hätte sie das natürlich nie zugegeben. Doch wie lange wollte er nach seinem Onkel suchen?

Max trug immer noch die verfluchte Rüstung, und Alison war beinahe an einer Wither-Attacke gestorben. Außerdem fanden sie andauernd neue Fertigungsräume, die geradezu dazu einluden, dumme Dinge zu tun.

Sie verschränkte die Arme und beäugte skeptisch den großen Fertigungssaal. Der Nether war alles andere als gastfreundlich und hatte zahllose Regeln, deren Nichtbefolgung mir nichts, dir nichts zum Tod führen konnte. Wieder musste Alison an die verlockenden Betten oben im Turm denken. Sie erwog sogar für einen Moment, sich einfach hineinzulegen, denn wenn sie explodierte, lag sie dabei wenigstens bequem. Warum standen dort *überhaupt* Betten? Sollte das etwa ein kranker Witz sein?

Alison mahnte sich zur Ruhe und ging noch einmal zu den Truhen. Wider besseres Wissen öffnete sie die mit den ekelhaften Augen zuerst und nahm das erstbeste heraus. Sie wusste natürlich, dass es sich hierbei nicht um ein echtes Auge handelte – es war viel zu glatt und kühl wie ein Stein und überhaupt nicht so glibberig, wie man es von einem Auge erwarten würde. Es hatte einen grünlichen Glanz und sah sich im Raum um.

„Also, wofür bist du gut, kleines Äuglein?", fragte sie laut, aber es antwortete ihr nicht. Nach den letzten paar Tagen im Nether wäre Alison nicht einmal überrascht gewesen, wenn es doch gesprochen hätte. Aber es sah sie nur an.

Vielleicht würde ihr ja das so gewissenhaft geführte Tagebuch eine Antwort geben.

Sie hatte es tief unten in einer der Truhen gefunden und musste sofort an Nicholas' Tagebuch denken, obwohl dieses hier ganz anders war – viel sauberer und sorgfältiger geschrieben.

Sie erschauderte, legte das Auge auf dem Tisch neben dem Tagebuch ab und begann wieder zu lesen.

Die Schrift war derart akkurat, dass Alisons Hand allein vom Gedanken daran schmerzte, solch gleichmäßige Buchstaben zu malen. Das ganze Buch war fast schon zwanghaft systematisch aufgebaut, und die Verfasserin hatte jede Seite mit so vielen Worten wie möglich gefüllt. Alison las betont langsam, um ja nichts zu übersehen.

Enderaugen sind seltene und begehrte Gegenstände, die man hin und wieder in Schatztruhen findet. Falls du eine Kämpferin bist (was ich nicht hoffe – du solltest es besser wissen), kannst du dir auch eins herstellen. Am einfachsten geht das, indem man einen Enderman tötet und sich seine Enderperle holt. Das „einfach" war ein Witz. Mein Gefährte sagt, ich mache zu wenige. Jedenfalls mögen Endermen es überhaupt nicht, wenn man sie ansieht, geschweige denn tötet und ihre Enderperlen stiehlt. Deshalb ist es ratsamer, die Augen in Schatztruhen zu suchen oder Perlen zu finden und sie mit Lohenstaub zu kombinieren. An den Staub kommt man auch nicht ohne Weiteres, aber wenn du dich schon auf die Jagd nach Endermen begibst, kannst du bei der Gelegenheit auch ein paar Lohen erledigen und sie ausplündern.

Trotzdem, ich rate dir, das Auge lieber aufzuspüren als es selbst herzustellen. Sollte ich herausfinden, dass du da draußen Jagd auf die erforderlichen Zutaten machst, blüht dir etwas.

Hast du das Auge, ob nun erbeutet oder selbst gemacht, ist es mehr als nur ein Partygag, um deine Gastgeber zu erschrecken. (Ich gebe zu, mich in meiner Jugend dieser Schandtat schuldig gemacht zu haben. Heute bereue ich es.) Tatsächlich rate ich dir sogar davon ab, es auf diese Weise zu benutzen, denn irgend-jemand auf der Party könnte wissen, was du da besitzt, und versuchen, es dir wegzunehmen. Allerdings haben Diebe, die Truhen

in fremden Häusern plündern, nichts Besseres verdient als das,
was nun folgt.

Wo war ich? Ach, richtig; das Auge. Und seine Anwendungs-
möglichkeiten. Es ist für zwei Furcht einflößende Dinge gut.
Erstens zum Bau einer Endertruhe, einer überaus praktischen
Lagerungseinheit, die es dir ermöglicht, alles darin
Befindliche aus einer anderen Endertruhe zu entnehmen. Wie
diese Truhen nicht ständig die Gegenstände sämtlicher Nutzer
durcheinanderbringen, ist mir ein Rätsel. Aber das muss ich
auch nicht wissen. Ich weiß nur, dass es funktioniert.
Zweitens sind Enderaugen eine Art Schlüssel, die es dir
ermöglichen, ein Portal ins Ende zu öffnen. Damit ist das
Enderauge ein Schlüssel zu einer Welt, die niemand freiwillig
aufsucht. Zu einer fremden Welt, die man auf jeden Fall
meiden sollte. Aber wie auch immer – es ist dein Leben. Wenn
es also unbedingt sein muss, mach halt Dummheiten damit.

Ich werde ja nicht mehr da sein, um deine schlechten
Entscheidungen mitanzusehen.

„Das klingt fast, als hätte Oma Dia das geschrieben", sagte Alison und lachte.

Dann verstummte sie plötzlich, als ihr etwas klar wurde.

Der Text war informativ, scharfzüngig und ein wenig aggressiv geschrieben. Die Person legte Wert darauf, das Richtige zu tun, sich damenhaft zu verhalten, und schien ein wenig streng zu sein. All das klang sehr nach ihrer Großmutter. Aber Oma Dia war nie im Nether gewesen.

Andererseits kannte sie Onkel Nicholas, und der hatte den Nether in seiner Jugend gleich mehrfach besucht.

Er hatte erwähnt, dass seine Reisegefährtin „Botte" hieß und nicht Leocadia Stiefel.

Leocadia.

Oma Dia.

Alisons Verstand raste, als sie eilig zum Anfang blätterte und die ersten Worte noch einmal las – diesmal mit der Stimme ihrer Großmutter im Kopf.

Wie war das möglich? Sie fragte sich, was um alles in der Welt ausgerechnet Oma Dia dazu bewegt hatte, vor vielen Jahren und lange, bevor sie eine Familie gegründet hatte, mit Onkel Nicholas in den Nether zu reisen.

Fieberhaft las sie weiter.

Auf Seite acht wurde Nicholas zum ersten Mal erwähnt. Auf Seite zwölf vertraute Leocadia dem Tagebuch an, dass ihr verhasster Spitzname „Botte" lautete – eine Koseform ihres eigentlichen Nachnamens.

Oma Dia hatte ihren Nachnamen geändert, als sie Opa Robert geheiratet hatte, der inzwischen längst tot war.

Langsam ergab alles einen Sinn.

„Was würdest du tun, wenn du wüsstest, dass dein alter Freund ins Exil in den Nether gegangen ist?", flüsterte Alison dem Tagebuch zu und wünschte, ihre Oma könnte sie hören. Dia und der Rest ihrer Familie fehlten ihr furchtbar. Sie schob das Tagebuch von sich und versuchte, ihrer Gefühle Herr zu werden.

Eine Dame verschwendet ihre Zeit nicht mit der Jagd auf Abenteuer, hatte Oma Dia gesagt, nachdem Alison eines Abends mit Schürfwunden übersät von einem Ausflug in den Wald zurückgekehrt war. *Aber wenn du dich dafür entscheidest, nicht wie eine Dame zu leben, solltest du wenigstens gut vorbereitet sein.*

Alison hatte einen Kloß im Hals. Oma Dia war überhaupt nicht besessen davon gewesen, eine Dame aus ihr zu machen – sie hatte ihr nur Ratschläge gegeben. Sie hatte ihr immer vorgebetet, wenigstens mit Spitzhacke und Schaufel das Haus zu verlassen. Und sie hatte darauf bestanden, dass Alison immer die Tageszeit im Auge behielt. *Oma Dia hat immer an mich geglaubt.*

Sie hatte daran geglaubt, dass Alison in der Lage war, mit allem fertigzuwerden. Sie fand zwar, dass ihre Enkelin nicht auf Abenteuersuche gehen sollte, hatte ihr aber nie gesagt, dass sie es nicht könnte.

Oma Dia verbarg ihre Ratschläge gern hinter strengen Bemerkungen; Alison hatte ihr nur nicht richtig zugehört. „Warum hast du es mir nicht einfach direkt gesagt?", flüsterte Alison, und eine Träne kullerte ihr übers Gesicht.

Wäre Botte jetzt an ihrer Seite, hätten sie Nicholas bestimmt längst gefunden, Freya davon überzeugt, den Nether zu verlassen, und wären pünktlich zum Abendbrot zu Hause gewesen.

Nachdem sie mehrere Male tief durchgeatmet und ein wenig im Raum hin und her gelaufen war, hatte Alison sich wieder unter Kontrolle. Sie trat an die Werkbank und machte sich an die Arbeit.

Es stellte sich heraus, dass die Skelette nicht diejenigen waren, die Hasenschreck weggelockt hatte. Max bemerkte Freyas steigende Sorge um ihre Wölfin – und dass die Skelette, auf die sie zuliefen, sich äußerst seltsam verhielten.

Vorsichtig und mit gezückten Waffen näherten sie sich den Monstern – um festzustellen, dass sie niemandem hinterherjagten, sondern einfach nur verwirrt und ziellos umherwanderten und dabei mit Bögen und Schwertern fuchtelten.

„Was tun die da?", flüsterte Max und schlich noch ein wenig näher heran. Er war immer noch überzeugt, dass das hier eine Falle war, und hielt sein Schwert fest umklammert.

„Ist doch egal. Aber was tragen sie da?", fragte Freya.

Die Monster sahen genauso aus wie immer – einige trugen Rüstungsteile, andere gar nichts. Doch manche hielten statt Waffen farbenfrohe Banner in den Händen.

Das Skelett, das ihnen am nächsten war, trug ein grell rosafarbenes mit einem blauen Pferd darauf. Schockiert erkannte Max, was er da vor sich hatte – ein Banner, das Alisons Mutter gefertigt hatte.

Sie hatte es geliebt, mit der kunterbunten Wolle ihrer Schafe zu stricken, und verteilte die fertigen Banner gern zu Feiertagen als Geschenke. Max besaß selbst zwei davon, aber er hatte sie tief unten in einer Truhe verstaut, weil er Alison nicht aufregen wollte.

Nun spürte er selbst Trauer in sich aufsteigen, als er sich erinnerte, dass das Banner mit dem blauen Pferd ein Geschenk an seinen Onkel Nicholas gewesen war.

„Das Banner. Es gehörte Onkel Nicholas. Alisons Mutter hat es gemacht", erklärte er Freya mit erstickter Stimme.

„Was hat er nur mit diesen Skeletten angestellt?", fragte Freya und rümpfte die Nase. „Hat ihm der Nether etwa den Verstand geraubt?"

„Was, wenn dieses Skelett Nicholas *ist?*", sagte Max.

Freya schüttelte den Kopf. „Nein, so funktioniert das nicht. Skelette sind keine wiederauferstandenen Toten, sondern nur Monster, die an dunklen Orten spawnen. Das ist einfache Wissenschaft, Max." Sie bedachte ihn mit einem etwas mitleidigen Blick, so als wäre er der bedauernswerte Klassenclown, der im Unterricht nichts mitkriegt.

„Außerdem", fuhr sie fort, „bin ich mir sicher, dass dein Onkel dahintersteckt. Sieh dir den Helm an."

Max war von dem bunten Banner so abgelenkt gewesen, dass er den Grund für die Ziellosigkeit des Skeletts gar nicht bemerkt hatte: ein Helm, der verkehrt herum auf dem Schädel des Monsters saß. Dadurch konnte es nichts sehen und fuchtelte mit dem Banner herum, als wäre es ein Schwert.

Wieder und wieder zog es mit der freien Hand an der Kopfbedeckung, doch die bewegte sich keinen Zentimeter. Freya lachte. „Den hat definitiv dein Onkel verzaubert. Ich weiß zwar nicht, warum er ihnen Banner gegeben hat, aber Nicholas muss hier irgendwo sein."

Max erkannte, dass sie recht hatte. Seine Trauer verflog und machte neuer Hoffnung Platz. Mit einem schnellen Ruck seines Schwerts erledigte er das Skelett, das umfiel und sogleich verschwand. Übrig blieben nur ein Steinschwert, der verfluchte Helm und das Banner.

Max sammelte das Banner ein und verstaute es in der Tasche. Den Rest ließ er liegen.

Auch die anderen Skelette trugen verfluchte Rüstungsteile, die sie mal mehr, mal weniger behinderten. Max und Freya machten kurzen Prozess mit den Monstern und liefen dann in die Richtung weiter, aus der die Kreaturen gekommen waren.

Nicholas hatte diese Skelette ausgesandt. Blieb nur noch die Frage nach dem Warum.

Aus der Tasche heraus konnten die Enderaugen sie nicht sehen, oder doch?

Nervös tätschelte Alison ihre Tasche und versuchte, nicht an die Augen zu denken, die drinnen in die Finsternis starrten. Sie waren zu wertvoll, um sie hierzulassen, aber gruselig waren sie auch.

Sie setzte ihre Inventur fort und verstaute Wasser, Obsidian und stapelweise Nahrung neben den eigenartigen Augen.

Sie wollte auf alles vorbereitet sein. Botte hätte ihr gesagt, eine Dame sollte immer vorbereitet sein.

KAPITEL 23

VERFLUCHTE RÜSTUNGEN UND WOFÜR MAN SIE GEBRAUCHEN KANN

Ich habe keine Vorräte mehr. Jetzt bereue ich, dass
ich so viele nützliche Dinge in meinen Unterkünften im
Nether zurückgelassen habe. Aber ich kann nicht endlos
viel mit mir herumtragen, weder körperlich noch psychisch.

Ich fürchte, ich bin am Ende. Falls jemand meine letzten
Tagebücher findet: Bitte sag meiner Familie, dass ich
die Fehler, die ich gemacht habe, bedaure. Und sag
Freya, dass es mir leidtut, dass ich ihre Gastfreundschaft
abgelehnt habe.
Und sag Botte, dass sie recht hatte. Jedenfalls mit den
meisten Dingen.
Wie ich hier in diesem Raum gelandet bin, obendrein umzingelt von Monstern, ist wirklich peinlich. Wenn man mich
hier findet, kommen sicher Fragen auf. Ich habe eine
Festung entdeckt, in die ich einziehen wollte, aber ich
brauchte noch Vorräte und fand in der Nähe ein uraltes
bröckelndes Gebäude. Die Gier packte mich, und ich machte
mich auf die Suche nach speziellen Gegenständen, die
ich in meinem neuen Zuhause nicht finden konnte. Ich baute
mir eine kleine Unterkunft, in der ich mich gefahrlos
ausruhen konnte. Leider baute ich den Raum in der Nähe
einer bröckelnden Wand – ich dachte, sie würde mich zusätzlich schützen, und übersah den Monsterspawner direkt
dahinter. Ich machte nur eine kurze Pause, und als ich
wieder nach draußen wollte, war ich von Monstern
umzingelt.

Ich sitze in der Falle. Ich habe mehrere Waffen, eine
Menge Leder, einige Werkbänke und Nahrung dabei. Aber
meine Waffen sind inzwischen stark beschädigt und liegen
auf dem Boden verteilt. Ich habe Lederrüstungen gefertigt,
um sie zu verfluchen. Flüche! Wie konnten mir die in meinen
Studien nur entgehen?
Ich dachte, ich verzaubere meine Gegenstände mit einem
Fluch der Bindung, damit ich einen weiteren Zauber
daran binden kann. Stattdessen kann man sie nun nicht
mehr ausziehen, wenn man sie einmal angelegt hat –
jedenfalls so lange, bis sie kaputtgehen. Auf meiner Reise
durch den Nether habe ich überall verfluchte Rüstungsteile
hinterlassen, bis ich endlich merkte, was ich da tat.
Und nun tue ich es absichtlich, um mein Leben zu retten.

Ich kann einem Skelett einen verfluchten Helm verkehrt
herum aufsetzen, sodass es danach nur noch ziellos
umherirrt. Ich habe es auch mit Bannern versucht, um
irgendjemanden auf meine Anwesenheit aufmerksam zu
machen, aber mir ist hier unten seit Ewigkeiten
keine Menschenseele begegnet. Skelette
gibt es hier hingegen zuhauf.

Ich halte sie von mir fern, aber
langsam geht mir das Leder aus.

Seit gestern habe ich keine Nahrung mehr.

Es kommen immer mehr Monster.

Hasenschreck bellte gerade wütend ein Skelett mit blauem Banner an, als Freya und Max die finstere Ecke fanden, aus der die Monster kamen. Eine kleine Unterkunft war in einer engen Passage neben einer bröckelnden Wand errichtet worden. Die Wölfin hatte das Skelettbein inzwischen fallen gelassen (oder gefressen) und war offenbar auf der Suche nach einem kleinen Zusatzsnack. Bellend machte sie einen Satz in die Gasse, schnappte nach einem knöchernen Bein und sprang wieder zurück. Das seltsame Verhalten des Skeletts schien sie zu verwirren, und sie fand wohl, dass bellen der beste Weg war, damit umzugehen.

Als ihre Herrin nach ihr rief, hob sie sofort den Kopf und teleportierte sich an Freyas Seite. Die Abenteurerin nahm sich einen Moment Zeit, um sich hinzuknien und das fröhlich schwanzwedelnde Tier zu umarmen.

Die Monster wanderten außerhalb des kleinen Gebäudes umher und machten den Eindruck, als lugten sie durch die Fenster, obwohl auch sie verkehrt herum auf dem Kopf sitzende Helme trugen. Andere liefen orientierungslos in die entgegengesetzte Richtung. „Ich wette, dein Onkel ist da drin", sagte Freya und zeigte auf das Gebäude vor ihr.

„Meinst du, ihr beide könnt euch um die Skelette hier draußen kümmern, während ich die erledige, die direkt vor der Tür stehen?", wollte Max wissen.

Freya bedachte ihn mit einem ungläubigen Blick. „Das fragst du noch?" Dann zwinkerte sie ihm zu. „Hasenschreck, sic tibia!", rief sie der Wölfin zu, die sich sofort auf das nächstbeste Skelettbein stürzte. Freya hob den Bogen und ließ einen Pfeil nach dem anderen von der Sehne schnellen.

Einen Moment lang sah Max ihr bewundernd zu und fragte sich, wie lange er und Alison hier wohl ohne die neue Freundin überlebt hätten. Dann machte er einen großen Bogen um die bescheidene Unterkunft herum und suchte die Gegend nach dem Spawner ab.

Sofort erkannte er, dass die Hütte genau neben der Ruine einer bröckelnden Festung stand. Das verfallene Gebäude war viel älter als die anderen Festungen, an denen er bereits vorbeigekommen war. Es hatte kein Dach, doch die Wände zeugten noch von seiner einstigen Stärke. Trotzdem konnten hier immer noch Monster spawnen, und das taten sie auch.

In Max' Tasche befanden sich Verpflegung, etwas Beute von den Skeletten, die Diamantspitzhacke, die Alison ihm gemacht hatte, sowie die gute Rüstung – nur für den Fall, dass er die verfluchte doch noch irgendwie loswurde. Er verstaute sein Diamantschwert und griff nach dem Werkzeug. Er musste die Monster erledigen und ein paar Fackeln an der Wand befestigen, um die unmittelbare Umgebung etwas sicherer zu gestalten. Er hoffte nur, dass Freya und Hasenschreck ihren Teil der Abmachung meisterten.

Max legte einige Blöcke Netherrack übereinander und kletterte zur Gasse hinauf, von wo aus er den Eingang zu dem kleinen Haus entdeckte. Bedauernd ließ er den Blick über die enormen Ausmaße der Festung schweifen. Früher musste sie ein wahres Wunderwerk der Baukunst gewesen sein. Nun war nur noch eine gefährliche Ruine davon übrig. Kurz musste er an seine Mutter denken und was sie wohl dazu sagen würde, wenn sie hier wäre. Er lächelte traurig. Er vermisste sogar ihre Schimpftiraden.

Max wünschte, Alison hätte ihn jetzt sehen können – er war so vorsichtig! Langsam schlich er einige Blöcke vorwärts, bis er die herumirrenden Skelette unter sich sehen konnte. Die meisten standen in der dunklen Passage zwischen dem neuen Häuschen und der bröckelnden Festungsmauer. Schnell ging er seine Möglichkeiten durch: Er könnte einen Weg über die Monster hinweg bis zur Tür bauen, ein paar Fackeln an den Wänden befestigen, um sie aus der Gasse zu verjagen, oder einige Pfeile aus seinem Versteck abfeuern, um sie nacheinander aus sicherer Entfernung zu erledigen. Jeder Plan hatte Vor- und Nachteile, doch ehe er sich für einen entscheiden konnte, bemerkte ihn eines der Monster und schoss einen Pfeil auf ihn ab.

Sofort waren Vorsicht und sorgfältiges Planen vergessen. Beherzt sprang Max mitten in den Pulk aus Skeletten und schwang mit wildem Kampfgeschrei sein Schwert. In der Linken hielt er eine Fackel, bis sich die Gelegenheit bot, sie an der Wand zu befestigen.

Hasenschreck knurrte hinter ihm, und er hörte Knochengeklapper, als ein weiteres Skelett das Zeitliche segnete. Gnadenlos fraß sich sein Diamantschwert durch die Monster, trennte Schädel von den Schultern und schlug Waffen aus knochigen Händen. Der Bereich war inzwischen hell erleuchtet, und ein Skelett nach dem anderen nahm vor der Wölfin Reißaus.

Da traf Max ein Schlag von hinten, und er stolperte nach vorn. Ein Skelett war heimlich hinter ihm aufgetaucht und wedelte mit seiner Waffe. Zu spät hob Max seine eigene Klinge, um den Schlag zu parieren.

Da zerbröckelte hinter dem Skelett die Hüttenwand, und eine Spitzhacke schob sich durch das entstandene Loch. Das ausdruckslose Gesicht des Monsters verschwand hinter einer Lederkappe. Plötzlich blind, stolperte es verwirrt vorwärts. Max ergriff die Gelegenheit, schwang seine Klinge und erledigte den Gegner.

„Max?", tönte eine erstickte Stimme aus der Finsternis der kleinen Unterkunft. Doch Max hatte keine Zeit zu verlieren. Eilig platzierte er die restlichen Fackeln, damit keine weiteren Skelette spawnen konnten. Dann drehte er sich keuchend um und grinste breit die Gestalt an, die ihn durch das Loch in der Wand anstarrte. „Hallo, Onkel Nicholas. Ich bin hier, um dich nach Hause zu bringen."

Max fand sich in einer so festen Umarmung wieder, dass er kaum atmen konnte, und einen verrückten Moment lang dachte, er würde schon wieder ertrinken. Doch dann ließ ihn sein Onkel los, zog ihn durch die eben freigehackte Öffnung in der Hüttenwand und schloss sie gleich darauf wieder.

„Max! Wie ... Warum ... Wann ..." Er war kaum in der Lage, einen richtigen Satz zustandezubringen. Max grinste ihn an.

„Ist da drin Platz für noch zwei?" Die Tür auf der anderen Seite des Raumes öffnete sich, und Freya und Hasenschreck traten ein.

„Freya?" Nicholas kriegte sich kaum ein. „Was ist hier los? Woher kennt ihr euch?"

„Eins nach dem anderen ... Geht es dir gut? Bist du verletzt?", fragte Max. Sein Onkel sah zwar aus, als könnte er einen Kamm und ein Bad gebrauchen, schien aber ansonsten gesund und munter zu sein.

„Es geht mir gut, aber ..." Verwirrt und gleichzeitig erfreut sah er von Max zu Freya.

Max berichtete, was in der Zwischenzeit passiert war – angefangen mit dem „Ertrinken" und der Entdeckung von Nicholas' Waldhütte. „Dann sind Alison und ich wieder nach Hause gegangen und ..."

„Moment", unterbrach ihn Nicholas. „Alison lebt bei euch?"

„Ach ja, das weißt du ja auch noch nicht", sagte Max, heilfroh, dass Alison nicht mitkriegte, dass er ihre Familie ganz vergessen hatte. „Bald nach deinem ... Weggang wurde ihr Haus von einem Creeper zerstört. Sie ist als Einzige übrig."

Nicholas sah aus, als hätte ihm jemand einen Knüppel vor die Brust geschlagen. Erschüttert stolperte er rückwärts und lehnte sich gegen die Wand.

Da fiel Max wieder ein, dass sein Onkel und Alisons Oma einst Freunde gewesen waren.

„Alle tot?", hakte Nicholas nach. „Auch Dia?"

„Nach der Explosion haben sie niemanden außer Alison wiedergefunden", erwiderte Max sanft. „Also hat Mom sie eingeladen, bei uns zu wohnen."

Seufzend rieb Nicholas sich übers Gesicht. Kurz sah er furchtbar traurig aus, aber dann versuchte er sich zusammenzureißen. „Erzähl weiter", forderte er seinen Neffen schließlich auf.

Max erzählte die Geschichte vom zweiten Creeperangriff, dem Zwischenfall mit den Hühnerreitern, Freyas Rettungsaktion und wie sie nach ihm gesucht hatten.

„Hey, ich habe eine Frage … Wieso hast du die Monster in Glaskästen gesperrt?", fragte Freya.

„Ich hielt es für eine gute Idee", gab Nicholas zurück. „Ich habe drei Seiten gebaut und sie dann hineingelockt. Drinnen befindet sich eine Falltür, durch die ich entkommen bin. Es hat mich auf Trab gehalten, die Insel sicherer zu machen, aber die Monster hörten einfach nicht auf zu spawnen. Es war reine Zeitverschwendung."

Max erzählte seine Abenteuergeschichte zu Ende und erwähnte, dass sie Alison in der Festung zurückgelassen hatten. „Und jetzt kommst du mit uns, und wir finden gemeinsam heraus, wie wir ein Portal nach Hause in Gang bekommen!"

Nicholas wurde ernst. „Ich weiß nicht. Deine Mutter hat mir ziemlich klar zu verstehen gegeben, dass sie nicht will, dass ich zurückkomme."

„Dann ziehst du eben in ein anderes Haus – eins, das nicht im Dorf liegt", schlug Freya vor. „Es gibt eine Menge Möglichkeiten außerhalb vom Nether, weißt du. Du musst nicht ausgerechnet in dieser Einöde wohnen."

Max hob eine Augenbraue. „Das sagt ja die Richtige. Ich dachte, du hättest dich genau dafür entschieden."

Freya grinste und zuckte mit den Schultern. „Alison hat mich daran erinnert, wie sehr mir die Farbe Grün fehlt."

Beide Verzauberer hätten liebend gern die bröckelnde Festung nach Schätzen durchsucht, doch Freya erinnerte sie daran, dass Alison allein war und auf sie wartete.

Auf dem Rückweg fragte Max seinen Onkel, warum er so traurig wegen Alisons Familie war. „Ich meine, ich war auch traurig, aber für dich war es offensichtlich etwas Persönliches."

Nicholas seufzte. „Es ist lange her. Sie wollte nie, dass ich euch etwas verrate. Vor vielen Jahren waren Alisons Oma Dia, ihr Opa Robert und ich eng befreundet. Robert konnte dem Abenteurerleben nichts abgewinnen und zog es vor, zu Hause zu bleiben und seine Tiere zu hüten. Dia war viel neugieriger, aber für gefährliche Situationen hatte sie auch nichts übrig, weshalb sie zwar mit mir kam, sich aber ständig über irgendetwas beschwerte." Nicholas lächelte bei der Erinnerung. „Sie wollte nie zugeben, dass es ihr insgeheim gefiel. Ich war immer derjenige, der Gegenstände herstellte und Unterkünfte baute, während sie zauberte und Tränke braute. Den Nether hasste sie wirklich, aber sie kam trotzdem mit her, weil sie mich beschützen wollte, wie sie sagte."

Max hörte mit offenem Mund zu. Nur unterbewusst nahm er wahr, dass Freya aufmerksam die Umgebung nach Monstern absuchte, während er seinen Onkel anstarrte. „Ist das dein Ernst?"

Nicholas nickte traurig. „Ich nannte sie immer Botte, weil ihr Nachname Stiefel war. Als sie eine Familie gründete, hörten wir mit den Abenteuern auf. Plötzlich verwandelte sie sich in eine Glucke, die nicht wollte, dass ihre Küken auch nur einen Fuß in den Nether setzen. Trotzdem kamen wir beide ein letztes Mal her, als die Kinder noch klein waren. Dabei wurde sie am Bein schwer von einem Witherskelett verletzt, und ich brachte sie nach Hause. Sie erholte sich zwar, aber danach wollte sie nie wieder etwas vom Nether hören. Sie ließ mich und Alisons Opa

Robert schwören, dass wir unseren Familien niemals verraten, was wir in unserer Jugend angestellt hatten."

Er grinste Max an. „Sieht so aus, als hätte das nichts gebracht, denn ihr beide macht jetzt genau dasselbe."

Max zog eine Grimasse. „Also deshalb humpelte Oma Dia?"

Nicholas schüttelte den Kopf. „Das war nur das Alter. Als ich ihr das sagte, gefiel ihr das überhaupt nicht. Sie beschloss, mir die Schuld daran zu geben, obwohl ich derjenige gewesen war, der sie vor dem Skelett gerettet hatte. Aber sie hatte natürlich insofern recht, dass sie ohne mich gar nicht im Nether gewesen wäre. Wenn sie wüsste, dass ihr zwei hier seid, würde sie wie ein Racheengel hier einfallen und nach euch suchen – Humpeln hin oder her."

Lachend stellte Max sich Oma Dia vor, die zu ihrer beider Rettung eilte, um sie gleich darauf ordentlich auszuschimpfen. „Wir beide sind uns ähnlicher, als du denkst, weißt du." Er erzählte Nicholas von der Rüstung, die er selbst verflucht hatte, und von den fehlerhaften Teilen, die er aus Nicholas' Haus geholt hatte.

Sein Onkel legte ihm die Hände auf die Schultern. „Oh, mein Junge, du solltest doch nicht in meine Fußstapfen treten! Ich hinterlasse nichts als verfluchte Stiefel und fermentierte Spinnenaugen!" Er runzelte die Stirn und machte ein sturmumwölktes Gesicht, das Max an seine Mutter erinnerte. In diesem Moment sahen sie sich sehr ähnlich. Dann entspannte sich Nicholas und war wieder er selbst. „Ich bin so froh, dass du noch lebst. Versprich mir nur, dass du aus meinen Fehlern lernst."

Max dachte an die fehlgeschlagenen Experimente. „Ich lerne aus deinen und meinen."

„Solange du lernst und am Leben bist, ist mir alles recht."

„Aber meine Verzauberungen funktionieren! Manchmal jedenfalls", fügte Max hinzu. „Und ich lerne immer neue dazu."

„Das ist leider mehr, als ich von mir behaupten kann. Bis jetzt kann ich nur eine neue Anwendungsmöglichkeit für verfluchte Rüstungen vorweisen. Ich finde es großartig, dass du richtige Verzauberungen hinbekommst." Nicholas betrachtete Freyas Stiefel. „Hast du die auch verzaubert?"

„Allerdings, nach vielen Fehlschlägen."

„Aber so lernt man nun einmal!", rief Nicholas. „Man findet zuerst heraus, wie man es nicht machen sollte, und irgendwann hat man ein Erfolgserlebnis. Ich habe schon viele, viele Wege gefunden, wie man *nicht* verzaubert. Ich habe erst kürzlich herausgefunden, dass man möglichst nicht gleich als ersten Schritt Gegenstände mit Bindung verfluchen sollte. Und auf Schritt zwei komme ich bestimmt auch irgendwann."

„Bis dahin hast du immerhin eine einzigartige Geschäftsidee", warf Freya ein. „*Setzen Sie einfach eine von Nicholas' verfluchten Kappen auf den Kopf irgendeines Monsters, und schon sind Sie und Ihre Familie in Sicherheit!*"

Nicholas dachte einen Moment nach. „Eigentlich gar keine schlechte Idee."

Max schluckte, plötzlich nervös. „Heißt das, du kommst mit uns nach Hause?"

Das Gesicht seines Onkels verfinsterte sich. „Die Oberwelt hat Dia verloren. Wir waren so enge Freunde."

„Aber es gibt immer noch Mom. Und mich und Alison", protestierte Max.

Nicholas lächelte und umarmte seinen Neffen. „Da hast du recht. Lasst uns irgendwo hingehen, wo es sicher ist, und dort weiterreden."

KAPITEL 24

ALISON UND BOTTE

Alison wusste nicht recht, was sie von Nicholas' Rückkehr erwartet hatte, aber als sich ihre Blicke trafen, zeigte seiner nichts als Mitgefühl. Und als ihr klar wurde, dass er ihre Oma genauso vermisste wie sie, brach sie in Tränen aus. Nicholas breitete die Arme aus, und sie drückte sich schluchzend an ihn.

„Ich denke immer wieder, dass ich es hätte verhindern können", flüsterte sie.

„Und ich denke, ich hätte vielleicht helfen können, wenn ich nicht weggelaufen wäre", sagte er. „Aber wenn wir ehrlich sind, gibt es wahrscheinlich nichts, was wir hätten tun können, Alison. Es tut mir schrecklich leid. Ich konnte deiner Großmutter nicht mehr sagen, dass sie mit fast allem recht hatte. Ich kann immer noch nicht glauben, dass diese alte Abenteurerin von etwas so Banalem wie einem Creeper niedergestreckt wurde."

Er sah sie an, die Hände auf ihren Schultern. „Du weißt doch, was sie uns jetzt sagen würde, oder?"

Alison schniefte. „Wahrscheinlich etwas wie *Eine Dame weint nie in einem unpassenden Moment. Wisch dir die Tränen ab. Weinen kannst du immer noch, wenn du zu Hause und in Sicherheit bist.*"

Nicholas lächelte. „Genau."

„Moment mal, du wusstest also schon von deinen Großeltern und meinem Onkel?", fragte Max verwundert.

„Ich habe es erst herausgefunden, nachdem ihr fort wart", erklärte Alison und hielt das Buch hoch, das sie gelesen hatte. „Ich habe ihr Tagebuch gefunden."

Nicholas lächelte, als er das gut erhaltene Buch sah, nahm es Alison vorsichtig ab und strich mit den Fingern über den Einband. „Sie hätte gewollt, dass du es behältst", sagte er und gab es ihr zurück. Sanft tätschelte er ihre Schulter und wandte sich dann Max zu. „Wir müssen euch Kinder sicher nach Hause bringen. Habt ihr alles, was wir dafür brauchen?"

Verlegen erklärte ihm Max, dass sie ihre Vorräte beinahe aufgebraucht hatten, um Nicholas zu finden. Doch bevor er irgendetwas sagen konnte, fing Freya an, die für die Reise erforderlichen Dinge aufzuzählen, und verteilte Aufgaben an die anderen. Alison tauschte hinter Freyas Rücken ein Grinsen mit Max und wandte sich dann ihrer Aufgabe zu: die Inventur sämtlicher Gegenstände in den Truhen, die hier standen. Sie holte eine fertige Liste aus ihrer Tasche, um sie den anderen zu zeigen, doch die hatten sich bereits ihren eigenen Aufgaben zugewandt. Hasenschreck saß zu Freyas Füßen, die in der Ecke Tränke braute, Max bereitete Essen für alle zu, und Onkel Nicholas packte die Vorräte aus, die er selbst mitgebracht hatte, während er geduldig die Fragen beantwortete, mit denen Max ihn bombardierte.

Alison sah zu, wie Nicholas seine mitgebrachten Zauberbücher in Regale stellte. Er tat es vorsichtig wie ein Vater, der seinen Säugling schlafen legt. Sie war nervös – inzwischen hatte sie einiges über Nicholas gelernt. Er war so freundlich zu ihr gewesen, und sie wollte ihn eigentlich nicht bestehlen, aber sie hatte auch miterlebt, wie chaotisch seine Verzauberungsversuche geendet hatten. Sie wollte nicht, dass er irgendetwas verzauberte und sie alle damit in Gefahr brachte, selbst wenn es nur ein Unfall war. Sie musste daran denken, was er mit den fermentierten Spinnenaugen angerichtet hatte, und schauderte. Natürlich war sie beeindruckt von Nicholas' innovativem Weg, verfluchte Rüstungen einzusetzen, aber seine bloße Anwesenheit machte sie nervös.

Und obwohl Alison die Geschichten, die Nicholas ihnen von ihm und ihrer Oma Dia erzählte, unterhaltsam fand, musste sie zugeben, dass sich ein Motiv ständig wiederholte: Oma Dia hatte Nicholas nicht zugetraut, allein gute Entscheidungen zu treffen. Weder als sie jung waren noch später.

Andererseits hatte von Alison auch nie jemand erwartet, dass sie eigene Entscheidungen traf, und sie war wenigstens vorsichtig.

Sie schuldete Nicholas ein wenig Nachsicht und hoffte, dass er aus seinen vielen Fehlschlägen gelernt hatte. Auf sie selbst traf das jedenfalls zu. Sie ging zu einer Truhe, öffnete sie und legte die Enderaugen wieder hinein. Eigentlich hatte sie die Augen vor ihm verbergen wollen, doch schließlich gehörten sie ihm. Botte war zwar nicht mehr da, um ihn zu beschützen, aber Alison hoffte, dass Nicholas zukünftig trotzdem gute Entscheidungen treffen würde.

Als die Arbeit getan war, entspannte sich die kleine Truppe auf dem Boden. Alle bis auf Max hatten ihre Rüstungen ausgezogen und saßen auf mitgebrachten Bannern, um den harten Untergrund wenigstens etwas gemütlicher zu machen.

„Ich bin weggelaufen, bevor sie dich fanden", gab Nicholas zu. „Ich schämte mich so sehr, dass ich Rose nicht einmal ansehen konnte. Vor langer Zeit war ich öfter im Nether gewesen, aber jedes Mal mit Botte. Kürzlich hatte ich es auf eigene Faust gewagt, und mein Interesse wuchs, dich einmal mitzunehmen. Doch als du plötzlich fort warst, bin ich irgendwie durchgedreht. Ich verzauberte ein paar Dinge und rannte einfach durchs Portal. Aber nun hast du mich ja gefunden, und wir können nach Hause zurück."

Er nahm einen Schluck aus seiner Wasserflasche. „Ich glaube, ich bin bereit dazu."

Alison wollte gerade protestieren, als Max sich erfreut erhob. „Du kommst mit uns?"

Onkel Nicholas nickte. „Ihr braucht jemanden, der euch hinbringt, und ich schulde es dir, zur Abwechslung mal ein gutes Vorbild zu sein, statt immer nur alles falsch zu machen. Ich habe dich schon so oft im Stich gelassen, obwohl ich nicht einmal da war", sagte er und zeigte auf Max' Rüstung. „Botte würde es von mir erwarten."

Alison gluckste. „Würde sie nicht! Sie würde sagen, dass es dumm von dir war, hierher zurückzukommen, und dass du dir alles selbst eingebrockt hast."

Nicholas hob den Finger. „Ah, aber was würde sie sagen, wenn sie genug geschimpft hätte? *Bring die Kinder in Sicherheit, damit ich mich …"*

„… *wenigstens in meinem eigenen Haus über dich aufregen kann!"*, beendete Alison den Satz, und beide lachten. „Da hast du wohl recht." Sie räusperte sich und wurde wieder ernst. „Aber das Portal ist weg. Wir haben keine Ahnung, wo es steht. Wir wurden verfolgt, haben uns verirrt und haben keinen Anhaltspunkt, um es wiederzufinden. Was also sollen wir tun?"

Nicholas kratzte sich das zottelige Kinn. „Was würde Botte tun?"

„Wenn sie mit Schimpfen fertig wäre? Nun ja, sie würde eine Bestandsaufnahme machen, die minimale Menge Obsidian einpacken oder …" Alison dachte angestrengt nach. Die Antwort lag ihr auf der Zunge.

„Oder es *herstellen"*, schlug Max vor. „Wir sind von Lava umgeben. Alles, was wir brauchen, ist eine Lavaquelle und eine Diamantspitzhacke."

„Die Spitzhacke haben wir", warf Freya ein. „Und Lava gibt es hier nun wirklich genug. Wir müssen nur die Quelle eines dieser Seen finden."

„Das sollte nicht schwer sein." Nicholas stand auf. Er sah müde, aber entschlossen aus. „Wer will alles nach Hause?"

KAPITEL 25

MAN MÜSSTE BESSER SPRINTEN KÖNNEN

Während sie ihre Ausrüstung prüften und sich auf die Reise vorbereiteten, dachte Alison an Oma Dias Geschichten zurück. Sie fragte sich, wie viele der unzähligen Berichte über verloren gegangene Schafe und wie sie sie wiedergefunden hatte eigentlich schlau getarnte Nethergeschichten waren. Wieder stiegen ihr Tränen in die Augen, und sie wünschte sich, ihre Großmutter wäre noch bei ihr.

„Wo wollen wir es bauen?", fragte Max. „Draußen vor der Tür?"

„Wir bauen es dort, wo wir die Lavaquelle finden", antwortete Nicholas. „Wir schleppen den Obsidian nicht den ganzen Weg zurück. Das wäre sinnlos. Wir sollten Angriffe möglichst vermeiden."

Freya schüttelte den Kopf und prüfte die Bespannung ihres Bogens. „Angriffe im Nether vermeidet man nicht. Entweder man kämpft, verschiebt sie auf später oder versteckt sich, bis man verhungert ist. Ich wähle normalerweise den Angriff."

Alison hielt Freya den letzten Bogen hin. „Ich freue mich jetzt schon, endlich nach Hause zu gehen." Sie fragte sich, inwiefern sich ihr Leben wohl verändern würde, nun, da Nicholas wieder da war, sich mit Max' Eltern vertragen und Max das Zaubern lehren würde. Plötzlich verspürte sie einen unerwarteten Stich der Eifersucht. Durch Nicholas' Rückkehr würde Max einen weiteren Partner für seine Abenteuer gewinnen, und obendrein wurde Max' Wunsch nach der Wiedervereinigung seiner Familie erfüllt. Sie dagegen war immer noch allein.

Alison schüttelte den Kopf. Sie würde Max bestimmt nicht seinen geliebten Onkel missgönnen. Außerdem wollte sie Freya dabei unterstützen, sich in ihrem neuen Zuhause einzuleben.

„Was hast du als Erstes vor, wenn wir in die Oberwelt zurückkehren?", fragte sie Freya, die mit dem Rücken zur Wand am Boden saß und Hasenschreck streichelte.

„Was meinst du?"

„Na ja, du hast dort bis jetzt weder Familie noch ein Zuhause, oder? Hast du irgendeinen Plan?" Alison machte eine Pause, und als Freya nicht antwortete, fügte sie hinzu: „Du könntest bei mir wohnen. Mein Domizil ist nichts Besonderes und muss erst wieder aufgebaut werden, aber ich hätte nichts gegen etwas Gesellschaft. Max wird für eine Weile mit Nicholas beschäftigt sein. Seine Eltern müssen sich bestimmt erst einmal darüber klar werden, wie sie mit der neuen Situation umgehen. Die haben sicher einiges aufzuarbeiten."

Freya schwieg immer noch. Alison hob den Kopf, um nachzusehen, was los war. Freya hatte das Gesicht in Hasenschrecks Pelz vergraben, und die Wölfin winselte.

„Freya?"

„Mir ist klar geworden, dass ich Angst davor habe, in die Oberwelt zurückzugehen. Vielleicht bleibe ich doch lieber hier", murmelte sie.

„Aber dafür gibt es doch keinen Gr…"

„Doch, den gibt es. Hier bin ich pausenlos damit beschäftigt, um mein Leben zu kämpfen, und muss mich nicht mit der Tatsache auseinandersetzen, dass ich allein bin. Und wenn ich plötzlich nicht mehr ständig mit Monstern konfrontiert bin, hätte ich Zeit, mich der Realität zu stellen, dass … meine Eltern tot sind."

Mitleid und ein allzu bekannter Schmerz machten sich in Alisons Brust breit. Sie legte der Freundin eine Hand auf den Arm. „Ich weiß, was du meinst. Aber du bist nicht mehr allein. Du hast jetzt uns", sagte sie.

Freya hob den Kopf aus dem Wolfspelz. Sie sah verletzlich und sehr traurig aus, und Alison erkannte, wie allein Freya sich fühlte.

Die Abenteurerin holte tief Luft und nickte. „Okay, ich ziehe bei dir ein. Du brauchst schließlich jemanden, der dich vor den Creepern beschützt. Bei euch scheint es ja eine ganze Menge davon zu geben."

Das ist die alte Freya. Alison grinste breit und fing an, darüber nachzugrübeln, was sie noch in ihre beinah volle Tasche packen sollte. Es gab einiges, das sie mit nach Hause nehmen wollte.

Sie beobachtete Max und Nicholas auf der anderen Seite des Raumes. Die beiden brüteten über Büchern und unterhielten sich mit gesenkter Stimme. Zwischen ihnen lag ein Bogen. Alison sah in ihrer Tasche nach und stellte erleichtert fest, dass sie ihre Waffe bereits eingepackt hatte. Sie wollte auf keinen Fall, dass die beiden Chaoten ausgerechnet ihren Bogen für Zauberexperimente benutzten.

Der Zaubertisch zischte, und Nicholas stöhnte. „Fass das nicht an", befahl er und stieß den Bogen mit einem Stock vom Tisch.

Alison seufzte und hoffte, dass sie es überhaupt nach Hause schaffen würden.

„Ich will nicht, dass du kämpfst", sagte Nicholas, während er in einem Zauberbuch blätterte.

„Was? Bisher bin ich doch auch zurechtgekommen!", protestierte Max. Sein Onkel verhielt sich seit ihrer Wiedervereinigung von Sekunde zu Sekunde mehr wie ein Vater. Früher hatte Max sich gewundert, wie seine Mutter und sein Onkel Geschwister sein konnten, doch nun erkannte er gleich mehrere Gemeinsamkeiten.

„Ja, und du hast dabei einiges abgekriegt", sagte Nicholas und zeigte auf die Kratzer und Verbrennungen an Max' Rüstung. „Du musst diese Rüstung tragen, bis sie mit dem letzten Schlag kaputtgeht und sich sofort auflöst. Und dann? Willst du die Monster höflich bitten, ein wenig zu warten, bis du dir eine neue angezogen hast?"

Max zuckte die Achseln. Eigentlich hatte er genau das vorgehabt. Er war ziemlich gut darin, in Rüstungen zu schlüpfen.

„Zuerst müssen wir hier weg. Danach überlegen wir, wie wir die Rüstung vorsichtig und systematisch so beschädigen, dass sie abfällt", entschied Nicholas. „Bis dahin hältst du dich aus Gefechten heraus."

„Freya wollte mich einfach über Lava halten, um die Rüstung wegzubrennen", meinte Max und dachte, dass ihm das in diesem Moment allemal lieber wäre als herumzusitzen und darauf zu warten, dass die Rüstung abfiel.

„Das klingt in etwa genauso sinnvoll wie dich mit Lederrüstung ins Gefecht zu schicken", sagte Nicholas.

„Und was soll ich deiner Meinung nach tun? Sie für den Rest meines Lebens tragen?", fragte Max entnervt.

„Nein, wenn wir nach Hause kommen, schubsen wir dich einfach ein paarmal, bis sie von allein abfällt", gab Nicholas zurück.

Max bedachte ihn mit einem finsteren Blick. „Ich bin mir nicht sicher, ob du das ernst meinst."

Als sie die Festung schwer beladen mit vielen Vorräten und Ersatzrüstungen verließen, war die Stimmung gedämpft. Max verhielt sich eigenartig – er rannte absichtlich gegen Wände und wollte sich gerade ein paar Stufen hinunterstürzen, als Alison ihn am Arm packte.

„Ich hätte das lieber nicht sagen sollen", sagte Nicholas und schloss die Augen, als Max sich flach auf den Bauch fallen ließ und wieder aufstand. Sein Neffe rannte voraus, gefolgt von Nicholas und Alison. Freya bildete die Nachhut.

„Es könnte klappen", meinte Alison zweifelnd. „Aber was, wenn nur ein Teil der Ausrüstung abfällt?

„Eben", erwiderte Nicholas.

Alison seufzte. „Wir sind mitten im Nether, und du schlägst ihm vor, Wände einzurennen, bis die Rüstung abfällt?"

„Eigentlich meinte ich, wenn wir nach Hause kommen."

„Wir könnten ihn aufhalten", schlug Alison vor. „Schließlich wollen wir nicht, dass er anfängt, Magmawürfeln hinterherzujagen."

Kaum hatte sie es ausgesprochen, erblickte Nicholas vier dieser Monster zu ihrer Linken. Ziellos sprangen sie an einer Klippe auf und ab, als würde die Schwerkraft für sie nicht gelten. Die Gruppe beschloss, einen großen Bogen um die Kreaturen zu machen, damit sie nicht auf sie aufmerksam wurden. Alison war versucht, ihren Grubentrick noch einmal an ihnen auszuprobieren, doch letztlich waren sich alle einig, dass es besser war, sich nicht auf einen Kampf einzulassen.

„Sieh an, wir haben einen Netherangriff *vermieden*", sagte Alison zu Freya, als sie die Gefahr hinter sich gelassen hatten.

„Ja, bis zum nächsten", gab Freya zurück und zielte mit dem Bogen auf einen in der Nähe herumwandernden Schweinezombie. Doch der ignorierte den Trupp, und Freya entspannte sich.

„Erklär mir noch mal, was es mit dem Witherskelettgefängnis auf sich hat", sagte Freya, und Nicholas drehte sich zu ihr um, Max an seiner Seite.

„Es war überaus komplex und wahrscheinlich ein zu großer Aufwand, wenn die Schweinezombies so leicht entkommen konnten", erklärte er. „Aber als sie sogar in meinem Vorratsraum spawnten, hatte ich die Faxen dicke. Ich baute einen Tunnel zur Pilzfarm, sie liefen hindurch und tappten in die Falle."

„Warum hast du die Monster nicht einfach erledigt?", fragte Max ein wenig außer Atem.

Sein Onkel sah ihn an, als wäre die Antwort offensichtlich. „Weil ich Baumeister bin. Es fällt mir viel leichter, einfach einen Tunnel mit einer Falltür zu bauen, als einen ganzen Raum voller Witherskelette zu bekämpfen."

„Das ergibt keinen Sinn", wandte Max ein. „Du musst dich ja trotzdem mit den Biestern abgeben, während sie in deinem Vorratsraum sind. Und zwar *bevor* sie sich vielleicht irgendwann dazu entschließen, den Tunnel entlangzugehen. Bis dahin werden es immer mehr. Wenn du sie einfach gleich erledigst, musst du wenigstens nur einmal kämpfen."

„Hier unten ergibt kaum etwas Sinn", erwiderte Nicholas ausweichend.

Max' Rüstung wurde ihm langsam unangenehm.

Schon vor Stunden hatte sie angefangen zu scheuern, und inzwischen taten die wunden Stellen richtig weh. Zusätzlich schmerzte sein Körper, weil Max ständig absichtlich hinstürzte. Er hatte die Rüstung vor dem ersten großen Kampf loswerden wollen, doch noch immer zeigte sie keine Anzeichen von Verschleiß.

Sein Onkel ließ nicht zu, dass Max mehr tat als sich fallen zu lassen. Falls die Rüstung nämlich nur einen Teil des Schadens absorbierte, ehe sie ihm vom Leib fiel, würde sein Körper den Rest abbekommen. Und das wollte Max auch wieder nicht.

Unbehaglich wand er sich in der verfluchten Rüstung, um eine bequemere Position zu finden. Beklagen wollte er sich nicht, denn die anderen hätten ihm nur gesagt, dass er sich den Schlamassel selbst eingebrockt hatte. Womit sie recht hatten, aber das war jetzt unwichtig.

Max wusste nicht einmal, was ihm überhaupt noch wichtig war. Er hatte seinen Onkel gefunden und wollte nur noch nach Hause.

Die Rüstung nervte ihn, und die Hitze tat ihr Übriges dazu. Ein Schweißtropfen rann ihm die Stirn hinab ins Auge. Ärgerlich rieb er sich übers Gesicht. Als er aufblickte, sah er einen Magmawürfel, der vom Gipfel eines Hügels hinab genau auf sie zukam.

Max und sein Onkel rannten den Hügel hinauf und schlugen mit ihren Klingen auf das Monster und dessen Artgenossen ein. Nicholas hatte gesagt, dass man sie in dem Moment treffen musste, wenn sie versuchten, ihr Opfer zu zerquetschen. Max hielt die Würfel mit bloßer Muskelkraft auf Distanz und vermisste Knochenfluch in diesem Moment schmerzlich. Aber wenigstens konnte er so seinen Frust ablassen. Die Kreaturen waren schwerfällig und leicht zu treffen, solange man wachsam blieb.

Freya und Alison kümmerten sich um die Lohen, die den Trupp aus der Ferne bedrohten. Wenn die Feuerbälle Max und Nicholas zu nahe kamen, riefen sie ihnen Warnungen zu. Hasenschreck verjagte alle übrigen Angreifer.

Zu viert und mit soliden Waffen war so eine Netherexpedition gar nicht so schwierig, fanden sie. Auf dem Hügelgipfel deutete Nicholas hinunter auf die andere Seite. „Dort."

Sie hatten den Schimmer der Lava schon vorher bemerkt, doch nun tat sich vor ihnen eine beeindruckende Landschaft auf. Der Abhang endete in einem Lavasee, dessen Ufer von Netherrack gesäumt wurde. Feuergeysire schossen aus dem Boden, und mehrere Lavafälle stürzten aus einer Wand hoch über dem See. Bei einem erneuten Geysir-Ausbruch riefen Max und Alison plötzlich aufgeregt durcheinander.

Vor ihnen stand ein unfertiges Portal, das im Moment aus zwei statt vier Seiten bestand. Hatte jemand den Bau abgebrochen oder den Rahmen mit einer Diamantspitzhacke bearbeitet? Max hatte keine Ahnung. Aber dieses halbe Portal war besser als gar keins.

„Ich hätte nicht gedacht, dass wir es schaffen!", jubelte Alison.

„Und es ist sogar schon halb fertig!", fügte Freya hinzu.

„Bleibt die Frage, was mit der Person geschehen ist, die es gebaut hat", warf Alison ein.

„Vielleicht hat sie es sich anders überlegt?", schlug Max vor, doch Alison bedachte ihn nur mit einem finsteren Blick.

„Es dürfte klar sein, was der Person zugestoßen ist", sagte Nicholas und zeigte auf eine Tasche und eine Diamantspitzhacke, die neben dem halb fertigen Portal lagen.

„Wir sollten uns eben in Acht nehmen", meinte Freya und tätschelte den Rücken ihrer Wölfin. „Keine große Sache."

„Ich fürchte, dafür ist es etwas zu spät", sagte Nicholas. „Wir sollten hier so schnell es geht verschwinden."

Sein Blick war auf irgendetwas hinter den Kindern gerichtet, und ehe sie ihn danach fragen konnten, breitete er die Arme aus und scheuchte sie wie Schafe den Hügel hinab.

Hinter ihnen ertönte ein gruseliges Kreischen. Im Laufen drehte Max sich um und entdeckte ein schwebendes weißes Etwas, das über den Hügel hinweg hinter ihnen herkam.

※

„Hier gibt es keine Deckung, wo sollen wir hin?“, rief Freya.

„Ich wäre jedenfalls lieber in der Nähe des Portals als weiter davon entfernt!“, sagte Max.

„Hört auf zu streiten und nehmt die Beine in die Hand!“, kommandierte Nicholas.

„Ich weiß, was Oma Dia über diese Dinger geschrieben hat“, warf Alison ein, die neben Nicholas rannte. „Das ist doch ein Ghast, oder?“ Das Geschrei des Monsters war Furcht einflößend – es klang wie ein wimmerndes Kind, das verzweifelt mit den Fingernägeln über Eisblöcke kratzt …

Ein Rauschen ertönte, und Alison brüllte: „In Deckung!“ Sie duckten sich und versuchten, trotzdem weiterzulaufen. Die Hitze des Feuerballs erreichte Alisons entblößten Nacken, aber das Geschoss verfehlte sein Ziel.

Doch ihr Glück währte nur kurz, denn der Feuerball flog unaufhaltsam weiter und genau auf das Portal zu.

„Nein!“, schrie Max, aber das Geschoss prallte ab und wurde über die Lava gelenkt. „Ich hatte vergessen, wie robust Obsidian ist“, keuchte er.

Die Angst schnürte Alison die Luft ab. Dieser Ghast erinnerte sie lebhaft an einen Creeper. „Wie sollen wir gleichzeitig kämpfen und bauen?“, fragte sie und verlangsamte ihren Schritt.

Max rannte zurück und nahm sie bei der Hand. „Das schaffen wir schon. Wir teilen uns auf. Wir sind ein gutes Team – ein paar bauen, die anderen kämpfen. Wir haben Lava, Wasser, eine Spitzhacke und fähige Leute. Aber zuerst müssen wir überleben; um das Portal kümmern wir uns später. Und dann verschwinden wir von hier." Er rannte wieder los und zog sie mit sich.

Sie liefen bis zum Ufer des Lavasees und bremsten direkt neben dem Portal. Nicholas stand mit erhobenem Diamantschwert da, Alison hatte ihren Bogen gezückt, und Max holte sein Schwert hervor. Freya kletterte auf den Gipfel eines kleinen Hügels zu ihrer Linken und begann zu schießen.

Der Ghast blieb nicht untätig und feuerte einen weiteren Feuerball auf sie ab. Geschickt duckten sie sich unter ihm weg. Das Geschoss flog geradewegs durch den Portalrahmen.

„Wenn es komplett wäre, könnten wir jetzt durchgehen!", rief Max.

„Ja, und …", setzte Alison an, doch sie unterbrach sich selbst: „In Deckung!"

Abgelenkt vom Portal, hatten sie den Blick vom Ghast abgewandt und entgingen dem neuerlichen Geschoss nur knapp.

„Wir müssen das Ding erledigen", meinte Freya grimmig und schoss unaufhörlich weiter. Das Monster kam näher, aber damit wurde wenigstens die Zielfläche größer. Die meisten Pfeile trafen, und kurz darauf erschlaffte das weiße Monster mitten im Flug und segelte in einem Wust aus Tentakeln zu Boden. Max machte einen Freudensprung und hieb mit der Faust in die Luft. „Yeah!", rief er. Freya grinste ihn an, ehe sie sich ihrer Freundin zuwandte.

„Alison, geh und sammle die Tränen ein", kommandierte sie. „Ehe Hasenschreck sie frisst."

Alison sah sich verstohlen um und rannte los, um nach der Beute zu suchen, die der Ghast fallen gelassen hatte.

„Geht es allen gut?", fragte Nicholas und betrachtete die Kinder besorgt.

„Ja", keuchte Max. „Was machen wir jetzt mit dem Portal?"

Nicholas zeigte auf einen Riss in der Wand, aus dem die Lava strömte. „Dort müssen wir hin und die Lava mit Wasser übergießen. Dann können wir den Obsidian abbauen."

„Na, wenn's weiter nichts ist", frotzelte Alison und überreichte Freya die weißen Tränen, die sie bei dem toten Ghast gefunden hatte.

„Ich mache das schon", versicherte Max, der bereits Stufen bis hinauf zum Loch in der Klippe übereinanderstapelte.

„Ähm, Leute …", sagte Freya mit viel zu ruhiger Stimme, wie Alison fand. „Es ist noch nicht vorbei."

Weit in der Ferne ertönten die Schreie weiterer nahender Ghasts.

KAPITEL 26

AUCH EINE MISSLUNGENE RÜSTUNG
IST ZU ETWAS NÜTZE

Eilig begann Nicholas, eine Wand zu errichten, hinter der sie sich verstecken konnten, um darüber nachzudenken, wie sie mit so vielen Ghasts fertigwerden sollten.

Alison legte dem Onkel eine Hand auf die Schulter. „Netherrack ist viel zu weich. Glaubst du wirklich, es hält Feuerbällen stand?"

„Botte meinte, die Biester sind faul. Wenn sie uns nicht sehen, sind wir allemal sicherer!", konterte er und arbeitete weiter. Freya sprang von ihrem Aussichtspunkt und gesellte sich zu ihren Freunden. Sobald Nicholas eine drei mal drei Blöcke große Wand errichtet hatte, schob er die Kinder aus der Flugbahn eines heransausenden Feuerballs und hinter die Mauer, wo sie einen Moment innehielten, um durchzuatmen.

Die Ghasts kreischten immer noch, aber sie hatten ihre Attacken eingestellt. Über ihnen hatte Max seine eigene schützende Mauer übereinandergestapelt und war gerade dabei, Wasser über die Lava zu gießen. Der aufsteigende Dampf nahm ihm kurz den Atem, doch schon schlug er auf den entstandenen schwarzen Block ein.

„Und was jetzt?", wollte Alison wissen.

„Wir haben folgende Möglichkeiten", erwiderte Nicholas und hockte sich hin. „Ähm ... Mein Kopf ist wie leer gefegt. Ich habe keine zündende Idee. Also heißt es wohl kämpfen, bis Max wieder da ist." Er sah zum Portal und rechnete eilig. „Max, wir brauchen noch fünf Blöcke!", rief er seinem Neffen zu.

„Oder wir kämpfen, bis wir sie erledigt haben", meinte Freya, stand auf, feuerte blitzschnell einen Pfeil ab und hockte sich wieder hin. „Gibst du immer so leicht auf?"

„Lass mich", verteidigte sich Nicholas. „Botte ist ..."

„... nicht hier", sagte Alison sanft. „Aber wir schon. Wir wollen dich nach Hause bringen, aber dabei musst du uns helfen."

Ein Feuerball krachte in den Hügel neben ihnen, und Seelensand und Funken regneten auf die Gruppe herab. Max brüllte, als seine Lederrüstung Feuer fing, und Nicholas warf ihm eine Wasserflasche zu, damit er es löschen konnte.

„Er hat zwei Blöcke", sagte Alison, die den Obsidian aufsammelte, wann immer Max ein Stück abgebaut hatte. „Wir müssen kämpfen. Gegen Pfeile können sie nicht viel ausrichten. Freya und ich schießen auf sie, und du kannst die Feuerbälle mit deinem Schwert zurückwerfen. Die sind ziemlich solide, es sollte also machbar sein. Max muss weiter abbauen ..."

„Hey, ich kann genauso gut kämpfen, wenn jemand lieber das hier übernimmt! Ist ja nicht so, als müsste ich irgendetwas verzaubern!", warf Max beleidigt ein.

„Du bleibst schön, wo du bist", beharrte Alison mit strenger Stimme. „Ja, weil du dort sicherer bist, aber auch, weil du das Portal zu Ende bauen musst. Manchmal müssen wir eben das Richtige tun und nicht das, was wir am liebsten täten."

„Du solltest ein Buch schreiben", grollte Max. „Bist eine echte Inspiration. Und echt anstrengend."

„Das sagst du nur, weil du weißt, dass ich recht habe", erwiderte Alison und holte Pfeil und Bogen hervor. „Da fällt mir ein – hier!", fügte sie hinzu und warf ihm ihre Tasche zu.

Max hackte auf den Obsidian ein. Er musste sich auf die Zunge beißen, um seiner Freundin nicht zuzurufen, dass er sehr wohl in der Lage war, einen Haufen Feuer speiender Wolkenkreaturen zu besiegen. Er warf einen Blick in Alisons Tasche und fand darin unter anderem zwei Bücherregale, einen Zaubertisch und drei weitere Wasserflaschen. Sie hatte wirklich alles eingepackt, was nützlich sein konnte.

„Traust du mir das echt zu?", rief er, als Alison sich neben Freya postierte.

„Sonst hätte ich es dir nicht gegeben", erwiderte sie.

Max betrachtete den Zaubertisch und dachte an sein Schwert und das seines Onkels und wie großartig es wäre, wenn beide Waffen verzaubert wären.

Er schüttelte den Kopf, griff nach seiner Spitzhacke und baute weitere Obsidianblöcke ab. Er versuchte, konzentriert zu arbeiten, aber seine Freunde und Nicholas machten es ihm nicht gerade leicht. Sie hatten alle Hände voll zu tun.

Freya und Alison schlugen sich ganz gut. Freya hatte offenbar etwas aus dem Brückenabenteuer gelernt und eine Reihe aus Netherrack-Stufen aufgeschichtet, um vom Portal aus eine bessere Schussbahn zu haben. Leider machte sie das auch zu einem leichteren Ziel. Gleich nachdem sie und Alison einen Ghast ausgeschaltet hatten, feuerte schon der nächste einen Feuerball auf die Mädchen ab. Freya wich dem Geschoss aus, doch Alison bekam die volle Breitseite ab und flog rückwärts in die Lava. Max schrie erschrocken auf und rannte zum Rand, doch er konnte nichts tun, ohne sich selbst und seiner blöden Rüstung zu schaden.

Schockiert beobachtete er, wie erst ihr Goldhelm auftauchte und Alison dann aus dem Magma kletterte. Sie sah ein wenig verbrannt aus, machte aber ansonsten einen recht lebhaften Eindruck.

„Wie hast du …"

„Ich hatte noch einen Feuerresistenztrank übrig", erwiderte sie. „Ich weiß nicht, wie lange die Wirkung noch anhält, aber diesmal hat er mich gerettet." Sie holte tief Luft und erschauderte ein wenig, doch sie grinste dabei. „Ich glaube, ich werde nie wieder in die Nähe von Lava gehen." Sie hob ihren Bogen und lief zurück zu Freya.

Onkel Nicholas kriegte langsam Übung darin, die Feuerbälle der Ghasts von Max und den Mädchen abzulenken. So konnte sein Neffe in Ruhe den letzten Obsidianblock abbauen, den sie noch brauchten. Max sprang zum halb fertigen Portalrahmen und platzierte den ersten Block. Ehe er weiterbauen konnte, warnte ihn sein Onkel, der soeben einen Feuerball verfehlt hatte. Max sprang aus dem Weg, um nicht geröstet zu werden.

Wieder kreischte ein Ghast, und ein weiterer Gegner fiel – das Kampfteam gab nicht auf. Bestürzt erkannte Max, dass der Boden zwar von Ghasttränen übersät war, doch die Anzahl der Monster einfach nicht abnahm. Hin und wieder wurden seine Freunde getroffen und fingen Feuer, aber noch schien es ihnen gut zu gehen.

Max stellte fest, dass er hier im Nether seine Definition von „gut gehen" schon mehrfach angepasst hatte. Seiner besten Freundin dabei zuzusehen, wie sie immer wieder in Flammen aufging, sie löschte und dann weiter Pfeile auf kreischende Monstren abfeuerte, wäre gestern noch nicht in die Kategorie „gut gehen" gefallen. Max schüttelte den Kopf und legte schnell weitere Blöcke an ihre Plätze.

Nur noch einer!

Ein Feuerball-Trio traf Freya. Im hohen Bogen flog sie vom Portal, landete nur Zentimeter von der Lava entfernt und blieb liegen. Eilig rannte Max zu ihr und übergoss sie mit Wasser, um das Feuer zu löschen, doch sie sah gar nicht gut aus. Offenbar hatte die Trankwirkung nachgelassen.

„Max, bau das Portal fertig!", rief Alison und rannte mit einem Heiltrank in der Hand zu Freya. Nicholas übernahm die Rolle des Beschützers, während Alison der Freundin das Gebräu einflößte. Doch in diesem Moment schossen mehrere Ghasts auf einmal. Nicholas versuchte, ihnen auszuweichen, stolperte dabei über die Mädchen und landete in der Lava.

Max wollte gerade zu ihm rennen, als sein Blick auf das Portal fiel, dem nur noch ein Block fehlte. „Alison, kannst du ihn da rausholen?", rief er, doch Alison war schon aufgesprungen. Sie griff ins Magma und zuckte, als die Flammen sie ergriffen.

Nicholas stöhnte schmerzvoll, als Alison ihn herauszog. Max war als Einziger unversehrt, und ausgerechnet er trug diese vermaledeite Lederrüstung.

Die Ghasts kamen näher und umzingelten das unfertige Portal. Da erinnerte Max sich an etwas, das Freya zu ihm gesagt hatte, und stand auf. „Schaff die beiden hinter der Wand zum Portal!", rief er Alison zu, die mit schwacher Stimme bejahte.

Max rannte auf das Portal zu, platzierte den letzten Block im Vorbeilaufen und nahm dann Kurs auf das Schlachtfeld. Wild brüllend begann er umherzuspringen. „Hey, ihr hässlichen Nebelbiester! Ich hab gehört, ihr seid dämlich genug, um euch gegenseitig umzubringen. Ist das wahr?"

Die Ghasts umzingelten ihn, und zwei feuerten gleich je drei Feuerbälle auf ihn ab. Max warf sich zu Boden. Ein Geschoss flog dicht über seinen Kopf hinweg, und er spürte, dass der Diamanthelm einen Riss bekam. Außerdem sengte das Feuer sein Ohr an. Er sprang wieder auf die Füße. Und fand sich immer noch umzingelt.

Es hatte nicht geklappt. Max zog eine Grimasse. Er machte ein paar Schritte nach hinten, um den Winkel zu ändern, und verspottete die Monster noch einmal.

„Gestern hab ich ein paar Creeper belauscht, die sich über euch unterhielten. Sie meinten, ihr seid absolute Schwächlinge. Sie sprachen sogar von einem Wettbewerb zwischen Ghasts und Creepern! Beim nächsten Vollmond wollen sie euch überfallen!"

Max hatte keine Ahnung, ob die weißen Kreaturen wussten, was ein Mond ist, aber sein Spott zeigte Wirkung. Wieder kreischten sie und schossen weitere Feuerbälle in die Mitte des Kreises, wo Max stand.

Er machte einen Satz zur Seite und rollte sich ab. Diesmal traf ihn keines der Projektile, dafür aber einen Ghast, der kreischte, als ihm das Geschoss eines Kameraden mitten ins Gesicht flog.

Die verbliebenen Monster schrien, als hätte Max ihren Kollegen höchstpersönlich umgebracht, und feuerten erneut. Sie waren jetzt zu fünft, und er hatte keine Gelegenheit mehr, sie zu verspotten – wutentbrannt stürzten sie sich alle gleichzeitig auf ihn. Die Feuerbälle flogen von allen Seiten auf ihn zu, durchquerten den Kreis der Ghasts, und ein weiteres Monster fiel. Max hätte gern gejubelt, aber gleichzeitig traf eines der Geschosse den Boden vor ihm und gab dem fast zerstörten Helm den Rest.

„Hey, ich bin frei!", rief er erfreut, als ihm das verhasste Ding endlich vom Kopf purzelte. Doch dann fiel ihm ein, dass sein Kopf nun ungeschützt war, und um ihn herum schwebten immer noch vier Ghasts.

Er hörte ein Klimpern und wagte einen Blick über die Schulter. Eines der Monster hatte das Portal aktiviert, das nun lila schimmerte. „Los, geht durchs Portal!", brüllte er seinen Freunden zu.

Er hörte die Ghasts um ihn herum kreischen, und zwei weitere fielen den Feuerbällen ihrer Kameraden zum Opfer. Zischend rauschte ein weiteres Geschoss auf das Portal zu und deaktivierte es. Max knurrte frustriert und wandte sich den verbliebenen Gegnern zu, während sich seine Freunde wieder hinter dem Schutzschild in Sicherheit brachten.

Nur noch zwei Ghasts waren übrig – mit denen konnte er es doch wohl aufnehmen, oder? Dann fiel ihm wieder ein, dass er Alisons Tasche anstatt seiner trug, und die enthielt keine Waffen.

In der Ferne ertönte ein Schrei. *Noch mehr?*

Dieser Ausflug ist ein einziges Desaster, dachte er, doch dann erinnerte er sich wieder, warum sie überhaupt hergekommen waren: um Nicholas zu retten. Und Max hatte nicht erwartet, dass die Rettungsaktion besonders elegant oder effizient ablaufen würde. Oder so, dass keiner Verletzungen oder eventuell auch eine verfluchte Rüstung davontragen würde.

Richtig, die Rüstung!

Max traf eine Entscheidung, und dann geschahen mehrere Dinge gleichzeitig. Er sprang auf und rannte zum Portal. Nicholas kroch ebenfalls in die Richtung, doch Max sah weder Alison noch Freya. Dann trat Alison – aschfahl, aber entschlossen – mit dem Bogen in der Hand hinter dem Schild hervor. Sie zielte über Max' Kopf hinweg und feuerte einen Pfeil ab. Der Ghast hinter Max kreischte. Noch einmal schoss sie, dann war das Monster tot.

Nur noch einer übrig. Der letzte Ghast feuerte genau in dem Moment, als Max sich zu ihm umdrehte.

Der Junge stand direkt vor dem Portalrahmen und bekam die volle Wucht der Explosion ab. Er spürte seine Rüstung in Flammen aufgehen, und die Druckwelle warf ihn rückwärts durchs Portal. Seine brennende Ausrüstung aktivierte es, und schon zog es ihn auf die andere Seite.

Ich hoffe, jetzt bin ich wenigstens die Rüstung los, war Max' letzter Gedanke, bevor er das Bewusstsein verlor.

KAPITEL 27

GHASTTRÄNEN SIND NICHTS FÜR WÖLFE

Alison hatte Max die ganze Zeit beobachtet und inständig gehofft, dass sein Plan aufging. Sie wusste, dass sie ihn nicht hätte aufhalten können. Er provozierte den Ghast zu einer letzten Attacke, das Portal aktivierte sich, und dann war ihr Freund verschwunden.

In der Hoffnung, dass der Heiltrank gewirkt hatte, rannte Alison zu Freya und rüttelte sie an der Schulter. Freya öffnete die Augen.

„Das Portal ist an. Du musst Nicholas auf die andere Seite schaffen", wies Alison die Freundin an, und Freya nickte und richtete sich auf. Alison verließ erneut die Deckung und schoss weitere Pfeile auf den Ghast, um ihn vom Portal abzulenken.

Ein Feuerball verfehlte sie nur knapp und versengte ihr die Schulter. Ihre Rüstung hatte schon eine Menge eingesteckt, und Alison hatte keine Ahnung, wie lange sie noch halten würde. Der Aufprall ließ sie straucheln, doch sie feuerte unbeirrt weiter. Sie war sich sicher, dass dieser letzte Pfeil sein Ziel weit verfehlen würde, doch er traf genau ins Schwarze. Gerade, als Alison schmerzhaft auf den Rücken fiel, kreischte das ballonartige Monster ein letztes Mal und starb.

Für einen Moment blieb Alison keuchend liegen, doch dann fiel ihr ein, dass es noch nicht vorbei war. Sie musste Freya und Nicholas durch das Portal schaffen und nach Max sehen.

Sie rappelte sich auf und rannte zum Portal, wo sich Nicholas schwer auf Freya stützte, die sich nervös nach allen Seiten umsah.

„Hasenschreck! Ich kann sie nicht finden!", rief sie.

Alison wollte ihr sagen, dass sie die Wölfin suchen würde und Freya erst einmal Nicholas durchs Portal befördern sollte, doch dann fiel ihr ein, dass Hasenschreck nur auf Freya hörte. Alison nahm Nicholas' Arm und ruckte das Kinn in Richtung Schlachtfeld. „Geh sie suchen. Aber lass dir nicht zu viel Zeit. Wir warten auf der anderen Seite auf dich."

Freya umarmte die Freundin eilig, und Alison zuckte zusammen. Ihr Körper war von blauen Flecken und Verbrennungen übersät. Dennoch erwiderte sie die Umarmung voller Inbrunst. Freya wandte sich um und rannte los, während Alison den inzwischen bewusstlosen Verzauberer durchs Portal zog.

Nach allem, was sie durchgemacht hatten, wäre Max beinahe doch noch ertrunken.

Er kam unter Wasser zu sich, seine Lungen brannten, aber er war dankbar, dass zur Abwechslung mal nichts in Flammen stand. Er schwamm zur Oberfläche, schleppte sich an Land und blieb japsend auf dem warmen Sand liegen. Sein Körper war voller Brandwunden, und er war sich ziemlich sicher, dass seine Haare verschwunden waren. Unfähig, irgendetwas zu tun, lag er da, hustete und würgte das Wasser aus der Lunge und blinzelte in die Sonne, die am klaren Himmel stand.

Als er wieder normal atmen konnte, bemerkte er, dass ihm der Ghast einen Gefallen getan hatte, denn die verfluchte Rüstung war fort. Endlich war er befreit von dem vermaledeiten Ding und trug nur noch seine normalen Sachen, die ziemlich mitgenommen aussahen. Er hätte vor Erleichterung laut aufgelacht, doch seine Freunde waren immer noch im Nether, und er machte sich Sorgen. Sollte er wieder zurückgehen? Er besaß weder Rüstung noch Waffen noch sonst irgendetwas, das ihm dort hilfreich gewesen wäre. Doch wenn er es tat, wüsste er wenigstens, ob sie dem letzten Ghast entkommen waren und ob sie Nicholas durchs Portal befördern konnten.

Schließlich beschloss Max, doch lieber seine Umgebung zu erkunden. Unter Schmerzen rappelte er sich auf und sah sich um. Er war am Strand eines großen Gewässers gelandet – so riesig, dass er das andere Ufer nicht erkennen konnte. Das Portal schwebte über dem Wasser, und ihm fiel siedend heiß ein, dass die anderen einen ähnlichen Schock wie er erleben würden. Außerdem würde es schwierig sein, ihnen aus dem Wasser zu helfen, wenn sie hier ankamen. Also beschloss er, eine einfache Plattform zum Portal zu bauen. Das würde ihn wenigstens ablenken.

Trotz des kalten Wassers war die Umgebungstemperatur angenehm warm, und die Bäume sahen fremd und eigenartig aus.

Mit einigen gezielten Schlägen fällte er ein paar und kombinierte die Stämme vor dem Portal zu einer Plattform. Als er gerade damit fertig war, fielen Nicholas und Alison aus dem lilafarbenen Nebel.

Max lief zu ihnen und half ihnen beim Aufsetzen. Nicholas hatte schlimme Verbrennungen. Alison war ebenfalls verletzt, aber bei Bewusstsein. Sie hielt Max seine Tasche hin, und er wühlte darin nach Heiltränken. Er fand einen und setzte Nicholas die Flasche an die Lippen.

„Wo ist Freya?", fragte er Alison.

„Sie konnte nicht mitkommen. Sie wollte erst nach Hasenschreck suchen", erklärte Alison und zog sich seufzend die Rüstung aus. „Als wir durchgingen, war es einigermaßen ruhig auf der anderen Seite – sie wird schon klarkommen." Dann zuckte sie zusammen, als wäre ihr gerade etwas Wichtiges eingefallen. „Oder sie hat nach einer Ausrede gesucht, im Nether zu bleiben und doch nicht mit uns mitzukommen."

Max schüttelte entschieden den Kopf. „Nein. So etwas würde sie nicht tun. Wir warten auf sie, und wenn sie bis morgen nicht zurück ist, bauen wir uns ein paar Sachen, um wieder zurückzugehen und sie zu holen."

„Zurück?", fragte Alison.

„Natürlich, für Freya", bekräftigte er.

Sie nickte. „Für Freya."

Max gab ihr ihre Tasche zurück, und Alison holte ein paar Pilze heraus, um sie sogleich zu verspeisen. Erleichtert seufzend kaute sie und fühlte ihre Stärke zurückkehren. „In dem Fall sollten wir aber deiner Mutter irgendwie mitteilen, dass es dir gut geht."

„Wenn wir das tun, wird sie mich nie in den Nether zurückgehen lassen", wandte er lachend ein.

„Weißt du, in welche Richtung unser Zuhause liegt?", fragte Alison. „Hier kommt mir nichts bekannt vor."

Plötzlich richtete sich Nicholas auf. „Wo ist Freya?", wollte er wissen und sah sich um. „Wo sind wir?"

„Sie ist noch im Nether, und wir sind zu Hause", antwortete Max. Auch er ließ den Blick über die umliegende Landschaft schweifen. „Sozusagen."

„Sie sucht nach ihrer Wölfin. Sie meinte, sie würde gleich nachkommen. Und ich habe keine Ahnung, wie nahe wir an zu Hause sind", fügte Alison hinzu und sah sich um.

Nicholas erhob sich. „Das hier ist nicht zu Hause. In der Nähe unseres Dorfes gibt es kein derart großes Gewässer." Er blinzelte in die Nachmittagssonne und sah nach Norden. „Dort ist eine Wüste."

„Eine Wüste? So etwas gibt es bei uns nicht!", rief Max. „Wie ist das möglich? Im Nether sind wir nie und nimmer so weit gewandert!"

„Entfernungen sind dort anders. Das hätte ich bedenken müssen", sagte Nicholas. „Ein Block Wegstrecke im Nether sind mehrere hier. Oder andersherum, ich weiß es nicht mehr genau. Botte würde es wissen. Jedenfalls passen die Karten nicht zusammen."

„Keine Sorge, ich habe es aufgeschrieben", meinte Alison und hielt ihr eigenes Tagebuch hoch.

Die drei debattierten darüber, wie lange sie auf Freya warten sollten, ob sie gleich nach Hause gehen oder ein Dorf aufsuchen sollten, um eine Karte zu erwerben, die ihnen zumindest die Richtung vorgab.

Schließlich wies Alison die anderen darauf hin, dass sie sich vor allem eine kleine Unterkunft für die Nacht bauen mussten. Morgen könnten sie immer noch weiterdiskutieren. Dann fiel ihr ein, wie leicht man in dieser Umgebung Betten herstellen konnte, und wurde ganz aufgeregt. Sofort machte sie sich auf die Suche nach Schafen, während Nicholas und Max die Behausung errichteten.

Plötzlich wurde das lilafarbene Schimmern des Portals intensiver, und Freya trat mit Hasenschreck im Arm hindurch. Alle waren erleichtert, die beiden wiederzusehen. Alison rannte zu der Freundin, um sie stürmisch zu umarmen.

„Ich bin so froh, dass es dir gut geht! Wir haben uns schon Sorgen gemacht."

„Ja, warum hat das so lange gedauert?", neckte Max und tätschelte Hasenschrecks Kopf, während die Wölfin schnüffelnd durch die halb fertige Unterkunft lief.

„*Irgendwer*...", sagte Freya und bedachte das Tier mit einem finsteren Blick.

„Du meinst irgend*wolf*!", warf Alison ein und grinste.

Freya lachte. „Genau, irgend*wolf* hielt es für eine gute Idee, Ghastränen zu fressen. Leider sind sie ihr überhaupt nicht bekommen. Überraschenderweise vertragen Wolfsmägen Ghastränen deutlich weniger gut als Skelettknochen. Sie saß hinter einem Felsen und war gerade dabei, alles herauszuwürgen, was sie in den letzten Tagen gefressen hatte."

Sie warf ihre Tasche auf den Boden. „Ich habe an Beute aufgesammelt, was ich konnte, falls ihr Interesse habt", sagte sie. „Haltet das Zeug nur von meinem Wolf fern."

Alison schnappte sich die Tasche, ehe Hasenschrecks Schnüffelnase die darin befindlichen „Leckerlis" wittern konnte.

Stirnrunzelnd sah Freya sich um. „Hier wohnt ihr also? Wo ist das Dorf?"

„Eigentlich nicht", widersprach Alison. „Wir müssen den Weg nach Hause erst finden. Wir wussten nicht, dass Entfernungen hier anders funktionieren als im Nether."

Nicholas seufzte. „Und ich dachte, die größte Herausforderung in der Oberwelt würde darin liegen, mich mit meiner Schwester zu vertragen, das Baumhaus wiederaufzubauen und meinem Schwager die Arbeit im Dorf abzunehmen. Nun sieht es eher danach aus, als müssten wir erst einmal zurückfinden."

„Du willst dich mit Mom und Dad vertragen?", hakte Max nach.

„Ich werde es zumindest versuchen", bestätigte Nicholas. „Ich muss eine Menge Fehler wiedergutmachen. Und ich muss endlich jemanden finden, der mir das Verzaubern beibringt. Keine Selbstversuche mehr." Er lächelte Alison an. „Das schulde ich Botte."

„Das Baumhaus wiederaufbauen?", warf Alison ein. „Meinst du meins … ich meine, unseres?", fügte sie hinzu und lächelte Freya an.

Freya grinste.

„Das ist das Mindeste, was ich tun kann", sagte Nicholas und trat zu Alison. „Außerdem wollte ich dir noch das hier geben."

Er griff in seine Tasche, wühlte ein wenig darin herum und zog dann ein kleines zerschlissenes Tagebuch hervor. Er zögerte ein wenig, ehe er es ihr hinhielt. „Du erinnerst mich sehr an deine Oma Botte. Du bist stark genug, um es mir ehrlich zu sagen, wenn ich fragwürdige Entscheidungen treffe. Ich bin froh, dass du Max' Freundin bist. Also ... hier, bitte."

„Was ist das?" Alison nahm das Tagebuch entgegen und blätterte zur ersten Seite. Sofort erkannte sie die ordentliche, beinah strenge Handschrift.

„Das ist das Tagebuch, das deine Oma Dia benutzt hat, um unser allererstes Abenteuer festzuhalten. Damals war sie noch viel kühner. Wir waren eben noch sehr jung und ziemlich frech. Ich wollte, dass du diese Seite an ihr kennenlernst."

Er lächelte Alison an, während sie die Schrift anstarrte. „Du bist ihr so ähnlich. Ich hoffe, du ziehst ein wenig Weisheit aus diesen Seiten. Und du ..." Er drehte sich zu Max um. „Ich hoffe, du lernst aus *meinen* Fehlern der Vergangenheit."

„Zum Beispiel, dass man keine fermentierten Spinnenaugen verwenden sollte?", feixte Max.

Nicholas lachte dröhnend. „Ja, das auch."

Er blickte zum Himmel. Die Sonne hatte beinahe den Horizont erreicht. „Ich liebe das Verzaubern, aber ich will es richtig lernen. Wenn wir zurück sind, suche ich mir jemanden, der mich unterrichtet. Willst du mitmachen?"

Ein Grinsen breitete sich über Max' Gesicht aus. „Ja! Natürlich!"

Nicholas nickte. „Wunderbar! Wir fangen gleich nach unserer Rückkehr damit an. Doch erst mal sollten wir hineingehen und uns ausruhen. Wir haben einen langen Heimweg vor uns."

Nicholas' lautes Schnarchen hallte von den Wänden wider. Die Kinder standen am Fenster ihrer Unterkunft und sahen den Monstern zu, die draußen umherwanderten. Verglichen mit denen, die ihnen im Nether begegnet waren, kamen sie Max geradezu zahm vor.

„Grün hat mir wirklich gefehlt", sagte Freya. „Danke, dass ihr mich nach Hause gebracht habt."

Alison lächelte und legte ihr den Arm um die Schulter.

„Weißt du", meinte Max nachdenklich, „wir können immer noch zurückgehen, das Portal abbauen, zu Freyas Festung laufen und es dort wieder aufbauen. So kommen wir bestimmt viel schneller nach Hause. Dichter wäre es auf jeden Fall. Und wer weiß, wem wir unterwegs noch begegnen?"

„Nein!", riefen die anderen beiden wie aus einem Munde.

EPILOG

ODER WORAN WIR ERKENNEN, DASS DIE
GESCHICHTE NOCH NICHT ZU ENDE IST

Aus dem Tagebuch der Tagebücher
 Von Alison

Ich habe das meiste aus Nicholas' Tagebüchern in dieses übertragen
und dort Notizen hinzugefügt, wo ich mir sicher bin, dass seine
Rezepturen fehlerhaft sind (trotz seiner Proteste). Außerdem habe
ich mir Notizen zu Oma Dias (oder „Bottes") Tagebüchern gemacht.
Kopieren musste ich sie nicht, denn sie sind ja schon ordentlich
geschrieben. Ein wenig Platz bleibt noch für meine eigenen Gedanken,
und das ist ein großes Glück.

Unsere Abenteuer im Nether waren anstrengend und hart, aber wir
haben dort viel mehr gefunden, als wir vorher gedacht hätten. Ich
habe Neues über Oma Dia herausgefunden. Wir sind Freya begegnet.
Und wir haben Onkel Nicholas gerettet.

Morgen brechen wir nach Hause auf. Als wir losgezogen sind,
waren wir ein streitlustiges Duo, und nun sind wir eine respektable
Fünfertruppe, wenn man einen gewissen Irgendwolf mitzählt.
Nicholas meint, es wird eine leichte Reise. Andererseits hätte so vieles
leicht sein sollen, also habe ich so meine Zweifel.

Doch auch wenn ich bezweifle, dass unser Abenteuer vorbei ist,
kann ich nun sagen, dass ich keine Angst mehr vor dem habe, was
vor uns liegt. Nach allem, was wir durchgemacht haben, können wir
fünf alles schaffen.

ÜBER DIE AUTORIN

Mur Lafferty ist eine preisgekrönte Autorin und Podcasterin der *Hall of Fame* („Ruhmeshalle"). Zu ihren literarischen Werken gehören der Nebula- und Hugo-nominierte Finalist der Kategorie „Bester Roman" *Six Wakes,* die Reihe „Shambling Guides" sowie *Solo: A Star Wars Story.* Außerdem ist sie Gastgeberin der beliebten Podcasts *Ditch Diggers* („Grabengräber") und *I Should Be Writing* („Eigentlich sollte ich schreiben"). Darüber hinaus ist sie Mitherausgeberin des Hugo-nominierten Podcast-Magazins *Escape Pod* („Rettungskapsel").
Sie lebt mit ihrem Mann, einer Tochter und zwei Hunden in Durham, North Carolina (USA), wo sie am liebsten joggt, Computer- und Brettspiele spielt und Brot backt.

murverse.com